KB125506

문금용 회고록

내
인생에
부치는
편지

내 인생에 부치는 편지

초판 1쇄 발행 2016년 8월 15일

지 은 이 문금용
발 행 인 권선복
편집주간 김정웅
편   집 권보송
디 자 인 김소영
전 자 책 천훈민
마 케 팅 권보송
발 행 처 도서출판 행복에너지
출판등록 제315-2011-000035호
주   소 (157-010) 서울특별시 강서구 화곡로 232
전   화 0505-613-6133
팩   스 0303-0799-1560
홈페이지 www.happybook.or.kr
이 메 일 ksbdata@daum.net

값 15,000원

ISBN 979-11-5602-411-8 03810

Copyright ⓒ 문금용, 2016

* 이 책은 저작권법에 따라 보호받는 저작물이므로 무단전재와 무단복제를 금지하며, 이 책의 내용을 전부 또는 일부를 이용하시려면 반드시 저작권자와 〈도서출판 행복에너지〉의 서면 동의를 받아야 합니다.
* 잘못된 책은 구입하신 곳에서 바꾸어 드립니다.

도서출판 행복에너지는 독자 여러분의 아이디어와 원고 투고를 기다립니다. 책으로 만들기를 원하는 콘텐츠가 있으신 분은 이메일이나 홈페이지를 통해 간단한 기획서와 기획의도, 연락처 등을 보내주십시오. 행복에너지의 문은 언제나 활짝 열려 있습니다.

문금용 회고록

내 인생에 부치는 편지

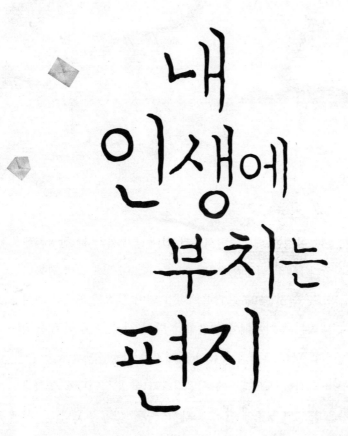

문금용 지음

대한민국의 탄생과 성장을 두 눈으로 목격한 팔십여 년의 세월,
우리 역사의 산증인이 전하는 시련과 인고, 희망과 행복의 노래!

도서
출판 행복에너지

나는 불우한 가정에 태어나면서부터 십대 중반까지 늘 잔병치레만 하고 살았다. 특히 일곱 살 되던 해 초여름 이질에 걸려 삼복더위를 지나 넉 달 남짓 앓던 중 앉은뱅이가 되어 사경을 해매다 서리가 하얗게 내리는 늦가을에야 걸음마를 다시 시작, 천우신조로 되살아난 것이다. 나의 투병기간 동안 아버지는 가정불화(할머니의 편집증)까지 겹쳐 극심한 스트레스에 시달리다가 끝내 일어나지 못하고 이듬해 가을 35세의 청춘에 한 많은 세상을 하직하고 말았다.

기구한 팔자에 홀로된 어머니는 한탄할 겨를도 없이 광주리장사로 우리 삼남매를 기르셨다. 아무리 가난했어도 나에게는 농사일을 비롯해 어떤 일도 시키지 않고 중학교에 다니는 또래 친구들과 어울려 놀도록 종용했던 것이다. 이는 어머님이 그 당시 한글(諺文)을 통달하셔서 고전소설(춘향전, 흥부전 등……)을 많이 읽으신 식견이 있었기 때문에 '서당 강아지 삼 년에 풍월한다'(堂狗三年吠風月)는 옛 고사의 지혜를 얻고자 함이었으리라.

그리하여 나는 초등학교 6년을 졸업하고 중학강의록으로 독학의 길에 들어서서도 놀기는 동네 중학생들 틈에 끼어 놀았고, 그 친구들이 읽는 책(소설, 위인전, 잡지 등)을 빌려 독서의 습관을 들였으므로 오늘날까지도 독서는 나의 생활습관으로 굳어졌다.

또한 나의 초등학교 5, 6학년을 가르쳐 주신 고 안용덕 선생님 역시 가난했으므로 겨우 초등학교 졸업 후 독학으로 교사자격을 취득하여 우리를 가르쳤으며 몇 년 후 중·고등학교 영어교사 자격을 각각 취득하여 40여 년의 교직을 마칠 때 고등학교 교감 선생님으로 정년퇴직하셨다. 이 모든 과정을 선생님은 독학으로 일구어 낸 것이다. 정년퇴임 후 선생님은 중·고등학교 영어입시 참고서로 '우선순위 영단어'시리즈 5종을 출판(비전출판사)하셨는데 이것이 베스트셀러로 선정, 한 해에 수십만 부씩 팔림으로써 교육계에서는 혜성처럼 빛난 선생님이셨다.

나는 이토록 유명한 선생님을 나의 멘토로 섬겼으므로 은사님처럼 대성은 하지 못했지만 비록 작은 자리나마 국가공무원으로 36년간을 봉직할 수 있었던 것은 오로지 선생님이 나에게 미친 영향이 절대적이라 하지 않을 수 없다. 또한 우리 어머님의 자식사랑과 지혜가 비록 병약한 아들이었지만 나의 잠재능력을 간파하시고 스스로 헤쳐갈 수 있도록 장래를 유도해주셨으니 맹모삼천지교에 비견할만한 현모이심이 분명하다.

그리고 늦깎이로 서른 살이 되어서야 체신부 임시직에 취직되어 겨우 7개월밖에 근무하지 못하고 연말(1961. 12. 31)에 조건 없이 해

고되어 2달 반 동안 정직되었던 쓰라린 경험을 한 후에야 요행히도 복직되었으며 뒤이어 곧 정규직으로, 3개월 후에는 일반행정직 전형시험에 합격, 행정서기보(9급)로 발령받으니 불과 6개월 만에 임시직에서 행정서기보로 파격적인 신분상승이 이루어진 것이다. 그 후 행정서기보(9급)로 5년, 행정서기(8급)로 5년 해서 10년을 평직원으로 근무했으며 행정주사보(7급)로 5년과 행정주사(6급)로 20년을 근무하는 동안 계장급으로 3년과 우체국장(면·동 단위)으로 22년을 근무하고 정년퇴임했다.(1997. 12. 31)

재직 중에 나는 다산 정약용 선생의 목민심서를 탐독함으로써 청빈한 근무태도를 견지하여 월급 외에는 물욕을 부리지 아니하였고 포상으로는 장관 표창 3회를 수상하였으며 정년퇴임 시에는 옥조근정훈장을 수여받았다. 그러나 나의 경력은 남들처럼 화려한 고관대작의 높은 자리에 올라 가문을 빛내지는 못했다. 하지만 부정을 범하지 않아 조상의 명예를 손상시키지 않았음을 적이 위안으로 삼고 있다.

나의 순탄치 못한 지난 세월을 회고해 보면 희로애락이 교차 부침하여 만감이 새롭다. 곧 넘어질 듯 뒤뚱거리면서도 오뚝이처럼 일어서서 칠전팔기로 어언 팔순을 훌쩍 넘긴 고령에 이르렀으니 이는 하나님의 큰 은덕으로 깊이 감사할 따름이다. 여생을 얼마나 이어갈지는 모르되 사는 날까지는 겸손한 자세로 아름답게 살다가 고종명하여 생을 마감했으면 한다. 그리고 나의 사랑하는 일곱 손·자녀에게 특별히 유산으로 물려줄 것은 없다. 하지만 자랑스러운 할

아버지로 기억되었으면 하는 바람이다.

끝으로 이 회고록을 출판함에 있어 정성껏 수고해주신 권선복 대표님과 직원 일동에게 감사를 드리며 출판물의 원고 작성의 측면에서 도와준 원미화에게도 감사한다. 또한 내 아들 경호와 자부 범정윤, 딸 정희와 사위 고재섭의 지원에도 감사한다.

문금용

꽃보다 아름답고 소중한 인생 이야기

안효섭
한국백혈병어린이재단 상임이사
서울대학교 의과대학 명예교수

2014년 12월에 개봉한 '국제시장'은 천만 관객을 넘어 1,400만 명 이상이 영화를 보았습니다. 많은 사람들이 영화관을 찾았던 이유는 격변의 시대를 살아왔던 우리 시대 아버지, 우리 시대 어르신들의 인생 이야기이기에 큰 감동을 받았기 때문입니다. 『내 인생에 부치는 편지』이 책을 읽으면서 '국제시장' 주인공 덕수가 생각나는 것은 이 책의 저자 또한 우리 이웃에서 쉽게 만날 수 있는 어르신이지만 굴곡이 많았던 인생에서 최선을 다해 성심껏 인생을 살아왔기 때문일 것입니다.

저자는 2015년 2월에 특별한 사연을 가지고 백혈병 환아를 지원하고자 한국백혈병어린이재단을 찾아왔습니다. 인생의 오랜 숙제를 하려고 왔다는 저자는 품 안에서 7,100만 원짜리 수표를 꺼내 기부하였습니다. "하늘이 내게 맡겨주신 세 명의 아이를 지키지 못했어."라는 말과 함께 담담하게 지난날에 대한 이야기를 꺼내놓았습니다.

아이들의 죽음 앞에서 식음을 전폐하고 눈물로 밤을 지새우던 인생의 가장 어두운 순간, 세상에서 가장 아름다운 숙제를 시작한 저자의 마음에 깊은 감동을 받았습니다. 먼저 떠나보낸 아이들에 대한 미안함으로 시작된 숙제는 백혈병으로 고통 받는 세 명의 아이를 살리는 일이었습니다. 한국백혈병어린이재단은 저자의 기부금으로 여섯 명의 소아암 어린이들에게 치료비를 지원하였고, 소아암을 이겨낸 열다섯 명의 완치자들에게 희망장학금을 전달하였습니다.

하루하루를 성실히 살아오면서 겪은 자신의 인생 이야기를 일곱 손자녀에게 전하고 싶은 저자의 소박한 바람에서 시작된 이 책이 독자들에게도 자신의 인생을 되돌아보고 의미 있는 삶에 대해 생각해 볼 수 있는 소중한 시간을 선물할 것이라 생각합니다.

차례

서문 4

추천사 8

제1부 나의 뿌리

모계-나의 어머니 집안 이야기 ································· 16
부계-나의 아버지 집안 이야기 ································· 25

제2부 아버지의 결혼과 불행했던 생애

아버지의 제1부인인 남도댁(유동녀) ························· 30
아버지의 제2부인 내끼멀댁 ······························· 42
아버지의 제3부인 고부댁 ································· 46
광풍은 몰아닥치고, 나는 태어나고 ························· 52
새 성주와 동생들의 출생 ································· 54
죽음의 문턱까지 간 나의 발병 ····························· 56
아버지가 발병 6개월 만에 요절하시다 ····················· 61
고부댁의 개가 ······································· 66

제3부 어머니의 홀로서기

통한의 시절을 회상하며 ···································· 70
광주리장사 10년여 세월 ···································· 73
우리 어머니의 효심과 수절 ·································· 81

제4부 나의 10대

육리간이학교(4년제) 입학 ·································· 86
일제의 학정과 양원 삼촌의 징병 ···························· 89
금옥 누나의 결혼과 호적신고 ································ 94
8·15광복과 나의 벽량국민학교 제4학년 편입 ·················· 96
금옥 누나의 죽음 ··· 98
벽량국민학교를 졸업하고 중학강의록으로 독학을 시작 ········ 100
매형의 부름으로 상경 ····································· 102
6·25 사변의 발발 ··· 106
의용군으로 끌려가다 ······································ 110
구사일생으로 귀가하다 ····································· 116
북진통일이 이루어지나 ····································· 126
나의 학업열은 좌절되다 ···································· 129

제5부 나의 20대

구직을 위하여 동분서주 ····································· 132
지난 2·6사건에 의한 양원 작은아버지의 희생 ················ 135
상경하여 미군부대에 취직하다 ······························ 139
적수공권으로 귀향하다 ····································· 147
군에 자원입대하다 ··· 150

제6부 나의 결혼과 아내

나의 결혼과 뼈아픈 갈등 ································· 168

아내의 처녀시절 가정환경과 결혼 후의 괴팍한 성격 ··· 174

아내에게도 장점은 있다 ······························· 180

제7부 나를 도와준 누이동생 점옥이

결혼 전에 나를 도운 점옥이 ························· 184

누이동생 점옥이의 결혼 ······························· 190

고난 극복의 명수 점옥이 ····························· 192

제8부 천신만고 끝에 학수고대하던 취직을 하다

우여곡절 끝에 전배원 임시직에 취직은 했으나 ······· 198

하루살이 임시직 전배원에서 퇴출되다 ··············· 205

복직과 더불어 대망의 정규직이 되다 ··············· 210

전형시험에 합격, 행정서기보로 발령받다 ············· 214

제9부 애환 속의 10년 세월

첫애를 사산하다 ····································· 222

우체국에 취직하고 셋째 놈도 생후 보름 만에 잃다 ··· 224

어머니의 녹내장 수술 ······························· 228

종호의 발병과 죽음 ································· 230

경호의 탄생 ··· 239

어머니의 발병으로부터 운명까지 ····················· 246

제10부 보람 있었던 일

부부간통사기단의 함정에서 업무계장을 구출하다 ⸻ 254

두 사촌남매의 취직과 신 국장의 추문 해결 ⸻ 263

두 번째 들어간 감곡우체국 ⸻ 271

두 번째 금구우체국에 들어가 있었던 일들 ⸻ 280

제11부 재직 중 고통스러웠던 일

익산우체국 업무과장 이ㅇ옥(이ㅇ창)의 비리 ⸻ 288

산외우체국의 화재사건 ⸻ 295

이리전신전화건설국 보급계장으로의 전보 ⸻ 299

부량우체국에서 고통을 당하다 ⸻ 306

글을 마치며 314

자손들에게 남기고픈 인생의 지혜 이야기 318

출간후기 330

제1부

나의 뿌리

나는 남평 문씨 시조이신
무성공 다성 할아버지의 31세손이다.
우리 문중의 중시조는 제12세 강성군이시며
충선공 익점 할아버지시다.

모계
— 나의 어머니 집안 이야기

"엄마! 울지 마아……!"

"응, 안 울게, 엄마가 시방 가서 돈 많이 벌어 우리 금옥이 색동 옷도 사 오고 맛있는 사탕도 사다 줄게, 아빠 말 잘 듣고 잘 살아야 한다."

"엄마! 옷 안 사다주고 사탕도 사달라고 하지 안할랑게 나랑 그냥 같이 살고 어디 가지 마!"

그때 문을 펄쩍 열고 들어서는 제월댁.

"동상, 이래서는 안 되네. 저 어린 것 초랑초랑한 눈에서 눈물을 빼고 이제 자네가 어디 가서 무슨 영화를 보겠다고 그러는가? 뱃속에 들어 있는 핏덩이는 어떻게 할랑가?"

핀잔을 주며 다짜고짜 보퉁이를 빼앗아 들고 따라오라며 앞장서서 간 곳이 큰시암거리 김순구 씨 댁이었다. 그녀(남도댁)는 그렇게 그 집 비어있는 작은 방에 우선 거적때기를 펴고 있게 되었다.

여기서 금옥이는 나의 누나고 뱃속에 있는 핏덩이는 바로 나다. 이 장면은 시집어른들의 구박으로 어머니께서 쫓겨나가는 순간의 한 장면이다. 나의 뿌리를 거슬러 오르는 이야기를 시작하면서 먼저 모계를 거슬러 올라가 서술하고자 한다.

19세기 중엽 구한말. 우리나라는 밖으로는 서구열강의 개항 요구에 시달림을 당하고 안으로는 대원군의 섭정으로 인하여 민비와의 권력다툼으로 국내외가 심히 혼란스러웠던 시절이었다. 바로 이 시절, 전라북도 고창군 부안면 사창리 진목마을에는 30대 중반에 어린 아들 셋을 데리고 살고 있던 청상과부가 있었다. 당시 큰아들 유(강릉)재명이 열한 살에 불과했다. 그럼에도 그 밑에 동생이 둘이니 힘겨운 하루하루였다.

네 식구는 쓰러져가는 초가집에서 어머니의 길쌈 품일로 하루하루를 연명하며 살아가야 했다. 하지만 세월이 흘러 재명이 15세가 되니 꼴 품도 팔고 산에 가서 나무도 하여 장에 내다 파니 차츰 생활이 부드러워질 뿐만 아니라 푼돈도 저축할 수 있었다. 게다가 어머니의 길쌈재주를 닮아 나이 열여섯부터는 짚신을 삼아 오일장에 내다 파니 제법 목돈을 받아오게 되었다. 어렸을 때부터 힘이 장사였던 그는 열일곱 살부터는 동네 일반 장정들과 품앗이를 할 수 있을 정도로 성장하여 갠 날에는 품도 팔고 비나 눈이 오는 궂은 날에는 짚신을 삼아 일 년 삼백육십오 일 하루도 노는 날 없이 황소처럼 일을 해대었다.

그리하여 열일곱 되던 해 봄에 논 서 마지기를 사고 다음 해에는 앞들 하천부지를 개간하여 논 닷 마지기를 쳐서 합치니 몇 년 사이에 부자가 된 듯하여 그해 겨울에 재명은 4년 연상인 맥동댁과 결혼하였다. 새로 맞이한 새댁 역시 솜씨가 시어머님에 뒤지지 않을 만치 길쌈솜씨가 뛰어나 집 안에서는 고부간에 길쌈을 해내고 밖에서는 불철주야 쉬지 않고 바깥일들을 해대니 오륙 년 사이에 전답이 한 섬지기가 넘어 4,000여 평을 경작하는 부자가 되었던 것이다.

그러나 맥동댁이 시집온 지도 4년이 지나 26세가 넘어가는데도 새댁이 설태를 못하니 집안에서는 걱정이 태산 같았다. 다행히 다음 해 늦봄부터 태기가 있어 동짓달에 첫 딸을 낳으니 재명의 어머니는 40대 후반에야 할머니가 되어 첫 손녀를 안아보는 기쁨이 이루 헤아릴 수 없었으며 세상에 없는 보물단지처럼 길렀단다. 그 후로 매년 매토하여 당대에 근동에서는 제일 잘사는 부자가 되었다. 이처럼 축복 속에서 태어난 이가 유동녀(劉東女. 伶女), 그가 바로 우리 어머니이시다.

하지만 그러한 복은 오래가지 못하였다. 첫딸은 살림의 밑천이라고 치고 둘째는 아들이려니 하고 기다렸으나 그도 역시 딸이었다. 그리고 셋째도, 이때부터 외조부님께서는 딸들을 미워하기 시작했고, 이러한 와중에 외할머님이 딸을 내리 다섯을 낳고 보니 맥동댁(외할머니)으로서는 더 이상 출산할 연령을 초과하고 말았다. 20세기

초 100여 년 전의 사회적인 관념은 사람이 아무리 돈이 많아도 대를 이을 사내자식이 없으면 조상에 대한 큰 죄인이 되는 것이었으므로 당시 외조부님의 심정은 비록 당대에 치부는 했다 하더라도 슬하에 자식이 없음을 한탄하며 이때부터 씨받이를 구하여 몇몇 낡은이를 들여 보았으나 뜻을 이루지 못하자, 가난한 집 어린 딸을 돈으로 사다시피 하여 소실로 맞이하게 된 것이었다.

그의 나이가 바로 14살, 큰딸과 동갑내기인지라 둘이서는 매일 부엌에서 손이 맞아 싸움질만 하고 있었으니 이를 지켜보는 외조부님의 심정은 편치를 못하였을 것이다. 그리하여 부랴부랴 서둘러 그 이듬해 해동도 하기 전에 큰딸을 출가시켜 버리고 말았다. 이러한 와중에 큰사위 인물 챙기고 가문 보고 그 집안 형편 살펴가며 호화로운 혼사를 치렀을 리 만무했으리라. 어느 곳에 총각 하나 있다 하니 귀양살이 보내듯 떠둥굴쳐 버렸던 것이다.

이렇듯 한때는 부잣집 맏딸 귀염둥이로 태어나 호강만 하고 자랐던 그는 하룻밤 사이에 고아처럼 생지옥의 나락으로 빠져 버렸으니, 열다섯 살의 어린 나이에 시집이라고 왔는데 이틀 밤을 자고 나니 신랑이라는 작자가 온데간데없이 사라져 버리고 말았다. 이웃집 아낙네들의 말에 의하면 "땡전 한 푼 없는 주제에 남의 집 헛간방 하나 얻어놓고 한 달에 한두 번 혹은 몇 달 만에 한 번씩 들렀다가는 도깨비처럼 사라져 버리는 건달 도박꾼"이란다.

알고 보니 백수건달로서 도박판에나 굴러다니며 기식하는 인간 기생충이었다. 마음 같아서는 즉시 뛰쳐나와 어디로라도 도망치고 싶었지만 어린 나이에 어디로 도망친다는 것도 겁이 났다. 그때 친정 할머니가 가끔 쌀말씩이나 가져오는 것으로 혼자 연명하며 지내다가 가뭄에 콩 나듯 가끔씩 집에 들르는 작자에게 맘 잡고 남들처럼 잘살아 보자고 눈물로 애원도 해보았지만, 우이독경으로 아무런 소용이 없는 일이었다.

이처럼 덧없는 세월은 흘러가건만 여느 부부처럼 오순도순 다정하게 말 한마디 나누어 보지 못하고 서방이 무엇이며 정이 무엇인지도 느껴보지 못한 삶 속에서도, 어느덧 큰애가 열한 살, 작은애가 아홉 살로 두 딸을 두게 되었다. 그날도 유난히 쌀쌀하게 불어오는 초겨울의 삭풍은 살갗을 에는 듯한데 십 리 길이 넘는 친정집을 다녀와야 할 일이 생겼다. 집을 나서면서 "혹 아빠 들어오시거든 따뜻하게 밥 지어 드리고 오늘밤에 못 오게 될는지 모르니까 문단속 잘하고 집 잘 보아야 한다."라고 어린것들에게 타일렀다. 그러나 어쩐지 집을 나서는 발걸음은 마음을 심난하게 만들었다.

다음날 일찍 볼일을 마치고 급히 집에 돌아와서 방문을 열어보니 애들이 없다. 불현듯 이상한 예감이 들어 옷 고리짝을 열어보니 여벌의 옷이 없어지고 애들이 가지고 놀던 노리개들이 없어져버렸다. 정신없이 밖으로 뛰어나가니 동네 아낙네들이 몰려와 전하는 말이 "어제 점심때가 한참 지나서 애들 아빠가 급히 애들을 데리고 가는데 애들이 안 가겠다는 것을 저기 가면 네 엄마도 거기서 기다리고 있으니 가자고 달래니까 따라갔는데, 애들 아버지가 어제 하는 것을 보니 마치 누구에게 쫓기는 것처럼 서둘더라."는 것이었다. 그러자 옆에 있던 다른 아낙네가 말하기를 "오늘 아침식전께 남자들이

저 길가에서 얘기하는 것을 들으니 애 아버지가 도박 빚으로 애들을 평양기생학교에 팔아 넘겼다고 말하는 것을 들었다."는 것이다.

하늘이 무너지듯 청천벽력 같은 그 소리를 듣고 힘없이 그 자리에 퍽석 주저앉고 말았다. 하도 억장이 막혀 말도 못하고 눈물도 통곡도 나오지를 않았다. 넋 나간 사람처럼 맨땅에 주저앉아 멍하니 한참을 앉아 있으니 동네 아낙네들이 방으로 부축하여 들어앉히고 여러 가지 위로의 말들을 해주었다. 그중 나이가 지긋한 분이 하는 말이 "남자들이 하는 말들을 들으니 그놈은 필경 제 여편네도 팔아먹고 말 것"이라는 말들을 들었다며 "이제는 더 이상 그자를 믿지 말고 발길을 돌리라."고 노골적으로 충고하는 것이었다.

짐승만도 못한 놈에게서 팔려나가기를 기다릴 것이 아니라 내 스스로 살길을 찾아 나서야겠다고 생각하고 그 즉시 옷가지 몇 개만 챙겨들고 가는들 셋째네(동생) 집으로 갔다. 그곳에서 3일간을 쉬면서 마음도 진정시키고 앞일도 생각해 보았지만 별다른 묘책을 찾아내지 못했다. 그때 당시 농촌에서는 빈농들이 왜놈들에게 헐값으로 전답을 팔아넘기고 살길이 막막해지면 남부여대하고 만주 땅 북간도로 떠나는 사람들이 더러 있었으나, 혈혈단신 여자로서는 언감생심 엄두도 못 낼 처지였다. 동생네 집을 떠나면서 동생 내외에게 비로소 자초지종을 이야기하니, 서로 분개하며 치를 떨었지만 어찌하랴 기구한 팔자로 태어난 것을.

그러나 제랑은 당시 정읍농업학교를 졸업한 신지식인이었으므로 사회물정에 밝았다. 한참을 곰곰이 생각한 후 말하기를 "처형께서 남자라면 지금 김제 방면 들녘에 경지 정리와 용·배수로 공사가 한창 진행 중이므로 몸 부칠 데가 있겠지만 처형께서는 여자의 몸으로서는 곤란하지 않겠습니까?"라는 것이었다. 그러면서 "신태인에서 약 십 리쯤 더 가면 명금산이 있고 그 밑에 제주방죽이 나오는데 그곳에서 하루에 수백 명의 인부들이 날일공사를 하고 있다."고 했다. 이 말을 듣고 나니 번득 머리에 스쳐가는 한 생각이 떠올랐다. '옳다, 됐다. 그곳에 가서 밥집 부엌일을 거들어 주면 밥은 얻어먹겠구나.' 하고 속으로 생각하고 동생내외와 작별한 후에 난생 초행길을 물어물어 찾아 나섰다.

워낙에 큰 공사판이라 어렵잖게 공사 현장을 찾아 도착하고 보니 초겨울 짧은 해는 어느덧 서쪽 하늘 지평선에 걸쳐 있었으므로 인부들은 뿔뿔이 집으로 돌아가고 작은 동네 끝머리쯤에 한밭식당으로 보이는 가건물이 있어 그 안으로 들어가 보았다. 중년 남자 한 분과 여자 두 분이 부지런히 여러 가지 어질러진 것들을 정리하고 있었다.

"배가 고파 죽겠으니 찬밥이라도 있거든 한술만 얻어먹읍시다." 하면서 생면부지의 젊은 여인이 들어서는 것을 본 주인 마나님은 두말없이 밥 한 그릇을 퍼 주며 어서 먹으라고 했다. 이렇게 하여 도착한 곳이 바로 초승동 동진수리조합 공사장 한밭식당이었다. 이와 같이 딱한 사정(기구한 팔자로 아들을 못 낳는다고 시댁에서 구박에 못 이겨 쫓겨난 사고무친의 신세라고 속임)의 말을 들은 주인집 내외분의 배려로 그대로 머물러 있게 되었는데, 날이 가고 달이 가면서 겪어보니 부엌일은 무엇이나 못하는 것 없이 척척 해내어 보통 여자의 두 몫을 거뜬히 해치울 뿐만 아니라 음식솜씨 또한 맛이 있어 도시의 요릿집 음식을 뺨칠 정도였다. 한밭식당 주인으로서는 행여 나간다고 할까 봐 전전긍긍할 처지가 되었다.

이렇게 확고한 자리를 잡은 뒤로는 '이제 내 몸은 내 스스로 지켜야겠다.'고 속으로 다짐했다. 오만잡놈들이 다 섞여있는 노가다판 남자들만의 사회에서 아무도 나 같은 젊은 과부를 지켜줄 사람은 없기 때문이다. 허나 문제가 있었다. 공사판의 식당이란 밥만 파는 곳이 아니라 술도 팔아야 하는 것이었다. 술을 팔다 보면 술을 받아 마셔야 되는 작부가 되는데 작부가 되어 몸을 지킨다는 것은 거의 불가능하다. 비록 처녀의 몸은 아니지만 처녀시절부터 어깨너머로 한 자, 한 자 익혀두었던 언문(당시에는 한글을 諺文이라 했음) 실력으로 춘향전, 박씨부인전, 심청전, 장화홍련전 등을 두루 읽어 두었던 지식은 당시의 보통 일반가정의 아녀자들의 상식을 능가한 신지식인의 수준이었던 것이다.

그리하여 그녀는 '내 비록 사주팔자가 사나워 한 번의 실패는 어찌할 수 없었지만 두 번 다시는 실패하지 않겠다.'라는 결심을 다지며 식당주인에게 말하였다. "주인어른, 저더러 술을 다루라고는 말아주세요. 만약 저더러 술을 팔라고 하시면 저는 이 집을 나가겠습니다." 그러자 주인 대답이 "그렇지 않아도 우리 집사람과 다 다짐해둔 말이 있습니다. 아주머니는 우리 식당에서 밥상만 챙기면 됐지 다른 일은 우리가 다 알아서 할 것이니 걱정 마시오. 다만 아주머니는 이 공사가 끝날 때까지 우리와 함께 있어만 주면 됩니다. 아주머니가 맡아 하시는 일이 좀 많습니까? 웬만한 여자 두 몫은 실이 되는 일인데 거기다 술까지 팔라고야 하겠습니까?" 이렇게 해서 그녀는 그 식당에서 2년 5개월을 일하게 되었던 것이다.

부계
― 나의 아버지 집안 이야기

　나는 남평 문씨(南平文氏) 시조이신 무성공(武成公) 다성(多省)할아버지의 31세손이다. 우리 문중의 중시조는 제12세 강성군(江城君)이시며 충선공(忠宣公) 익점(益漸)할아버지시다. 나는 그로부터 19세손이며 의안공(毅安公) 중실(中實)할아버지의 18세손이고 정혜공(靖惠公) 래(萊)할아버지의 17세손이 된다.

　우리 중시조이신 강성군 할아버지는 고려 말 충신으로 이성계일파가 위화도에서 회군, 고려에 반역하여 득세하자 벼슬을 버리고 낙향하시어 고향인 경남 산청에 삼우당을 세우고 후진 양성에 힘쓰셨다. 이처럼 의안공 할아버지 이후의 후손들은 조선조 공신들의 후손들에게 밀려 별다른 두각을 나타내는 벼슬길에 오르지 않았으므로 자연 퇴락의 길을 밟을 수밖에 없었다. 자고로 퇴락한 집안의 후손들은 자연 사방으로 흩어지기 마련이어서 나의 16대조 이후 할아버지 중 누군가는 전라도 임실골 강진 땅에서 사시다가 1888년

무자년에 극심한 가뭄으로 인한 흉년을 당하였으나 두메산골에서는 기근을 면할 길이 없었다. 그래서 평야지대를 찾아 증조부이신 학기(學棋)할아버지 형제께서 가솔들을 데리고 바로 이곳 김제골의 서두 땅에 이르시게 된 것이다.

가솔로는 아내(증조모)와 나이 어린 아들(우리 할아버지) 두 식구였으며 위로 형님 동기(東棋) 한 분과 조카인 익삼(益三)과 같이 이곳에 도착하자마자 움집을 짓고 정착하기까지는 파란만장한 곡절이 많았다 한다. 그 후 할아버지께서 15세 되던 해에 모친을 먼저 여의시니 홀아버지를 모시는 신세가 되어 궁핍한 살림살이 하랴, 날품팔이 하랴 고된 세월을 보내는 동안 훌쩍 20세를 넘기고 보니, 보통 가정집 같아서는 혼기를 넘긴 노총각이 되고 말았다. 그러자 몇 년 전인가 남도에서 무슨 사연으로인지 이곳에 정착한 삼 모녀가 있었다. 큰딸은 먼저 시집을 보내고 작은딸 하나만 데리고 살고 있는 과부였는데 할아버지께서 몇 년을 두고 한 동네에서 살고 있는 것을 눈여겨보니 비록 가진 것은 없어 살림은 궁핍해도 총각의 품성은 어질고 인물은 덕스러운 데다가 예의 또한 밝아 내 딸 하나쯤은 잘 건사하겠거니 하고 중간에 사람을 대보았던 것이다.

그러자 증조부님께서는 우리 같은 형편에 딸을 주겠다는 것만도 감지덕지한 처지였으므로 쾌히 승낙하여 일이 급진적으로 진행, 그해 초가을에 혼례를 치르게 되었다. 그때 할아버지께서는 24세, 할머니께서는 15세였다. 결혼한 지 3년 만에 첫아들을 보았으니 그분이 나의 아버지시다. 그러나 19년 전에 임실 강진 땅에서 같이 떠나온 형제 중에서 아우 댁에서는 먼저 후손을 보고 형님 댁에서는 아직 아들을 여울 운도 때지 않고 있는 처지이니 큰댁의 형님 보기가 민망해 겉으로는 기쁨을 내색하지 않고 있는데 오히려 큰댁에서 더 기뻐하는 것이었다. 이유인즉 "내가 만약 장가를 들지 못하고 후손을 둘 수 없게 될 때에는 이 애가 바로 내 양자가 되어 내 뒤를 이을 수밖에 없다."는 것이었다.

이와 같이 할아버지의 종형제 간의 우애가 돈독했었음은 우리 할아버지의 곱고 덕스러운 심성의 덕분이었음은 의심의 여지가 없다. 왜냐하면 안큰집 할아버지(우리 할아버지의 종형 집이 안동네에 있어서 안큰집이라 했음)는 성격이 다혈질인 데다가 말씀이 거칠며 술이라도 취하시는 날에는 남들하고 다툼이 자주 일어나는 반면에 우리 할아버지께서는 성격이 온유하시므로 남들과의 다툼이 없고 술은 즐겨하지 아니하셨다. 또한 대인 관계에서는 항상 이해하고 양보하시므로 마을에서는 군자라고 부르고 있었다.

이리하여 양가의 축복을 받고 태어난 우리 아버지는 기골이 장대하고 얼굴은 미남인 데다가 성품 또한 할아버지를 닮아서 온유하여 어렸을 때부터 온 동네 어른들로부터 귀여움과 칭찬을 받아가며 자랐단다. 또한 커 가면서는 부모님에게 효도하고 웃어른들을 섬길 줄 아는 모범청년으로 성장하였다. 그러나 워낙 가난한 집안에 태어나 남들처럼 서당이나 신식학교에 보낼 형편이 못 되어 커가면서부터 꼴망태를 져야 할 신세이고 보니 나이를 먹어가고 철이 들면서 어떻게 하면 이 지긋지긋한 가난으로부터 벗어날까를 생각할 때 눈앞이 캄캄해왔다. 그러나 어찌하랴 가난도 타고난 운명인 것을. 이제는 부라퀴처럼 불철주야 일하는 길밖에 도리가 없었던 것이다.

그렇게 세월은 흘러 어언 혈기왕성한 21세의 청년이 되었다. 때마침 그해 가을부터 벽골제 넓은 들판에는 수리조합공사다, 경지정리다 하여 큰 공사가 터졌는데 앞으로 2~3년은 족히 계속될 것이라고 한다. 그렇지 않아도 전통적인 농촌에서는 돈을 벌고 싶어도 일할 곳이 없어 허덕이던 판인데 마치 백 일 가뭄에 단비라도 만나듯 이 기회를 놓치지 않고 한몫 잡아 가난으로부터 벗어날 호기라고 생각하고 열심히 일했던 것이다. 남들이 한 평 때기를 하면 평반을, 두 평을 하면 세 평을 해대어 보통 인부들 평균 벌이보다 장리를 더 많이 벌었다. 하루에 200명이 넘는 대공사장에 그 소문이 널리 퍼졌을 뿐만 아니라 한밭식당에서도 밥을 눌러서 퍼 드리는 특혜를 받았다.

　　한편 한밭식당에는 며칠 전에 새로 들어온 젊은 식모 남도댁이 있었다. 그도 그 소문을 들은 뒤부터는 점심때 긁어두었던 누룽지를 남몰래 슬쩍슬쩍 건네주니 석양에 일을 파할 쯤에는 거의 파김치가 되다 싶던 시장기가 한결 덜하게 되었다. 이렇게 하여 그해 가을부터 시작한 대공사는 이듬해 농번기가 되자 크게 축소되어 하루에 200여 명이 일하던 공사장에 인부 5~6명의 필수 요원만 남고 모두 농사일로 복귀하니 우리 아버지도 농사일로 돌아갔다. 그렇게 약 6개월간의 농번기를 지나고 다시 대공사장은 인부들로 들끓었다. 한밭식당도 그때 그 주인, 그 식모들이었고 인부들도 몇몇을 제외하고는 대부분 같은 사람들이다. 공사판 일은 여일하게 활기를 띠기 시작했다.

제2부

아버지의 결혼과
불행했던 생애

앞으로 계속되는 아버지의
사모관대 입고 결혼식을 올리는
결혼문제를 써나가는 아들의 심정이
괴롭고 안타까울 뿐이다.

아버지의 제1부인인
남도댁(유동녀)

아버지는 그동안 많은 것을 생각하고 고민했다. 바로 한밭식당 식모 남도댁 문제였다.

'나에게 한결같이 누룽지를 남몰래 건네주던 일, 그렇게 몇 달을 두고 누룽지를 받아먹었건만 고맙다는 인사는 고사하고 말 한마디도 붙여 보지 못한 숙맥이었던 나, 그러나 나보다 육칠 세는 더 들어 보이는 나이, 나이로도 그렇지만 쪽까지 찐 것으로 보아 처녀는 아니겠고, 그렇다면 무슨 사연으로 아직 젊은 여인이 혼자서 1년 가까이 이곳 노가다판에 들어와 지내면서도 불미스러운 소문 한마디 없이 몸가짐에 조금도 흐트러짐이 없는가?'

그런 정황으로 보아 근본 있는 양가집 여인임에 틀림없다는 생각이 미치자, 은근히 그녀 곁으로 마음은 자꾸만 다가가고 있었다.

'나이로 보면 큰누님 같아서 만일 그녀가 서너 살만 덜 들었다면…… 하고 수없이 생각하고 고민하고 밤잠을 설치기를 그 몇 날이었던가? 만약 내가 나와 같이 결혼하자고 한다면 순순히 응해줄까? 우리 부모님은 이를 결코 선선히 받아주시지는 않을 것이며, 특히 큰아버지는 노발대발하실 것이다.'

이처럼 수많은 생각들이 갈팡질팡하는 동안, 낮에 공사판 일로 고된 몸의 피로를 밤에라도 깊은 잠으로 풀어야 할 텐데 잠자리에 눕게 되면 잠은 오지 않고 그녀의 생각들로 인해 뜬눈으로 지새우기를 거듭하니 불면증에 시달려 이대로는 배겨낼 도리가 없었다. 이러한 생각의 미로를 헤쳐 나가야 내가 살겠구나 하고 생각을 정리, 단념하려고 하면 할수록 그녀 곁으로 다가가고 싶은 생각이 앞서며 그녀가 곁에 있으면 이 세상에서 가장 행복할 것 같았던 것이다.

'그녀에게서 아늑하게 풍기는 체취와 포근한 정은 일찍이 어느 누구에게서도 느껴보지 못하였다. 나를 낳아주신 어머니에게서까지도 말이다. 이제 나는 저 여인을 내 사람으로 만들지 않고서는 아무 일도 할 수 없다. 저 여인과 함께라면 이 세상 어디까지 나아간들 결코 외롭지 않을 것이다.

아내는 평생을 같이 살아가야 할 반려자이다. 하찮은 농기구도 내 손에 맞아야 하거늘 하물며 평생을 같이 살아갈 반려자야말로 내 맘에 합당하여야 함은 당연한 것이다. 특히 나처럼 가난을 극복해야 할 한이 맺힌 사람은 아내의 내조 없이는 아무것도 이루어 낼 수 없기 때문이다.

나는 화려한 겉치레보다 비록 겉은 초라해도 알찬 내실을 택하기로 결심했다. 부정적인 사안으로써 부모님과 집안의 반대에 부딪히고 동네사람들의 비웃음거리가 되는 것은 결코 나에게는 문제되지 않는다. 체면치레에 얽매여 뜻에도 없는 아무 여인과는 결코 결혼하지 않겠다. 나는 이 여인을 아내로 맞아들여 대물림했던 가난부터 극복하리라.

이렇게 마음을 굳히고 나니 이제 당사자를 만나 기필코 담판을 내야겠다. 그리고 부모님을 설득하는 일이 하늘에서 별 따기만큼이나 어렵다는 사실을 잘 알면서도 이 길을 택할 수밖에 없는 깊은 뜻은 하나님께서는 아시겠지!'

그날도 점심 후에 여일하게 누룽지를 주려 할 때 "오늘 저녁 서쪽 샛별이 지기 전에 처소에 찾아가겠으니 그리 아시오."라고 낮은 목소리로 전했다. 그리고 저녁식사를 하고 때를 맞춰 찾아갔다.

남도댁 입장에선 그전에는 몇 차례 술주정꾼들이 야밤에 불시에 찾아온 적이 있어, 그때마다 야멸스럽게 소리를 질러 내쫓았으나 이처럼 은밀하게 찾아오겠다는 사람은 처음이었다. 더구나 20대 초반의 총각이 혼자 사는 과부댁을 방문한다니 무슨 일일까! 혹 그동안 누룽지를 얻어먹은 것이 고마워 무슨 선물이나 하나 사 가지고 오려는가, 하고 은근히 기다려지기까지 했다.

초겨울 해가 지고 땅거미가 질 무렵 남도댁 집 밖에 인기척이 있어 방문을 여니 바로 문씨 총각이다. "날씨도 찬데 어서 들어와요."

하고 아랫목을 치워주니 문씨 총각이 들어와서는 아무 말 없이 앉아 있기만 하는 것이었다. 들어오는 것을 보니 손에는 아무것도 든 것이 없다. 그리고는 부처님처럼 말없이 앉아만 있어서 무료함을 달랠 겸 이쪽에서 먼저 "평 때기 하느라 고단할 텐데, 편히 쉬지 않고 어찌 이 밤중에 길도 소삽한 데를 찾아왔소?" 하고 말하니 그제 야 비로소 말을 하기 시작했다.

"1년 전에 아주머니가 처음 이곳에 왔을 때에는 별 관심이 없었습니다. 그런데 나에게 누룽지를 대주면서부터는 말은 안했지만 고마운 마음 한량없었으며 마음속으로는 마치 친누님처럼 잘해주니 고맙기 그지없어 고맙다는 말 한마디라도 했어야 했는데 생각만 했을 뿐 내성적인 내 성격으로는 표현할 길이 없었습니다. 지금 이 공사현장은 하루에도 수백 명씩 인부들이 일하고 있는데 그 중에는 오만잡놈들도 많이 드나드는 노가대판 남자들 세상에서 불미스러운 소문 한마디 없이 의연하게 살아가는 모습에 사뭇 감동될 뿐만 아니라 언제부턴가는 누님이라 부르고 싶은 마음은 사라지고 내 마음속에 숨어있는 열정이 싹터 나와 이 감정을 솔직하게 말하는 것입니다. 그동안 여러 날 밤잠을 설치면서 고민하다가 이렇게 찾아왔으니 나의 뜻을 깊이 이해하고 받아들여 평생의 반려자가 되어주겠노라고 응답해주기 바랍니다."

남도댁은 이렇게 말하는 총각의 말을 심각하게 경청한 다음 단도직입적으로 "안 되오. 앞길이 구만 리 같이 창창한 젊은 총각이 처녀도 아닌 나 같은 보잘것없는 늙은이를 평생의 반려자로 삼겠다고 하는 것은 언감생심 천부당만부당한 말씀이니 행여 두 번 다시 당치않은 말은 입 밖에 내지 마시오. 그리고 젊은 혈기로 일시적 감정에 사로잡혀 엉뚱한 생각일랑 하지 말고 차분하게 마음을 잡고 양가집 좋은 규수를 만나 떳떳하게 장가들어 가정을 이루고 살아야지 어찌 이런 망측한 생각을 했단 말이오. 정히 나에게 살가운 정을 느꼈다면 차라리 당초의 생각대로 나를 누나라 불러 주오. 나도 총각 같은 남동생이 있다면 더할 나위 없는 영광이겠소."라고 말끝을 맺으며 어서 나가라고 내쫓았던 것이다.

이렇게 등 떠밀다시피 내쫓아 보내고 나서 그동안 까맣게 잊고 있던 지난날의 생각들이 한꺼번에 봇물처럼 밀려와 방바닥을 치며 대성통곡이라도 해야만 가슴에 맺힌 한이 풀릴 것 같았다. 하지만 안집을 의식하고 그럴 수가 없어 이불을 둘러쓰고 한 식경을 울고 나니 가슴의 답답한 응어리가 풀리면서 다소 위안이 되는 것이었다. 잠은 쉬 들지 않고 지난 세월들을 거슬러 올라가며 생각해보니 만감이 교차하며 주마등처럼 뇌리를 스치고 지나간다.

아무것도 모르는 철부지였지만 행복했던 부잣집 맏딸로서 또래들과 모여 ㄱ, ㄴ, ㄷ······ ㅏ, ㅑ, ㅓ, ㅕ······ 하고 언문을 배우며 깨우치던 때에 동녀가 제일 잘한다고 칭찬받던 일, 커가면서 여동생들만 줄줄이 태어나 아버지의 노여움이 나에게 쏠려왔고, 남동생을 보아야 한다며 씨받이로 맞이한 새엄마, 그의 나이가 나와 동갑내기, 손이 맞아 부엌에서 늘 다투던 일, 이로 인하여 "저년이 아시를 줄줄이 딸년들만 달고 나오더니 이제는 이 집안을 쑥대밭을 만들 작정이구나."라고 노여움이 분노로 바뀌어 노발대발하시던 아버지, 열다섯 어린 나이에 귀양살이 가듯 시집을 보내어 내쫓기던 일, 신랑이란 작자는 도박과 술밖에 모르는 팔불용, 거의 독수공방으로 허송세월하며 보낸 14년 세월, 외롭고 무료함을 달래려고 이야기책들을 빌려다가 탐독하던 일과 수심초(담배)를 입에 대어 오늘날까지 끊지 못하고 있는 일, 그러다가 재작년에는 어린 딸년들을 평양기생학교에 팔아넘긴 악마 같은 남편 놈, 그의 마수를 피해 여기까지 흘러들어온 일 등등…….

내 스스로 생각해 보아도 나같이 박복하고 팔자가 기구한 년에게 호감과 연민의 정을 넘어 구애하며 다가오니 그 얼마나 감격스럽고 눈물겹도록 고마운 일이냐! 허기야 나 역시도 언젠가는 그 총각이 나이에 비해 점잖고 술과 도박 같은 잡기를 가까이하지 않을 뿐만 아니라, 같은 또래의 친구들 사이에도 모범청년이라고 평판이 자자함을 듣고 저런 청년이 내 남동생이었다면 얼마나 좋을까 하는 살가운 마음이 없었던 것은 아니었다. 또한 얼마 전에 줄기차게 비가 내리던 날 밤 하릴없이 홀로 앉아 이일저일 생각하던 중 문득 그 문씨 총각이 시방 나이보다 너댓 살 더 먹고 혼자 사는 홀아비라면 하고 생각이 여기까지 미치자 꼭 무케다 들킨 듯 누가 내 생각을 엿본 듯한 착각으로 섬뜩 놀라워 얼굴마저 붉어진 때가 있었다. 이렇듯 나도 그 총각이 싫은 것은 아니다. 허나 혼자 속으로 공상하고 궁리하는 짓이야 누구에겐들 못 대랴마는 현실은 하늘과 땅 차이로 너무나 동떨어져 있었다.

한편 아버지의 입장에서는 몇 달을 끙끙 앓아가며 고민하던 일을 안고 큰맘 먹고 찾아갔건만 한마디로 딱 잘라 거절당하고 보니 난감하기 그지없었다. 하지만 어디 이 일이 간단하게 한두 마디로 대답할 문제인가, 이 문제로 얼마나 많은 시간을 궁리하고 고민하였던가, 한마디로 거절당한다고 내가 순순히 물러날 사람인가. 이제부터 시작이다. 열 번 찍어 안 넘어갈 나무 없다. 첫 발설하기가 어려웠지 대장부가 한번 뺀 칼을 그냥 거둘 수는 없지 않겠는가?

비록 거절은 당했어도 내가 싫어서가 아니고 나를 위해서 거절하는 것이라고 했다. 터를 바꾸어 생각해도 몇 차례 거절당하는 것이 순서일지도 모른다. 만약 이러한 문제를 너무 쉽게 받아들인다면 오히려 그녀의 분별력에 문제가 있는 것이다. 어쨌든 그녀는 거절했다. 이 거절은 예측된 거절, 다만 대화의 한 수순에 불과하다. 이렇게 생각하니 마음이 편했다. 그리고 그날 밤은 오래간만에 편안히 잤다.

그 후로도 사흘이 멀다 하고 두 번, 세 번을 거듭 찾아갔으나 안에서 문고리만 걸어 잠그고 돌아가라고만 했다. 그러나 네 번째 가서는 작전을 바꾸었다. 문을 열어주지 않으면 이대로 주저앉아 밤을 새우겠다고 엄포를 놓았다. 그제야 문을 따주어 방 안으로 들어갔다. 방 안에서는 등잔불 하나를 사이에 두고 둘이 마주앉아 잠시 침묵이 흘렀다.

"오늘 찾아온 목적은 지난번에 듣고자 했으나 등 떠밀려 나가는 바람에 미처 듣지 못한 필유곡절의 이야기를 듣고자 찾아왔으니 혼자 속에 가둬두고 속 끓이지 말고 시원하게 털어놓으시오."라고 아버지께서 말하자 그녀는 목에 받혀 있는 큰 한을 토해내듯 긴 한숨을 후휴…… 하고 쉬고 나서, 이야기를 시작하는 것이었다. 한참을 이야기하는 동안 눈에는 닭이똥 같은 눈물이 맺히니 한 방울씩 떨어질 때마다 목이 메여 말을 잇지 못하는 광경은 차마 눈물 없이는 볼 수 없는 목불인견이었다. 그녀는 그렇게 이야기를 마치고 눈물을 닦고 얼굴과 머리 등을 수습한 다음 "내가 잠시 미쳤던가 추태를 부려서 미안합니다."라고 계면쩍은 얼굴을 하고 자세를 바로 앉는다.

아버지께서 이를 다 듣고 보니 이야기책에나 나오고 신파 굿에서나 봄직한 원통하고 한 맺힌 일을 당하고도 저렇게 아무 일도 없었던 것처럼 태연하게 살아갈 수가 있었을까 하고 생각하니 심지가 굳은 여인이라고 생각되었다. 그러나 이때에 마땅한 위로의 말이 나오지 않아 다만 두 손을 꼭 잡고 "그 한을 가슴에 품고 살지 말고 바람에 훨훨 털어 보내버리고 모든 것을 잊고 사시오, 세월이 약이 될 뿐이요."라고 말했다. 그제야 그녀는 얼굴을 펴며 "밤이 깊어가니 어서 돌아가요. 내일 일 나가려면 잘 자야 하지 않겠소? 그동안 몇 날 밤을 생각하고 또 생각해 보았지만 문 씨 총각이 일시적 감상으로 일을 저질러 버린다면 나중에는 큰 재앙으로 돌아올 수도 있다는 것을 명심하고 우리 서로 시간을 두고 한 보름 생각해 봅시다. 그리고 그때 다시 만나 이야기합시다. 나 같은 낡은이에게는 당치 않은 소리지만 총각에게는 결혼이 인륜지대사인데 나 때문에 불행해진다면 죽어서도 그 업보를 어떻게 감당하겠소." 하고 헤어졌다.

그리고 보름 후에 다시 찾아가서도 초지일관 변함없는 이야기는 계속되었다. 남도댁은 할 수 없이 "그럼 이레(7일) 후에 다시 오면 그

동안 마음을 가다듬고 정리한 후 내 지아비의 예로 맞아들이리다."
라고 말했다. 그러며 또 등을 떠밀어내어 쫓는 바람에 아버지께선
집으로 돌아왔다. 돌아와서 생각하니 새 처녀를 만나 연애하기보다
훨씬 힘들었다고 생각되는 것이었다.

　이제부터는 부모님을 어떻게 설득하느냐가 문제였다. 어떻든 그
녀를 완전히 내 사람으로 만들어 놓은 다음에 발설하여 설득하기로
하고 그동안 설득 궁리에 몰두했다.

　그러는 사이에 약속한 날이 다가왔다. 이날만은 더벅머리 총각으
로는 갈 수 없어 이발을 깨끗이 하고 옷도 갈아입고 시간에 맞추어
찾아갔다. 그리고 방문을 열고 들어서니 이게 웬일인가! 옛날에 선
녀와 나무꾼의 이야기를 보는 듯한 착각을 일으키기에 충분한 선녀
가 윗목에 앉아있는 것이 아닌가. 저고리는 새하얀 옥양목 저고리
에 연분홍색 명주치마를 정갈하게 차려입고 머리에는 동백기름을
발라 곱게 빗어 내린 머리, 다소곳이 옆으로 비켜 앉아있는 모습은
이제 방년 20세의 새신부임이 분명했다.

　방 한가운데에는 작은 반상 위에 청강수 한 사발이 있었다. 그리
고 그 옆에 방 안을 환하게 밝혀주고 있는 촛불은 한가롭게 떨며 두
사람의 결합을 축복해 주는 듯했다. 뜻밖의 신비한 황홀경에 놀라
아버지께서 멋쩍게 서 있으니 그녀의 "어서 아랫목 보료에 앉아 지
어미의 절을 받으세요."

　이렇게 해서 두 사람은 동시에 맞절을 하여 하늘과 땅과 두 분
만이 아는 초라한 예를 마쳤다. 아버지께서는 삼경이 넘어 집에 돌

아와 눈을 붙이는 둥 마는 둥 하다가 선잠에서 깨어 큰방으로 건너가 두 무릎을 꿇고 그동안의 자초지종을 말씀드렸다. "미리 부모님의 허락을 받고 일을 치렀어야 했지만, 아버님 어머님께서 선뜻 이해하시지 않을 것 같아서 이처럼 먼저 일을 저질렀사오니 용서하여 주십시오. 부모님께는 죽도록 효도하겠습니다." 하고 석고대죄 하는 마음으로 빌었으나 예상했던 일이었지만 부모님의 반대는 보다 강경했다. 이리하여 집안에서 불안은 계속되었다. 자연 동네에서도 공사판에서도 이 이야기가 뉴스거리가 되어 입에서 입으로 소문은 계속 꼬리를 물고 이어지고 있었다.

심지어 이듬해 농번기가 되어 공사판의 공사가 중단될 무렵에는 뱃속에서는 태아가 자꾸만 자라고 있었다. 배가 불러오는데도 다행히 일을 쉬고 있는 때라 어렵지 않게 지낼 수 있었지만 삼복더위도 지나고 추석은 곧 다가오는데 팔월 초에 해산기가 있어도 어느 누구에게 도움도 청할 수가 없어 혼자서 해산을 하고 보니 딸이었다. 비록 계집애였지만 이목구비가 선명한데다가 일곱이레가 다 지날 무렵에는 어찌나 곱고 예쁘던지 이름을 화병이라고 지었단다. 그 후 석 달 뒤에는 큰집에서 시어머님이 아들을 낳으니 고부간에 삼 개월 사이에 조카딸과 삼촌을 낳은 것이다.

하지만 미인단명이라더니 그 이듬해 이월 초승에 홍역이 창궐하여 화병이도 생후 6개월 만에 숨을 거두고 말았다. 어머니 입장에서는 그렇지 않아도 하루도 편할 날 없이 불안과 고통으로 세월을 보내고 있는 이때에 설상가상으로 이 어린 푸접마저 내 품에서 뺏어가 버리니 하나님도 무심하다고 원망해본들 무슨 소용이랴. 하루하루의 삶이 가시밭 걷기인 이 구차한 인생, 더 살아 무엇하랴 싶어 어디 깊은 연못에나 풍덩 몸을 던져버릴거나 하고 생각하다가도 밤이면 찾아와 두 손을 꼭 잡아주며 위로해 주는 무뚝뚝한 연하의 사내 덕분에 다소 위안이 되어 이도저도 못 하고 사는 것이었다.

어느 날은 가슴의 젖이 불어 터질 것 같아 안절부절못하는 것을 본 애아범이 횡하니 밖으로 나가더니만 조금 지나 웬 아이 하나를 안고 들어와 건네준다. 뉘 네 애냐며 젖을 물리면서 바라보니 자기 막내 동생이 아닌가, 팅팅 불은 젖 두 통을 단숨에 다 빨아먹고 그대로 색색거리며 잠이 든다. 이렇게 팔자에 없는 막내 시동생의 유모가 되어 안집에 드나들게 되고 보니 화병이를 여읜 슬픔에서는 시슬 사슬 사그라지게 되었지만, 그렇다고 두 내외가 부모님으로부터 면죄부를 받은 것은 아니다. 시부모님의 입장에서는 양친 부모 앞에서 사모관대를 입지 않고 치른 혼례는 무효로 치부하고 새 처녀에게 결혼을 새로 시킬 양으로 이곳저곳에 매파를 놓아보지만, 이미 근동에서는 이 집의 복잡한 사정을 다 아는지라 혼처가 쉬 나올 리 없고 매파로 나서는 사람도 이제는 뚝 끊기고 말았다. 신랑 될 당사자가 부모님의 주장을 수용하지 않고 자기가 선택한 그녀만을 백년해로할 유일한 반려자로 굳히고 있으니 누가 그 뜻을 꺾으랴. 그러나 기필코 처녀장가를 보내고야 말겠다는 어머님의 집념 또한 강경해서 속으로는 용호상박의 암투가 계속되고 있지만 드러내놓고 반대만을 할 수 없어 침묵으로 일관하고 있는데 바로 이 점으로 인해 아버지께서는 자기 운명이 걸려있는 중차대한 일임에도 부모님에게 딱 부러지게 자기주장을 말하지 못하고 우유부단한 처신으로 말미암아 아까운 청춘에 요절할 수밖에 없는 운명을 맞이하게 될 줄이야 뉘 알았으리요.

그때 차라리 남도댁 화병엄마를 버리든지, 아니면 부모님에게 잠시 불효할 셈 잡고 집을 뛰쳐나가 둘이서 돈을 벌어 금의환향하여 부모님에게 효도했더라면 하는 아쉬움이 남는다. 앞으로 계속되는 아버지의 사모관대 입고 결혼식을 올리는 결혼문제를 써나가는 아들의 심정이 괴롭고 안타까울 뿐이다.

아버지의 제2부인
내끼멀댁

그때 마침 정읍군 태인면 오봉리 내끼멀 부락에 나이 18세의 김 갑추라는 처녀가 있다는 어떤 매파의 소개가 들어왔다. 팔월 한가위 명절이 지난 뒤라 한가했으므로 즉시 선을 보고 온 시어머니, 이때에 할머니는 신붓감의 얼굴이나 집안 내력 등은 따져보지도 않고 처녀라고 하니까 무조건 혼자 결정해 버리고 와서는 "애는 순하고 착하게 생겨서 시키는 일은 잘할 것 같더라."라고 선본 소감을 말하자 당사자인 아들은 아무 대꾸도 없이 밖으로 휭 하고 나가버린다.

그러나 부모님들은 '제가 새 처녀에게 장가를 들고 나면 화병어미에게는 드나들지 않겠지, 그러면 화병어미는 제풀에 지쳐 집을 나가겠지.'라고 희망적인 추측을 했고 당사자인 아들은 '아무리 부모님들이 애를 써도 내 초심은 변치 않고 오직 화병어미만이 내 사람입니다.'라고 마음을 굳히고 있으면서도 딱 잘라 다시는 장가갈 수 없다고 당당하게 말하지 못하는 미온적인 성격 때문에 마음의 갈등

속에서 꽃다운 청춘을 고통과 불안으로 보내야만 했던 것이다.

이리하여 추수가 끝나자마자 서둘러 혼례를 치루고 당일로 신행하여 첫날밤 신방을 차리고 밖에서 그 동정을 살피니 신랑은 한쪽으로 돌아누워 잠이 들어있고, 신부는 족두리를 쓴 채 방 한구석에서 꾸벅꾸벅 졸고 있었다. 어느 신부라도 이쯤 되면 심통이 나 있어야 하겠거늘 이는 사람이 좋아서 그런 것인지 아니면 바보라서 사리분별을 못 해 그런 것인지 분간이 안 되었다. 정확히 말한다면 천성은 착하나 사리분별에는 좀 모자라는 편이었다. 그리하여 이 집에는 시어머니와 아들 즉 모자지간에는 매일같이 말다툼이 그치지 않았지만 오히려 베개동서 간에는 아무런 다툼 없이 의좋게 지내고 있었다. 내끼멀댁이 시집 온 지도 반년이 되었건만 그녀에게서는 아무런 기척도 없는데, 오히려 화병이네가 태기가 있어 그해 시월에 애를 낳고 보니 또 딸이었다. "아들을 낳아도 시원치 않을 텐데 낳다 하면 딸."이라고 시어머니의 성화는 날로 더해갔다.

'이왕에 낳을 딸이라면 차라리 내끼멀네한테서 태어나야지 화병이네가 또 나.'

그러나 아이는 무럭무럭 자라서 일곱이레가 지나니 제법 통통한 게 지난번에 날린 화병이보다 더 예쁘다. 그래서 이름을 금옥이라고 지었다. 금옥이는 젖 먹을 때만 생모 차지가 되고 나머지 시간에는 노상 내끼멀댁 차지다. 이제 내끼멀댁은 서방 없이는 살아도 금옥이 없이는 하루도 못 살겠단다. 세월은 흘러 금옥이가 네 살 되던 늦은 봄에 또 다시 금옥이네에게 태기가 왔다. 당자의 입에서 나온 말은 아니지만 여인들의 추리력은 대단해서 누군가의 입에서든 발설만 되면 하룻밤 사이에 온 동네 아낙네들은 다 알고 만다. 동네 큰 우물이 뉴스의 매개처다. 바로 금옥이네의 태기 문제도 그곳에서 뭇 아낙네들의 입방아에 중구난방으로 오르내리고 있었다.

금옥이가 들어설 때도 그랬지만 그때는 내끼멀댁이 갓 시집온 때라 나이도 어리고 무슨 말이 무슨 말인지 잘 분간을 못했으나 지금은 사정이 달랐다. 비록 서방한테 첫날밤부터 공방 맞아 이제껏 서방이 무엇인지도 모르고 살았지만 이젠 나이도 22살, 벙어리가 말은 못 해도 날수 가는 줄은 알듯이 이것저것 짐작하는 바가 있다. 금옥이가 딱 애기 때라면 고것이 예뻐서 차마 떨쳐버릴 수가 없어 등 떠밀어도 못 나갈 것 같았지만 이제는 네 살이나 먹으니 나보다도 제 엄마를 더 좋아하는 것 같아 말은 안 해도 속으로는 섭섭한 때도 있었다. 그동안 멋모르고 시집이라고 와서 보니 서방님과 금옥이네 사이에 내가 끼어들 틈은 없었다. 진즉 떠났어야 할 몸인데 우리 금옥이와 정들어 떠날 수가 없어 4년이란 세월을 허송했지만 이젠 마침내 내가 떠날 때가 되었나보다 하고, 만춘의 봄바람에 설레는 마음마저도 가누지 못하고 가슴에 한을 안은 채 옷 보따리 하나만을 달랑 들고 아무도 모르게 조용히 집을 나가고 말았다.

이에 금옥이네는 "아이고 불쌍한 것, 어린 가슴에 얼마나 한이 맺혔을꼬, 생각 같아서는 오순도순 의좋게 살았으면 했는데 지아비가 조금만 살갑게 했으면 이리 나가지는 안했을 텐데." 하며 눈시울을 적신다. 그리고 '부디 좋은 사람 다시 만나 아들딸 잘 낳고 복 많이 받고 살게 해 주옵소서.' 하고 마음속 깊이 하나님께 축원하였다.

　자고로 자식 이기는 부모 없다고 했는데 이 집의 경우는 달랐다. 종당에는 불행의 늪으로 빠져들고 있는데도, 그리고 1차의 처녀 혼례에서 실패했음에도 2차 3차…… 계속 밀고 나갈 기세다. 이 집안이 무슨 명문대가인가? 오직 수백 년 동안 퇴락한 양반에 불과하며 구차한 생활을 수 대째 대물림한 집안에 불과하다. 이처럼 모자지간의 기 싸움은 명분을 내세우는 어머니와 실리를 추구하는 아들 간의 다툼이다. 명분론에 의하여 1차를 시도해서 실패했다면 그 다음은 아들의 실리론에 따랐어야 마땅했다. 그랬으면 이 집안은 흥했을 것이다. 그래서 옛말에 혼인치레 말고 팔자치레 하라 했다.

　고려조 인종 때 문신 경정공(敬靖公) 문공유(文公裕)란 분이 계셨다. 이분은 나에게 27대조가 되신다. 공이 조정에 계실 당시의 법에는 과부가 재혼을 못 하도록 되어 있었다. 이로 인하여 여자는 사람의 대접을 받지 못하고 남자의 부속물로 취급을 받았을 뿐만 아니라, 남자가 홀아비가 되어 재취하려 해도 처녀가 귀해 장가를 가지 못하는 폐단이 많았으므로 공이 임금님에게 상소하여 과부도 재혼할 수 있게 되었던 것이다. 모든 과부를 부정한 여인이라고 치부하는 것은 온당치 못하다. 다만 과부가 되어 이 남자, 저 남자를 가리지 않고 통정한다면, 부정한 여인이 되겠지만 어떤 한 남자에게 개가한 과부는 결코 부정하다 할 수는 없는 것이다. 오히려 유부인으로서 간통을 한다면 이야말로 부정한 여인이라 아니할 수 없다.

아버지의 제3부인
고부댁

내끼멀댁이 가출하고부터는 또다시 만나는 사람마다 내 아들 중매 하나 서 달라고 애원하는 것이 할머니의 하나의 일과가 되다시피 하였다. 어느 날 바로 두 집 건너 사는 방 씨 마누라 봉○이네(큰아들이 봉○이)가 금옥이 할머니가 다시 아들을 새장가 보내고자 한다는 소문을 듣고 찾아갔다. 그리고는 "저의 친정집안 성님네 딸 하나가 16살 먹었는디 이뿌지는 안허지만 성질이 당차서 금옥이네 하나쯤은 능히 맞서 싸워도 물러서지 않을 것 같은디요. 한번 가서 선을 보실랑가요?"라고 말하는 것이었다.

할머니는 말이 떨어지자마자 "그런 좋은 자리가 있으면 당장 가보세." 하며 즉시 행장을 챙겨 삼십 리 넘는 길을 선걸음에 다녀왔다. 다녀와서는 금옥이 할아버지에게 선본 소감을 말하기를 "눈은 쭉 찌져진디다 입술도 야무지게 생겨 누구에게 말 부쳐도 쉬 물러서지 않을 당기가 있습디다. 지난 내끼멀네처럼 물렁기는 아닐 듯

하니 여기로 정합시다." 이 말을 들은 금옥이 할아버지는 먼 산만 대꾸 없이 바라보며 이것이 옳은 일인지 그른 일인지 분간할 수 없어 한숨만 들이쉬고 내쉴 뿐이었다.

이때가 7월 처서 무렵이었으므로 가을 추수가 끝나면 바로 예를 올리기로 양가에서 합의가 이루어졌다. 신방을 꾸밀 방은 금옥이네가 차지하고 있으니 그렇다고 등을 떠밀어낼 수도 없고 말로는 대충 알아듣도록 이야기를 했건만 꿀 먹은 벙어리마냥 묵묵부답이었다. 그도 그럴 것이 "택일이 되었으니 이제 방을 비워줘야 할 것 아니오." 하고 금옥이 아빠에게 말하면 못 들은 척하고 그대로 있으라 했으므로 좌불안석이 되어 뭉그적거리고 있을 뿐이었는데, 그날도 이른 아침에 안큰집 큰아버지가 오시더니만 괭이를 들고 금옥이네 방으로 들어가서는 방바닥을 파대어 구들장 하나를 빼내는 것이 아닌가. 아침밥을 짓다가 변을 당하는 금옥이네였다.

"큰아버님 고정하세요. 제가 나가드리겠습니다." 하고 만류하자 "네가 안 나가고 이대로 버티면 이집 귀신 될 줄 알았느냐. 어데서 굴러먹던 계집이 이 집안을 다 말아먹고 나가겠느냐?"며 당장 나가라는 것이었다.

이렇게 되고 보니 금옥이네 입장에서는 '차라리 화병이란 년 날렸을 때 나갔어야 했는데, 이제 금옥이는 네 살이나 되었으니 할머니가 기른다 치고 이 뱃속에서 꼬물거리는 핏덩이는 어찌하면 좋단 말이냐? 일이 이 지경이 될 줄 알았다면 진즉 피로 쏟아 버릴 것을. 그랬으면 이제 홀가분하게 나갈 수도 있었는데 금옥이 애비만 철석

같이 믿었던 것이 믿는 나무 고목 된다고 옛말이 틀림없었다. 짐승만도 못한 첫 서방놈을 만나 생지옥살이 하다가 종국에는 떡잎 같이 자라나는 두 어린 딸년들과 기구하게 생이별하고 이곳까지 정처 없이 흘러와서 금옥이 애비를 만나 오직 착한 마음씨 하나 보고 어떠한 어려움도 참고 살아보려 했는데 이 모든 것이 일장춘몽으로 끝나는구나!' 하고 생각하니 서럽고 원통하기 그지없어 한없이 눈물만 흐를 뿐이다.

생명은 소중한 것인 줄을 뻔히 알면서도 '무고한 생명을 이 세상에 태어나기도 전에 지워 피로 쏟아내야 하는 비정의 이 어미를 용서해다오' 속으로 되뇌면서 목침을 들어 배를 치려 하니 뱃속에서는 발길질을 해댔다. 뒤이어 철썩철썩…… 하고 몇 차례를 쳐대니 뱃가죽만 벌겋게 달아올라 아플 뿐이었다. 이제는 목침을 배에 안고 방바닥에 부쳐대기를 수없이 했어도 아래에서는 아무런 기미가 나타나지 않는다. 낙태도 팔자에 없으면 못 하겠구나 생각하고 옷 보따리를 싸고 있는데 애 아빠가 들어왔다.

"이 길로 집을 나가니 금옥이 잘 키우고 새장가 들어 부모님 모시고 효도하며 행복하게 잘 사시구려, 뱃속 것은 아무리 떼 내려 해도 안 떨어지니 이대로 나가서 다행히 순산하게 되면 애 없는 부잣집에 주어버리고 나는 거침없는 세상 훨훨 날아다니며 살라요."

이렇게 말하는 집 나가려는 아내.

금옥이를 껴안고 앉아 묵묵히 듣고 있던 금옥이 아빠의 눈에서도 닭이똥 같은 눈물이 떨어지면서 방바닥이 꺼져라 하고 긴 한숨만을 쉬어댈 뿐이다. 그 한숨과 눈물 속에는 '당신을 따르자니 불효가 되고 부모님을 따르자니 비정하고 너무 가혹한 남편이오, 허나 당신과 저 만주벌판으로 몇 번이고 떠나버리고 싶은 마음 간절했건만 차마 부모님을 버려두고 떠나지 못하는 이 심사를 어이하면 좋단 말이오.'라고 말하는 소리가 귀에는 들리지 않지만 마음으로 느껴져 왔다.

보따리를 들고 방문을 나서 큰방 쪽으로 가 "아버님 어마님 부디 건강하게 오래오래 사십시오."라며 마당에서 방 쪽으로 큰절을 올리고 돌아서서 조림지 쪽으로 발길을 옮긴다. 그때 아빠 품을 빠져나온 금옥이가 엄마 뒤를 쏜살같이 따라와 치맛자락을 잡고 "엄마 가지 마아." 하고 울며 따라간다. 그때 금옥이 아빠는 송생원댁(제월댁)을 찾아가 금옥이 어미가 보따리를 싸가지고 집을 나갔다는 말씀을 전하자, 제월댁이 부리나케 조림지 쪽으로 쫓아가 성순이네 집에서 만났다.

이 책의 서두의 장면이 바로 이때의 장면이다. 6년 전 그토록 끈질기게 찾아가 애원하며 내 사람으로 만들 때는 언제고, 이제 와서 집 나가려는 아내를 다른 사람이 내 대신 붙들어 주기를 바라는 얼간이가 되었으니 아버지께서는 스스로가 한없이 미울 따름이었다. 이리하여 금옥이네에겐 금옥이를 데리고 새로이 남의 집 셋방살이가 시작되었고, 큰댁에서는 방을 뜯고 다시 놓는 등 새댁 맞이 준비에 바쁘다. 추석을 쇠고 선들바람이 불어오는 초가을, 아직 귀밑에 명지털도 가시지 않은 고부댁이 신행하여 들어왔다. 이제 갓 16세 소녀인 그녀는 내꺼멀댁과는 전혀 다르게 중매쟁이 말대로 당찼다.

여기서 잠시 이 혼사를 중매한 봉ㅇ이네를 짚고 넘어가야겠다. 한 동네에서 몇 년간을 이웃하며 살고 있으니 이야기친구가 될 수밖에 없었던 봉ㅇ이네는 금옥이네보다 두세 살 아래였으므로 자연스레 형, 동생 하고 지냈다. 두 사람은 여자로서는 큰 편이었는데 특히 봉ㅇ이네가 더 장대했으며, 그녀는 남편을 쥐락펴락하는 입장이었으나 자기 땅 한 평 없이 아들딸까지 여섯 식구가 하루하루 날품팔이에만 의존하며 살아가고 있어 가랑이가 찢어지게 가난했던 것이다. 그런데도 자기는 항상 몸치장만 깨끗이 하고 다니는가 하면 남편은 한시도 놀지 않고 일만 하고 있으니 반 거지꼴이었다. 그런데 다섯째를 가졌다는 소문이 나자마자 옆 동네 부자인 김사과(일본인 구마모도 농장의 사음)에게 팔려가는 몸이 되고 말았다. 알고 보면 오래전부터 그 집을 들락날락했으면서도 하필 애가 들어서니 매가 꿩을 낚아채듯 데려가 버리고 본서방에게는 돈 몇 푼 던져주었을 뿐인데도 자기 마누라를 뺏긴 방 서방이 항변 한마디 못하고 쥐 죽은 듯이 죽어져 있었던 것은 당시 일본인 대지주 사음의 권세가 얼마나 대단했던가를 알 수 있는 부분이다. 김사과가 이렇게 한 데는 상당한 이유가 있었다. 즉 김사과는 본래 애를 못 갖는 사내였다. 그러기에 몇 년 전에 부인이 죽고 없어도 후처를 들이지 않고 봉ㅇ이네만 자기 집에 식모처럼 들락거리게 하고서 이왕이면 본남편의 애가 들어서기를 기다렸던 것이다. 거기서 난 아들이 김ㅇ배, 그는 여기서 난 아들을 자기 후사로 삼으려고 계획적으로 이런 짓을 한 것이었다. 그 후, 8·15 광복 몇 년 전에 김사과는 죽고 후일 김O배는 군대까지 다녀온 후에 본성인 방O배로 개성하여 호적을 바꾸었다.

독자들은 객쩍 없는 매파의 이야기를 비방조로 장황하게 늘어놓는다고 의아해하겠지만 뒷이야기는 매파인 봉O이네의 인성과 관계가 있기 때문에 부득이 적지 않을 수 없었다. 이렇게 해서 팔월 추석을 쇠고 혼례를 맞이한 것이 아버지의 세 번째 부인인 고부댁이다. 고부댁이 들어와서는 내끼멀댁과는 달리 하루도 집안은 편할 날이 없었다.

광풍은 몰아닥치고, 나는 태어나고

　고부댁이 시집 온 지 열흘도 못 되어 집안에 불안이 일기 시작했다. 금옥이 아빠는 하루도 맘 편할 날이 없었다. 밤에 금옥이 아빠가 어디 벙긋만 해도 뒤따라다니며 행여 금옥이네에게로 가는가를 밝힌다. 이는 시어머니가 바라는 바이기도 하였으며 한편으로는 시어머니가 은근히 부추기기도 한 것이다.

　이러한 와중에도 날은 차 금옥이네의 해산기가 있자 집 주인인 큰방에서는 딴 데로 나가서 몸을 풀라 한다. 이는 지난 시월달에 큰방 김순구씨네가 아들을 낳았기 때문이다. 즉 한 지붕 밑에서 한 해에 두 아이가 태어나면 둘 중 한 아이가 해를 입는다는 미신적인 이야기들이 있기 때문이었다. 이리하여 안큰집 작은방으로 옮겨가서 몸을 풀기로 했다. 한때는 방바닥을 파헤친 큰아버지께서도 자기 종손이 태어난다고 하니 선뜻 작은방을 쓰라고 내준 것이다. 섣달 열하룻날 밤에 해산하고 보니 머슴애였다. 그동안 내쫓지 못하여 애달프던 시부모님의 생각이 누그러지는 쪽으로 달라졌다. 호랑이는 무섭고 그 가죽은 욕심난다는 속담처럼 손자는 갖고 싶고 어미는 싫다는 것이다. 그리하여 이제는 나가라는 말 대신 잔등거리에 방 하나, 부엌 하나인 토담 오두막을 사 주신 것이다. 이름은 제 누나 따라 금용이라고 지었다. 일곱이레가 지나면서 사람들마다 애를 보고는 "금용이는 제 아버지만 꼭 **빼닮았다.**"고들 한다.

상황이 이렇다 보니 속앓이를 하는 사람은 바로 고부댁이었다. 이제는 오두막집에 이사까지 시켜놓고 애들을 보러 가는 것이 일과가 되었으니 아빠가 나가기만 하면 고부댁이 바로 뒤밟아 나서서 길가로 난 창문 밑에서 엿듣는 것이 일과였다. 그리고는 "늙은 연 놈이 쥐새끼만한 머슴애 새끼 하나 퍼질러 나 놓고는 별 지랄들을 다 한다!"고 소리를 꽥 지르고 달아나곤 하니 아버지 역시나 아빠로서 자식들을 마음 놓고 예뻐하거나 보듬어줄 수도 없는 처지가 되고 말았다. 그렇다고 주먹으로 볼때기라도 한 대나 내지를라 치면 동네방네가 다 떠나가게 대성통곡하는 바람에 시어머니까지 나서서 온 집안에 큰 싸움판이 벌어지니 이러지도 저러지도 못하는 반벙어리요, 반 귀머거리인 신세가 되고 말았다.

이렇게 하루하루 산다는 것이 앞이 보이지 않는 끝없는 가시밭길의 고행이니 '어린 것들을 데리고 세 식구가 움막 같은 오두막에서 곰 새끼처럼 살아가고 있는데 일 년에 쌀 한 포대도 제대로 대주지 못하고 내팽개치다시피 하고 있으니 이러고도 어찌 아빠가 되고 지 아비라 할 수 있단 말인가? 생각할수록 금옥이네와 어린 것들에게 죄책감이 앞서 마음이 괴로울 뿐이다.'

새 성주와
동생들의 출생

하루도 편할 날이 없이 가정불화만이 계속되고 있는데도 아버지께서는 자나 깨나 걱정이 태산이었다.

'일각이 여삼추라고 갈수록 나이는 먹어 가고 부모님들은 늙어 가시는데 주무실 때 다리 한 번 쭉 펴고 주무실 수 있도록 집 한 채를 지어드려야 자식의 도리라고 생각하니 걱정이 태산 같다. 지금 살고 있는 집터는 너무 좁아 좀 넓은 집터와 바꿔야겠기에, 우리 집보다 집터가 넓은 김재명 씨 집과 바꾸기로 해야겠다.'

아버지는 이렇게 계획을 세워, 바꾼 집터에 새 성주를 시작했다. 바로 그해가 내가 다섯 살 먹은 해이자, 고부댁이 순옥이를 낳은 해이며, 아버지가 어머니를 만난 지 10년째 되는 해의 7월의 일이다. 자고로 가을 성주는 친구가 많아야 하고 봄 성주는 밥이 많아야 한다고 했는데 다행이도 인심을 잃지 않아 동네사람들이 모두 나서서 농사일에 바쁜 중에도 너도나도 할 것 없이 서로 거들어 주어 공사는 순조롭게 마쳤으므로 가을에는 새 집으로 이사를 할 수 있었다.

이때에 아버지는 감개무량한 마음으로 이처럼 한시도 속 편할 날이 없는 가정불화의 고통 속에서도 기어이 해냈구나 하는 안도의 한숨과 더불어 '만약 부모님들이 금옥이 어미를 순순히 받아들여 오순도순 살았더라면 벌써 2~3년 전에 새 성주를 했을 것인데' 하고 만시지탄이 앞선다. 그 후 한 해가 지나서 어머니가 동짓달에 딸아이 하나를 더 낳았으니 그 애가 점옥이다. 그리고 2년 후에 고부댁이 사내아이 하나를 낳으니 그 아이가 우리 오남매의 막둥이 동생 판용이다.

죽음의 문턱까지 간
나의 발병

　내가 태어나기 3개월 전에 아버지의 새 장가로 들어온 고부댁은 나이에 비하여 영악했고 어머니에게는 겨우 딸뻘밖에 되지 않은 16세의 소녀, 아직 귀밑에 명지털도 가시지 않은 어린 나이였음에도 어머니에 대해 거칠고 사납게 저돌적인 행동을 서슴지 않았음은 두 집 건너 사는 중신어미이며 이모뻘인 봉○이네의 교활한 꼬임의 사주가 있었는가 하면, 뒤에서는 시어머니가 보호하고 은근히 부축하였기 때문이다. 이러한 환경에서 나는 어머니 뱃속에서부터 목침덩이로 얻어맞아가며 축복받지 못하고 태어나서부터는 노상 병치레만 하고 자랐다.

　지금도 어린 유년시절을 회상하면 오두막집 단칸방에서 누워 앓고만 있었던 기억밖에 없다. 서쪽으로 난 봉창을 한지로 발랐는데 한지 무늬들이 무슨 귀신들이 놀고 있는 것 같은 환영으로 나타나면 나는 그것들과 이야기를 주고받았던 기억이 지금도 역력하게 떠

오른다. 몸이 허약해서 열이 나면 그러한 헛소리들을 했던 것이다. 그렇게 나는 1년이면 365일 고뿔(지금의 감기)을 늘 달고 살았으므로 어머니는 안쓰럽게 여겨 젖을 여섯 살 때까지 먹여주었다.

이처럼 병약한 나는 나보다 한두 살 어린 애들한테도 얻어맞고 자랐으므로 씨름이나 달리기 같은 힘으로 하는 놀이에는 아예 끼지를 못했다. 그리하여 비루먹은 망아지처럼 비실비실했던 나에게 마침내 큰 병이 들게 되었으니, 그때 내가 일곱 살 적 여름, 새밭등 뙈밭에서 아버지가 호밀을 거두어 황소 달구지에 싣고 돌아오는 길에 나를 높다란 호밀 단 위에 태우고 오는데 달구지가 흔들릴 때마다 무섭고 어지러우며 속이 울렁거리었다. 집에 돌아와서는 큰집 마루에 그냥 쓰러져 한축기가 들어 꽁꽁 앓기 시작하더니만 이내 그길로 이질에 걸리고 말았다. 그때부터 시도 때도 없이 하루에도 수십 번씩 곱똥을 싸기 시작하여 나중에는 피 곱똥을 싸 재끼니 단칸방 오두막집은 온통 똥으로 범벅이 되어 생선내장 썩는 듯한 지독한 냄새 때문에 코를 둘 데가 없을 정도였다.

이렇게 한 달 정도 앓고 나니 영양실조로 다리가 밭아 앙상한 뼈만 남고, 힘이 없어 일어서지도, 걸을 수도 없이 그대로 앉은뱅이가 되고 말았다. 원숭이 궁둥이처럼 벌겋게 빠진 밑살은 힘이 없어 집어넣지도 못하고 피똥은 계속 찔끔거렸으므로 어디 돌아다니지도 못하고 앉아있을 뿐이었다. 그 좁은 오막살이 방과 토방, 부엌에만 앉아 뭉그적거리고 오르내리면서 없는 밥만 달라고 울고만 있으니, 쌀이라곤 한 톨도 없어 밥 한술 해주지 못하고 병든 자식을 그대로 방치할 수밖에 없었던 어머니는 오만 간장이 다 녹아내리는 심정을 달리 삭일 길이 없어 우리 집에서 서쪽으로 약 150m 정도 떨어진 마포댁네 솔밭에 가서 솔가리 땔감을 긁고 있었다. 이때 나는 어머니가 있는 쪽에다 대고 있는 힘을 다하여 소리를 질러댔다. "엄마 밥 줘--" 하고 목이 터져라 계속 악만 쓸 뿐이다. 그 소리는 우리 집에서 한 집 건너 30m 거리에 있는 큰집 할머니에게 더 크게 들렸을 것인데도, 큰집에서는 아무도 우리 집을 들여다보는 사람이 없었다. 그 때 마침 우리 집 옆으로 지나가시던 안큰집 할머니가 우리 집 거적문을 젖히고 들여다보니 어린 것이 다 죽어 가는 몰골로 부엌바닥에 주저앉아 악을 쓰는 광경을 보시고는 혀를 끌끌 차며 "세상에 죽게 생긴 어린것만 놓아두고 네 어미는 어디를 갔다냐?" 하시며 되짚어 나가시더니 조금 있다가 겉보리 서너 되 가량 바가지에 담아 오셨다. 그리고 "어미 오거든 이거라도 찧어 밥 해 달래라." 하고 돌아가셨다. 이렇게 한참씩을 악을 쓰고 나면 지쳐서 그대로 픽 쓰러져 비스듬히 옆으로 누워 잠이 들어 있는 꼴은 영락없는 애송장이다. 다만 가는 숨 줄기만 할딱거리는 것이 아직 살아 있다는 증거일 뿐이다. '최근 TV에 방영되는 소말리아, 우간다에서 죽어가는 어린이처럼'

이런 때에는 옆집 애가 그런 처지에 있더라도 한 번쯤은 들여다보아주는 것이 이웃의 도리일진데 항차 자기 친손자인데도 절규하는 소리를 듣고도 우리 할머니는 어찌 그리 무정하게 가만히 계셨더란 말인가! 아무리 아들 며느리가 밉다 해도 손자까지 그토록 미웠더란 말인가! 미운 아들 며느리의 자식새끼니 저주까지도 연좌시키고 싶었을까! 할머니, 아버지, 손자의 연은 천륜인데 이제 겨우 일곱 살배기 어린 손자에게 천륜을 끊을 가혹한 처벌이 꼭 필요했더란 말인가!

이렇게 비참한 광경을 가끔씩 둘러보시는 아버지, 이토록 비감을 남몰래 속으로 씹어 삼키며 얼마나 목메어했는지 모른다. 피 곱똥으로 범벅이가 된 나를 맑은 물로 씻어 당신의 무릎 위에 앉히고 소리 없이 눈물만 떨어뜨리며 깊은 한숨만 들이쉬고 내쉴 뿐이었다.

'다른 집 할머니 할아버지들은 자기 손자가 중병에 걸려 오늘내일하고 목숨이 경각에 처해 있다면 나중에는 삼수갑산에 갈망정 우선은 체곗돈이라도 빌려 신식 양의사 치료를 받아보라 할 것인데도, 우리 부모님들은 꿀 먹은 벙어리처럼 아무 말이 없다. 두 아내들 몸에서 딸은 셋이나 있어도 아들자식은 오직 이놈뿐인데 다 타들어가는 촛불처럼 가물가물 꺼져만 가는 광경을 속수무책으로 지켜보고만 있는 안타까운 이 신세를 어찌하면 좋단 말인가!'

이러한 와중에서 아버지는 남모르게 속으로는 피멍이 들고 내종이 커져갔는지도 모른다. 이제 온 동네에는 금용이는 이질로 다 죽게 생겼다는 소문이 퍼져있었다. 이에 천병만약이라고 이질에는 무엇이 좋다네 하고 여러 가지 단방약들이 있으니 어머니는 닥치는 대로 해주셨다. 그 중에 가물치 대가리가 좋다는 말을 들은 어머니 동네 아버지 친구네 집에 걸려있는 빼빼 마른 가물치 대가리를 구해와 삶아주시기도 하고, 또 개구리가 좋다고 하니 고추밭에서 개구리를 한 대야 잡아다가 삶아주어서 먹는데, 뒷다리에서 살 한 점씩만 발라주고는 나머지는 다 버리는 것이 아닌가. 나는 몸통도 더 뜯어 먹고 싶었는데, 하고 칭얼거리면 나중에 또 잡아다 삶아 주겠다며 달래셨다. 그리고 다음에 두어 차례나 더 잡아와 삶아주셨다. 나중에 안 일이지만 개구리는 뒷다리 살 한 점밖에는 먹을 것이 없는 것이었다.

　가을에 접어들면서 서늘한 바람이 불어오니 천우신조로 변이 조금씩 굳어지고 차츰 입맛을 잡아가면서 음력 10월부터 걸음을 한 발씩 떼기 시작하면서부터 병든 몸은 차츰 회복되어갔다. 그리하여 나의 이질과의 전쟁은 구사일생으로 발병 4개월 만에 끝이 났다.

아버지가 발병 6개월 만에
요절하시다

　별로 넉넉한 형편이 아니었음에도 다 쓰러져가는 오두막살이에서 늙어 가시는 부모님을 위한 새 성주를 하느라 심신이 극도로 피곤했건만 집안에서는 늘 불화가 그칠 날이 없었으니 안타까운 일이었다. 그때 고부댁의 마음속에는 혹시 금옥이네가 새로 지은 집을 금용이가 아들임을 핑계로 뺏어가려 하지 않을까 하는 망상에 사로잡혀있던 게 아닐까 모르지만 어쨌든 고부댁은 어느 날 초저녁에 느닷없이 서쪽 봉창에서 "아나 이 늙은 년아, 어린 새끼 데리고 잘 놀아난다." 하고 소리를 꽥 지르고는 달아나버렸다. 그러니 어머니는 "저 미친년이 또 지랄 났다."고 하실 뿐 가끔 있는 일이었으므로 타 무탈하고 있는데 조금 있으려니 밖이 웅성거리는 소리가 나며 또 고부댁이 소리를 질러댄다. 내용인즉 고부댁이 조금 전에 서쪽 봉창에서 엿듣다가 소리를 지르면서 큰집으로 돌아가서는 "늙은 년이 어린 금용이를 데리고 하는 말이 '금용아 네가 어서 커서 저 집을 빼앗아 살아야 할 텐데 어쩔거나.'"라고 어머니가 하지도 않은 말을 할머니에게 고자질해대었던 것이었다.

결국에 큰집에서는 그 말을 듣고 집에 있던 둘째 삼촌, 셋째 삼촌, 큰고모 그리고 고부댁까지 넷이서 우루루 쫓아 들어왔다. 그때 마침 예현이네 외할머니가 계셨는데 그분은 평소에 친절하게 지내던 사이인지라 '한 방에서 사위랑 같이 자기가 불편하다.'며 우리 오두막집에 오셔서 저녁에 노시다가 아버지가 거의 아니 오시므로 늘 주무셨던 것이었다. 그날 밤에도 그 노인이 안 계셨으면 꼼짝없이 그 술책의 함정에 빠질 뻔했는데, 천만다행으로 그 노인이 증인이 되어주어서 고부댁의 술책은 허사가 되고 말았다. 그때 어머니가 밖으로 나와서 "채 머리에 피도 마르지 않은 어린 것과 그게 무슨 말이라고 그런 말을 했겠는가? 제 아버지가 늙으신 부모님을 위하여 큰맘 먹고 이룬 대사인데 언감생심 어찌 그런 불경스러운 말을 입에다 댈 수가 있단 말인가?"고 말하고 방 안에 노인이 계시니 물어보라 하니 같이 쫓아왔던 삼촌들과 큰고모는 애설 적은 쓴웃음만 삼키며 되돌아갔던 것이었다. 그날 밤 어머니는 한잠도 못자고 뜬눈으로 날을 새운 다음날 아침나절에 할아버지와 아버지께서 밖으로 나가신 틈을 타서 큰집으로 쫓아가 부엌 볏짚단 사이에 고부댁을 몰아넣고 복날 개 패듯이 한참을 패대어 모처럼 당신의 분풀이를 했다. 이쯤 되니 아무리 서릿발 같던 시어머니인 할머니도 아무 말씀을 못 하셨다.

그 무렵 아버지는 '내 자식을 셋이나 낳아 기르고 있는 아내에게 식량은 마땅히 대주어야 하는 것이 내 도리이거늘 어머니와 고부네가 눈에 쌍불을 켜고 감시를 하고 있으니 어찌하면 좋단 말인가.' 하고 자책하며 거의 매일 아침마다 우리 오두막집에 들리셨다. 와봐서 아침을 끓이는 기색이 없으면 나와 금옥이 누나를 데리고 큰집으로 갔다. 아버지가 먼저 마루에 올라 방으로 들어가시고 그 뒤를 따라 나와 누나가 들어가면서 부엌 샛문 쪽에서 고부댁의 두 눈이 찢어지라고 흘겨보는 것을 보면 어린 마음에도 섬뜩하기까지 했다. 그 눈 흘김 속에선 '저것이 이질에 걸렸을 때 죽어나 버리지 어찌 다시 살아나서 내 눈앞에 어른거리는고!' 하고 중얼거리는 것만 같았다. 이렇게 아버지가 우리들만 데리고 나올 때에는 어머니는 으레 볼멘소리로 한마디 메칠 수밖에 없다. "제 새끼들만 살고 나는 죽어도 좋단 말이어! 이 젖 때기는 어쩌고!"라고 내뱉는 소리를 뒤로 하고 나오는 아버지의 발걸음은 천근만근 무거웠으리라.

이렇게 배고픔을 참다못해 해동하면서부터는 늘 친절하게 동생처럼 감싸주시는 제월댁을 따라 햇푸성귀인 미나리나 쪽파 등을 받아 물 아래 마을에 내다 팔게 되었으니 이게 제법 짭짤한 수입이 되었다. 그렇게 굶지 않고 근근이 보리밥이라도 끓일 정도가 되었다. 그러나 미나리와 쪽파는 한 달도 못 되어 다 쇠어버리고 장사를 못 나가게 되니, 어머니께서는 그동안의 장사 경험을 살려 부안 쪽으로 가서 짠 반찬(건어물)이라도 받아다 팔면 되겠다고 생각하고 본격적으로 광주리장사에 나섰다. 한편 아버지께서는 봄철 쟁기질을 할 때부터 왠지 몸이 무겁고 해소기(헐떡거리는)마저 생겨 힘겹게 쟁기질은 마쳤는데 한참 모내기를 할 무렵부터는 시름시름 앓기 시작하여 여름

철 김 맬 때 가서는 거의 일은 못 하실 정도로 병세가 깊어가면서 삼복더위인데도 가끔씩 오한기가 들며 배가 부어오르기 시작했다.

때는 칠궁기라 병원에를 가려 해도 돈을 구할 수가 없었다. 큰집에서 식량을 대주지 않으니까 네 식구가 입에 풀칠이라도 하려면 하루도 쉴 겨를 없이 광주리장사를 나갈 수밖에 없는 어머니로서는 아버지를 한 달에 한두 번 먼빛에 건성으로 보았을 뿐, 지근에서 만나보지 못하였기 때문에 이토록 급진전한 아버지의 병세를 미처 알지 못하였던 것이다. 때마침 날이 궂어 장사를 못 나가는 날 모처럼 아버지를 만나보니 온몸이 누렇게 떠 있었으므로 장사 밑천을 다 털어 아버지 손에 쥐어주며 어서 병원엘 가보라고 했다. 화호 구마모도 농장에 있는 병원에 가서 진찰을 받아보니 "이곳에서는 손쓸 수가 없는 병이니 전주예수병원으로 가 보라."는 것이다. 그리하여 전주예수병원으로 가서 진찰해본 결과 만성복막염(결핵성)이다. 당시의 의술로는 회생이 거의 불가능한 상태였다. 돈이 부족하여 입원은 못 하고 약만 15일분을 타가지고 집으로 돌아왔다.

집에서 약으로만 치료해 보았지만 낫기는커녕 날로 병세는 깊어만 갔다. 더 이상 병의 고통을 이겨낼 길이 없어 추석을 며칠 앞두고 어머니가 여름에 벌어 놓은 보리 한 가마를 전당포에 잡힌 돈과 입도선매 자금조로 빚을 얻어 아버지께서는 전주예수병원에 입원하셨다. 그 후 25일 만에 "회생할 가망은 없고 일간 운명할 형편이니 퇴원하라."는 진단이 내려졌으므로 오후 4시경에 인력거로 집으로 돌아오는 길이었던 것이다. 쑥고개를 넘을 때부터 목마르다고 물을 달라고 애원하는 것을 집에 곧 도착한다고 달래가며 오는데, 월촌

선돌 고개를 지나서부터는 물 달란 말이 끊겼단다. 그때가 1940년 음력 9월 5일 밤 9시경, 그곳에서 아버지는 35세의 꽃다운 나이에 청운의 꿈 한번 펴 보지 못하고 한 많은 인생을 하직하셨으니, 바로 그날이 아버지의 생일날이기도 했다.

이제 한 집안을 떠받쳐주던 대들보가 무너진 것이다. 열넷 대식 구들을 건사하기도 힘겨웠던 아버지에게 하루도 거르지 않고 마음에 생채기를 내시는 할머니, 설상가상으로 매일같이 투기를 일삼던 고부댁. 이러한 와중에 6년의 세월 동안 하루도 빼놓지 않고 가해진 스트레스로 인해 그토록 건강하셨던 아버지의 심신에 피로가 쌓여 면역력을 상실한 채 서서히 무너져 내리셨고, 결국 발병 6개월 만에 한 많은 세상을 등지고 운명하신 것이다.

그동안 노도처럼 밀려와 기승을 부리던 한 가정의 풍파는 지나갔다. 아버지를 치상한 다음 뒤늦게나마 허탈해진 할머니는 회오와 비탄, 그리고 참회의 눈물을 하염없이 흘리면서 "내가 미친년이지 내가 실성한 년이어-, 생때같은 내 자식 못 잡아먹어서 그토록 발광을 했으니 내가 미친년이었어-! 내가 천벌을 받아 죽어야 하는데 어찌 니가 이렇게 허망하게 가버렸냐-! 앞길이 구만 리 같은 내 자식 먼저 보내고 내가 살아 무엇 하게-, 아이고 원통해라-." 하고 가슴을 치며 통곡한들 아무 소용없는 일이었다. 초상 치른 뒷정리를 하고 난 집안은 정적만이 감돌 뿐인데 간간히 할머니의 한숨과 흐느낌만이 그 정적을 깨트리고 있었다.

고부댁의
개가

　아버지의 치상이 끝나고 나니 만 가을의 추수작업에 온 들판이 분주하게 움직였다. 집안 식구들도 벼 베기를 비롯한 추수일이 바빠 다들 들로 나가고, 고부댁은 집 안에서도 할 일이 많았는데도 앞마을 신양부락에 있는 자기 이모네(봉ㅇ이네가 개가해 간 집) 댁에서 부엌일을 도와달란다고 팔랑팔랑 나다니기 시작한다. 그때 아직 백일도 안 지난 판용이는 등에 업고 다녔다. 그러기를 한 보름쯤 나다니더니 아예 그 집 골방 하나를 차지하고 그 집에서 살아버린다. 고부댁이 낳은 딸 순옥이는 네 살이나 먹었으므로 상할머니(할머니의 친정어머니)에게 맡겨버리고.

　그러니 할머니는 아직 돌도 안 지난 손자 판용이가 보고 싶어도 한번 가서는 통 나타나지를 않으니 얼마나 보고 싶었겠는가? 그리고서 한 달포쯤 지나서는 "고부댁은 사과네 머슴 조ㅇㅇ하고 눈이 맞아 신양리 날맹이 게딱지만 한 오두막집으로 아주 들어가서 산다

내.” 하고 온 동네에 소문이 퍼져버렸다. “남편 치상한 지 한 달도 못 넘기고 혈기왕성한 총각 놈에게 몸을 맡겨버리는 개짐승만도 못한 짓을 해버렸으니 어디 이게 사람이 할 짓이어.” 하고 온 동네 사람들의 입에 회자되었으니 그 꼴이 어찌되었겠는가? 또한 이 소문을 들은 할머니의 심정은 팍 썩어버린 홍어 속이 되고 말았다. 바로 여기에 고부댁의 이모뻘인 봉○이네가 있었으니, 그가 진정 인간다운 사람이라면 한 집에서 기거하면서 눈치를 챘을 것인즉 두 사람을 불러놓고 엄히 나무라며 ‘인간의 도리상 있을 수 없는 일이다. 최소한의 예의는 지켜서 이 해는 넘기고 너희들이 일을 치루는 것이 도리가 아니겠느냐?’ 하고 쐐기를 박아 놓았어야 했거늘, 오히려 중간에서 주선까지 하다 싶게 되었으니 바로 이 점에서 봉○이네의 인간성에 대한 됨됨이를 앞서 장황하게 기술한 것이다.

일이 이렇게 되니 할머니는 큰아들의 죽음을 두 번 맞이하는 꼴이 되고 말았다. 치상 후 달포 남짓 슬픔을 삭이고 있었는데 또다시 슬픔과 원통함에 복받쳐 대성통곡을 하며 “그 똥보다 더러운 봉○이네 말을 듣고 선걸음으로 달려가 고부네를 보고 온 것이 이토록 천추의 한이 될 줄을 어찌 그때 못 깨달았던고!” 하고 방바닥을 치며 통곡한들 무슨 소용이랴. “네끼멀네가 나갔을 때 내가 기를 죽이고 조금만 참고 못 이긴 듯이 있었더라면 금옥이네가 오죽 잘 알아서 했을까, 그 몸에서 자식새끼들을 더 낳고 생때같은 내 자식 잃지 않았으련만 내가 미친년이 되어 방정을 떤 탓에 우리 집이 이처럼 쑥대밭이 되었지!” 하고 눈물과 장탄식으로 하루하루를 보내고 있었다. 그 이듬해에 조가와 고부댁은 판용이를 데리고 화호병원 앞

오두막집으로 이사를 갔다. 그 후 몇 년인가 지나서 들리는 말로는 판용이를 조가의 아들로 호적에 출생신고까지 해 조찬수라고 부른 단다.

제3부

어머니의 홀로서기

어머니가 이 못난 자식 하나를 위하여
일편단심 10년을 하루같이 자신을 불사르던 희생이 없었다면,
나 문금용은 이 세상에 존재하지 않았을 것이다.
어머니의 고난사를 일일이 기록하자면 내 평생을 써도 다 못 쓸 것이다.

통한의 시절을
회상하며

삼일 치상을 하시고 어머니는 세상이 텅 빈 것처럼 마음이 허전하기 한량없었다.

'나에게 첫 시집살이는 유배당해 귀양살이 하는 것처럼 고통스런 삶이었고, 연하의 서방님을 만나 팔자를 고쳤다는 것이 하필이면 오구 상살 방에 걸려들어 옴짝달싹 할 수 없는 기구한 운명의 신세가 되고 말았다. 남들 부부처럼 다정하게 아기자기한 사랑 한번 나누지 못하고 형극의 세월만이 하염없이 흘러 마흔세 살이란 중년의 나이에 접어들고 보니 그동안 지난 세월이 원통하고 한스럽기 그지없다.

이제 어린 삼남매를 내게 떠맡기고 하늘나라로 홀연히 떠나가 버린 남편, 꽃다운 청춘의 짧은 인생을 살다 간 그를 생각하니 만감이 교차한다. 나를 만나 13년밖에 살지 못할 사람이 백 년을 살 것 같이 집요하게 매달려 부부로 맺어졌건만 이후로는 단 하루도 편할 날 없이 심신의 고통 속에서 살다가 간 야속한 임, 당신은 갔어도 당신이 남기고 간 삼남매는 내 온 정성을 다하여 잘 가꾸어나갈 터이니 이제는 이 세상의 고통스러웠던 짐을 훨훨 털어버리고 고통 없는 저세상에서 편안히 쉬시구려!'

어머니는 그렇게 기원하며 이를 악물고 일어섰다. 고부네가 사과네(봉○이네) 머슴 조가와 미쳐 놀아나고 있다는 소문에는 씁쓸함에 긴 한숨과 더불어 '만사는 사필귀정, 나를 내쫓기 위하여 사람답지 않은 것을 골라 들인 값을 톡톡히 치르는 것인데 뉘를 탓하리요.' 하고 생각하니 마음만 허탈해진다. '이왕에 팔자를 고쳐가려거든 남의 눈에 거스르지 않게 조금만 참고 있다가 좀 더 나은 사람을 찾아가야지!' 하고 탄식한 뒤 잠시 눈을 감고 지난 일들을 생각해 본다.

'고부네를 들이기 위하여 큰아버님은 방바닥을 괭이로 파 제치며 어디서 굴러먹은 계집이 이 집을 다 말아먹고 나가겠느냐? 네가 이대로 버티면 이 집 귀신 될 줄 알았느냐?라고 하던 살찬 말씀. 그렇다, 나는 이집 귀신으로 남겠다. 문원택(元澤은 아버지의 동네에서 부르는 이름)의 떳떳한 아내로 하늘을 두고 맹세코 부끄러움 없이 살아가리라.
남들은 쑥덕공론으로 나를 남의 앞에 얹혀산다, 혹은 첩으로 산다는 등 뒷말들이 많았지만 나야말로 금옥애비의 첫째 아내요 정실이다. 오직 부모님의 허락을 받지 못한 결혼일 뿐이다. 어찌 내가 첩이며 소실이란 말인가. 우리는 초야에 정화수를 떠 놓고 화촉을 밝혀 예를 지낸 떳떳한 정실이다. 다만 사모관대와 족두리장삼만 입지 안했을 뿐, 이는 하늘과 땅과 우리 둘만이 아는 사실이다.

남녀가 만 20세가 넘으면 부모의 동의 없이도 결혼할 수 있다는 것은 법이 이를 보장하고 있다. 다만 나는 새 처녀가 아닌 과부였다는 흠 하나만으로 그 같은 수모와 고통을 당하며 참고 살아온 것이다. 살아서는 시어머니와 고부댁의 감시와 성화 때문에 마음 놓고 양식 한 포대 제대로 받아먹은 바 없건만 그래도 살아있어 뒤에서 바람막이만이라도 해 준다면 얼마나 든든하겠는가 싶었는데, 막상 먼저 저세상으로 떠나가 버리니 앞으로 살아갈 길이 막막하기만 하다.'

광주리장사
10년여 세월

'지난봄부터는 남편의 도움 없이 자립하려고 광주리장사에 뛰어들었다. 하늘이 무너져도 솟아날 구멍이 있다고 다행이 제월 형님 따라 미나리장사로 나서지 않았으면 미쳐 장사할 엄두도 내지 못했을 텐데, 그 바람에 몸은 고되고 힘은 들어도 입에 풀칠이라도 할 수 있게 되었으니 천만다행이다. 혼자서 삼남매를 키워야 하지만 애비 없는 호래자식 소리는 듣지 않도록 일천정성을 다하여 이제 내 아들 금용이를 이 집안의 대들보로 키워낼 것이다. 선영을 보존하고 문중을 이끌어갈 어엿한 종손으로 말이다.'

여자의 나이 43살, 이삼십 대 혈기 왕성할 때에 비하면 힘에 부치는 때도 많지만 어찌하랴. 어린 새끼들과 굶지 않고 하루에 밥 세끼만 먹고 살 수만 있다면 세상 무서울 것 없다며 불철주야로 뛰었다. 당시 농촌의 사정은 교통이 불편하여 사람들이 오일장에 한 번이라도 나가려면 하루 품을 버려야 하므로 농찬에 필요한 반찬거리나 기타 생필품들을 시장에서 받아다 약 2할 정도 이윤을 붙여 팔면 여자들의 하루 밭일 품 정도의 일당수입은 되었다.

그런데 과일이나 푸성귀 생선 같은 생물들은 당일 받아온 물건은 당일 다 팔아야지 만약 하룻밤만이라도 넘기면 밑지고 팔아야 하므로 그날의 장사는 헛장사인 것이다. 그래서 나중에는 생물들은 미리 주문을 받아다 파는 방식으로 장사요령을 터득해 나갔다. 그러므로 하루에 장에서 물건을 받아오는 양은 평균 50kg이 넘는 무게였으며, 많을 때는 60kg이 훨씬 넘었다. 이렇게 무거운 물건을 매일같이 머리에 이어 나르는 어머니는 시장에서 물건을 받아 머리에 이고 올 때에 중도에 한 사람도 못 만나면 한 번도 쉬지 못하고 집에까지 댓걸음으로 올 수밖에 없었다. 왜냐하면 그 광주리의 무게 때문에 혼자서는 내리고 또 이고 할 수 없었기 때문이다.

어머니가 다니는 오일장은 김제장(2, 7일) 신태인장(3, 8일) 부안장(4, 9일)이었다. 김제장은 집에서 10km, 신태인장은 6km, 부안장은 13km이며 가을철에는 원평 12km의 배밭에 가서 배를 받아다가 판다. 배는 물 천이라 한 광주리가 70kg이나 나갔다. 이렇게 시장을 다녀와서는 이 동네, 저 동네 다니면서 팔다보면 새벽부터 나서서 한밤중이 되어야 집에 돌아올 수 있었으니 하루에 평균 30km 이상 걸어 다니시는 것이다. 뿐만 아니라 한겨울을 빼고는 아무것도 신지 않고 맨발로 다니신다. 당시에는 고무신도 없었던 때였으므로 짚신을 대자면 하루에 4~5켤레를 신어도 모자랄 형편이었던 탓이었다. 200년 전 아프리카의 흑인노예가 미국에 팔려가서 이보다도 더한 노동을 감당해냈으랴. 다만 삶의 막다른 골목에 이른 우리 어머니는 절체절명의 위기를 당해 생존본능을 위한 초능력이 나타났을 것이다. '내가 이러한 일을 감당하지 않으면 이 자식들은 굶어 죽을 수밖에 없으니 내 이 일을 하다가 쓰러지는 한이 있어도 하지 않으면 안 된다'는 비장한 각오로 그토록 힘에 겨운 일도 감지덕지한 마음으로 임하니 무서운 힘이 솟아났던 것이다.

이처럼 신작로 자갈밭 길을 하루에도 수 십km를 맨발로 걸어 다니시니 어머니의 발바닥은 곰발바닥보다도 더 두터웠으며 엄지발톱은 말발굽처럼 두터워 발톱을 깎으려면 말발굽 깎아내듯 했다. 이 세상 어느 누가 우리 어머니처럼 사신 분이 계셨을까! 그토록 무거운 광주리를 이고 자갈밭 신작로를 걷다보면 돌에 엄지발톱이 채여 주저앉을 뻔하고 아픔을 참느라고 그 자리에 서서 "하이고, 아야—" 하고 생눈물만 질금질금 흘리고 한참 섰다가 지나가기가 그 몇 번이었던가. 만약 그때에 광주리를 이고 그 자리에 펄썩 하고 주저앉아버리기라도 한다면 광주리에 있는 물건은 하나도 못 쓰게 되기 때문이었을 것이다.

어머니가 이 못난 자식 하나를 위하여 일편단심 10년을 하루같이 자신을 불사르던 희생이 없었다면, 나 문금용은 이 세상에 존재하지 않았을 것이다. 어머니의 고난사를 일일이 기록하자면 내 평생을 써도 다 못 쓸 것이다. 어머니의 연세 53세가 되시던 해에 당시로서는 완전히 노인이셨으므로 이젠 힘이 부치다며 광주리장사를 그만두셨다. 어머니의 광주리장사 10년 동안에 일어났던 일화 몇

토막을 적어볼까 한다.

한 번은 내 나이 7살 때였는데 아버지가 아파 전주예수병원에 입원하기 직전쯤으로 짐작된다. 갓 추석을 며칠 앞둔 때인지라 불볕더위는 한풀 꺾이고 아침저녁으로는 제법 선선할 때였다. 어머니가 신태인장을 가셨으니까 만일 어머니 마중을 나가 신태인장 입구까지 가서 어머니를 만나 전봇대 밑에서 구워 내는 붕어빵을 사 달라고 조르면 사주실 것 같다는 생각이 들었다. 그래서 점심밥을 먹고는 누나에게도 이야기하지 않고 나 혼자서 부지런히 신태인으로 갔다. 그리고는 예의 그 붕어빵 장사 곁에 서서 어머니가 장에서 나오시기를 학수고대하며 기다리고 있었다. 비록 빵은 안 먹었어도 그 구수하고 달콤하고 향기로운 빵 냄새만 맡아도 좋았다.

그런데 아무리 기다려도 다른 사람들은 다 장에서 나오는데 어머니는 안 나오시는 것이다. 장꾼들도 이제는 많이 줄어들어 어쩌다 하나씩 드문드문 나올 뿐이다. 그러자 빵 장사도 파장하느라 짐을 꾸리면서 "너 어디 사는 앤데 거기 그렇게 서 있기만 하느냐? 해가 떨어져서 날이 컴컴하니 어서 너희 집으로 돌아가라."고 말한다. 그래서 나는 "날이 이렇게 훤한데 무슨 해가 떨어졌느냐?"고 하자 빵 장사가 전봇대 위 전깃불을 가리키며 "저것 때문에 밝아서 그렇지 해가 져서 너희 동네로 가는 길은 컴컴하다."고 한다. 그때서야 좀 먼 데를 쳐다보니 정말로 캄캄한 밤이다.

아차 하고 그길로 돌아서서 우리 동네로 가는 길로 거의 뛰다시피 하여 약 500m쯤 가니 어른들 네댓 분이 앞에 가는 것이 아닌가. 그분들의 뒤를 졸래졸래 따라가는데 갑자기 뒤가 마렵다. 큰일이었다. 만일 뒤를 보고 있는 사이 어른들을 놓쳐버리면 나 혼자서 갈 일을 생각하니 무서운 생각이 들어 아무리 참으려고 해도 참아지지 않고 곧 바지에 쌀 것 같았다. 할 수 없이 옆 밭으로 들어가 뒤를 보는데, 그때 마침 달이 떠오르고 있어서 주위를 살펴보니 목화밭이었다. 나는 배가 고파 있었으므로 여기저기 달려있는 목화 다래를 따먹는데, 입에 넣고 씹어보니 목화가 쇠어 떫다. 그래서 그다음부터는 다래를 만져봐서 말랑말랑한 것만 골라 몇 알을 따먹고 나니 배고픈 기가 한결 가셨다. 그리고는 일어나서는 냅다 뛰었다. 멍금장터 마을에 거의 가서는 그들을 다시 따라잡을 수가 있었다. 그리고 그들과의 거리를 전봇대 하나 거리로 두고 바름만 바름만 따라가니 개비석 거리쯤 그들이 갔을 때 여자 목소리가 들렸다. 그리고 몇 발자국 더 걸어가니 "금용이냐?" 하고 어머니가 나를 부르며 쫓아와 얼른 보듬더니 나의 볼기를 사정없이 몇 차례 쳐대는 것이었다. 나는 아픈 것도 아픈 것이지만 그보다도 하루 종일 고생했으면서도 붕어빵 하나도 못 얻어먹고 매만 맞는다고 생각하니 부아가 나서 엉엉 하고 주저앉아 울어버렸다. 그랬더니 어머니는 거기서부터 나를 업고 집으로 돌아오셨다. 그 시간이 밤 9시쯤 되었다.

이렇게 그날 소동이 벌어질 수밖에 없었던 것은 어머니가 신태인장에 가보니 받아다가 팔만한 물건이 마땅한 게 없었으므로 정오경에 떠나는 기차를 타고 김제로 가셨던 탓이었다. 어머니가 김제에서 물건을 받아 집으로 돌아오면서 길목의 동네를 들르며 팔다가 날이 저물어서야 집에 돌아와 보니, 내가 온데간데없이 사라졌던 것이다. 아무리 동네 고샅을 뒤지며 찾아봐도 찾을 수가 없는데,

마침 신태인장에서 늦게 돌아온 동네 아주머니 한 분이 빵 장수 옆에 서있던 것을 보았다고 알려줘서 어머니가 찾으러 부리나케 쫓아오셨던 것이다. 그도 그럴 것이 아버지는 오늘내일하고 사경을 헤매는 판국인데 아들 하나 있는 것이 온데간데없이 사라져 버렸으니 온 동네가 발칵 뒤집힐 정도로 소동이 벌어졌음은 어쩌면 당연한 것이었을 것이다.

한편 이번에 쓰는 이 이야기는 어머니께서 광주리장사에서 겪은 고난의 극치라 할 수 있는 한편의 인생 파노라마다. 그날도 김제장 날이었으므로 아침 일찍 김제장으로 나가셨다. 여름이라 채소나 오이, 토마토, 복숭아 등 여름 채소나 과일 등을 받아 집으로 돌아오면서 다 팔고 보니 그 시각이 오후 3시도 채 못 되었다. 평소 같았으면 해하고 동무해야 한 광주리를 팔까 말까 했는데 그날은 너무 일찍 팔렸으므로 남은 해가 아까워 다시 한 번 김제장에 가서 받아다 팔리라 하는 욕심이 생겼던 것이다. 어머니께서 되짚어 장에 가보니 아침나절과는 달리 싱싱한 물건이 없으므로 여기저기 다니며 물건을 골라 받아 광주리에 하나 채웠을 때는 해는 이미 서산에 걸쳐 있었다. 그날도 이미 35km를 넘게 걸었으므로 집에 돌아올 거리 10km를 무거운 짐을 이고 걸을 일을 생각하니 까마득하게 느껴져 망설이고 있다가 그 곁을 지나가는 사람이 통학열차를 타고 신태인을 간다는 말을 듣고 어머니도 기차를 타고 신태인으로 돌아가리라 생각하고 김제역으로 가서 기차를 탔다. 그때가 오후 7시가 조금 지났을 때다.

아직 해는 지지 않은 시각인데도 비가 오려고 그랬는지 구름이 잔뜩 끼기 시작하더니만 후덥지근하기까지 했다. 신태인역에서 내렸을 때에는 이미 밖이 캄캄하게 땅거미가 져 있었다. 아마 구름이 껴 있어 더 어두웠는지, 곧 비가 올 것 같은 날씨다. 그래서 60kg 정도의 무거운 짐 광주리를 머리에 이고 잰걸음으로 신태인을 빠져나와 동림멀을 지나자 빗방울이 하나씩 듣기 시작하더니만 동림멀에서 멍금장터 사이 움푹 파인 골짜기에서는 물동이로 퍼붓듯이 소나기가 내리는가 하면 칠흑 같은 밤에 천둥번개는 우르릉 꽝 하고 번쩍거리면서 비바람이 내몰아치는 바람에 도저히 그 무거운 짐을 이고 한 발짝도 뗄 수 없는 처지가 되고 말았다. 그렇다고 짐을 내리자니 누가 부축해주지 않으면 할 수 없는 일이었으므로 멍금장터 마을까지 약 500m 구간은 그 비를 다 맞으며 한발 한발 떼어놓을 수밖에 없었다. 한 치 앞도 안 보일 정도로 어두워 으르렁 꽝 하고 번개 한 번 치면 그 빛으로 한 발씩 옮겨야 할 정도니 걸음걸이는 거의 제자리걸음과 같았다. 심지어 토질은 황토 흙이라 미끄럽기가 윤활유를 발라 놓은 듯했던 것이었다.

그리하여 논두렁길 약 100m 정도 되는 길을 30분 이상 씨름하다가 겨우 반 정도 지나오는데 발이 미끈덩 하더니만 그대로 광주리는 길 가운데 내동댕이쳐져버리고 어머니는 논 속으로 처박혔으니 이를 어찌하면 좋을꼬! 탄식을 해본들 무엇 하랴, 내가 욕심이 너무 과했구나, 하나님의 뜻이 한 광주리만 팔고 남은 시간은 집에서 편히 쉬라는 계시었건만 이를 어기고 5시간 정도만 발품을 팔면 몇 푼 더 번다는 생각만 했으니 이 벌을 당하는구나, 하고 생각하며 어머니께서 번개불빛을 따라 광주리하고 오이, 채소 등을 몇 개만 주워서 집으로 돌아오니 밤 10시가 훨씬 넘었다. 그 사이 우리 삼남매는 누님이 식은 밥을 챙겨주어 먹었지만 비는 억수같이 쏟아지는데 어머니는 아니 오지, 점옥이가 울기 시작하면서부터 나도 울고, 누나도 울면서 한편으로는 우리들을 달랬지만 어린 마음에 호랑이에게 물려갔을까 하는 방정맞은 생각들을 하며 밤은 깊어만 갔고, 그러다 보니 우리 집인데도 어머니가 안 계시고 천둥번개만 우당땅 하고 쳐대니 한없이 무서웠던 것이다. 밤이 깊어서야 어머니가 집에 간신히 돌아오시자 온 식구가 초상집처럼 같이 부둥켜안고 실컷 울었다. 다음날 새벽에 그 자리에 가 보았으나 먹을 만한 것은 하나도 없었다. 이로 인하여 4~5일간 번 돈을 잃고 고생은 고생대로 한 어머니의 광주리장사 역사상 가장 뼈아팠던 사건이었다.

그 외에도 원평 과수원에서 배를 받아오는 길에 넘어져서 절반 이상 팔 수 없어 손해 본 일, 부안장에 가서 멸치나 건어물을 받아오다 갑자기 소나기를 만나 빗물에 흠뻑 젖은 물건을 하나도 팔아먹을 수 없었던 쓰라린 사건 등이 비일비재하였으니 오죽하면 생것장사 O은 개도 안 먹는다는 옛말들이 있었던 것이다.

우리 어머니의
효심과 수절

　　그동안 온 동네 사람들의 입에 회자되던 우리 어머니가 아버지
가 돌아가신 다음에는 우리 집에 그대로 머물러 살 것으로 보는 사
람은 별로 없었다. 그동안 시집의 학대와 여러 사람들의 천시에 시
달렸는데 찢어지게 가난한 살림에 무슨 미련이 있다고 눌러 살겠는
가? 자식새끼들은 제 할아버지, 할머니에게 떠맡기고 홀가분한 몸
으로 철새처럼 훨훨 날아가 버리면 그만 아닌가, 하고 우물가에서
아낙들의 쑥덕공론이 분분했으나, 우리 어머니는 흥! 하고 콧방귀
를 뀌어버렸다.

　　'너희들이 아무리 입방아들을 찧어대지만 내 한 번 팔자를 고친
것도 억울하고 기구한데, 무슨 영화를 보겠다고 또다시 팔자를 고
치겠는가? 금쪽같은 내 새끼들 눈에서 뜨거운 피눈물을 어찌 흘리
게 하랴! 내 한 몸 부서지는 한이 있어도 일천정성을 다하여 이 새

끼들을 남들 못지않게 번듯하게 길러 내리라, 그동안 나에게 그토록 포악했던 시어머니도 이제는 나밖에 없는 듯 지난 일들을 후회하고 계시니 내 이제 무엇을 더 바라겠는가? 당초에 사람의 속 바탕을 보지 못하고 겉 형식만 내세워 당신 맘대로 가정사를 이끌어가면서 나를 쫓아내려고 표독스러운 고부네를 맞아들이더니만, 생때같은 당신의 자식을 잃고 집안은 쑥대밭이 되었으니 이제 와서 어찌하랴. 이왕에 이 집 귀신 되겠다고 결심하고 사는 몸이 되었으니 지난 응어리진 감정은 모두 풀어버리자. 그리고 앞으로는 지애비가 못 다한 시부모님 모시기에도 정성을 다하겠다.'

어머니는 그렇게 다짐한다. 그리고는 광주리장사에 온 힘을 다 쓰셨다. 매년 봄·가을의 두 차례, 봄에는 조기심리라 해서 밭에 보리가 불룩하게 잉태할 무렵이면 특별히 생조기를 사 오셔서 조상님께 차례를 차려놓는데 그때에 할아버지 할머니를 모셔다가 식사 대접을 해드렸다. 그리고 가을에는 오리심리라 해서 햇곡 오리쌀을 해먹을 때에 첫 수확한 오리쌀로 역시 조상님께 차례상을 차려드리며 그 시절에 많이 나는 생선(삼치 등)으로 반찬을 장만하여 봄 때처럼 모셔다가 잘 대접하셨다. 그뿐만 아니라 음력 9월 4일 아버지의 기일에는 해마다 정성들여 걸게 제사음식을 장만하는데 제상을 차리기 전에 별도로 음식을 잘 차려 집으로 모시지 않고 큰집으로 음식을 갖다드렸던 것이다.

그 외에도 1년에 수차례(4~5차례 추정) 역거리 조기나, 서대, 장대 등 반찬거리를 네댓 마리씩 큰집에 보내드렸다. 그리고 우리 식구들의 생일 때마다 찰떡과 호박떡을 푸짐하게 갖다드렸다. 특히 내 생일은 머슴애 생일이라고 쇠고기를 좀 사다가 미역국을 끓이기 때문에 할아버지 할머니를 모셔다가 식사를 대접해드렸다. 또한 음력 11월 12일은 할아버지 생신이자 어머니의 생일이기도 하기 때문에 우리 집에서는 어머니 생일을 못 쇠고 우리들을 큰집으로 보내어 할아버지 생신을 쇠도록 하는데 그때에는 미리 준비한 장닭 대자로 큰 놈 한 마리를 미리 보내시는 것이다. 그 외에 철 따라 과일 같은 것들도 보내드리는 데 인색하시지 않으셨다.

한편 아버지가 돌아가신 뒤 어머니는 한밤중에 잠을 자다가 부엌 쪽에 대고 "네 이놈의 고양이-!" 하고 밤 고양이를 쫓아내는 소리를 크게 질러대시는 일이 잦았다. 가끔씩 그렇게 방문을 두들기면서 소리를 지르시는 바람에 우리들은 밤에 자다가 잠을 깨기를 자주 했다. 그런데 그건 실은 고양이가 아니라 아버지가 돌아가신 후 어머니가 과부가 되어 길가 오두막집에서 어린 것들하고만 잔다는 것을 번연히 알고 있는 동네 도박꾼 건달패들이 음흉한 흑심을 품고 우리 오두막집을 찾아와 문고리를 잡고 열어달라고 하면 이와 같은 방법으로 우리의 잠을 깨웠던 것이다. 이쯤 되면 아무리 강심장이라도 그냥 돌아가지 않을 수가 없었다. 그러한 사실을 나중에 알게 된 것은 그로부터 오륙 년이 지나 우리들이 장성한 후였다. 그리고 언제부터인가 전에도 가끔씩 우리 집에 오셔서 주무셨던 예현네 할머니를 한 2년 정도 우리 집에 오셔서 밤에 주무시도록 함으로써 그들의 야밤 침입을 예방할 수 있었던 어머니는 40대의 어려웠던 고비를 그렇게 넘기셨다.

'만약 금옥 애비가 죽지 않고 살아있어 시앗 없이 둘이서만 금실 좋게 살아간다면야 우리라고 남들처럼 알뜰한 삶을 못 살 이유야 없을 것이지만 이미 저 세상으로 가버린 임만을 기리며 살 수는 없는 일이다. 이제 나는 나의 인생은 접어 버리고 오직 삼남매 어린 자식들을 위하여 어떠한 고난도 막아내는 방파제가 되어야 한다. 이 방 안을 환하게 밝혀주는 저 촛불처럼 내 한 몸을 불살라 자식들의 앞날만 밝혀 주리라. 그런데도 못된 도박꾼 건달패들이 집적거리는 술수에 내가 호락호락 넘어갈까보냐! 내가 만일 자칫 잘못하여 그 놈들의 유혹에 꼬리가 잡힌다면 우리 아들딸들이 장차 동네 사람들의 조롱거리가 되어 기를 못 피고 살 터인데 생각만 해도 끔찍한 일이다. 내 몸 하나 조신하고 잘 지키어 자식들에게는 걸림돌이 되지 않게 살리라.'

그렇게 굳게 다짐하고 우리 어머니는 그때부터 여성도 남성도 아닌 중성으로 여생을 살다가 가셨다.

논산연무대 면회장에서

제4부

나의 10대

이렇게 해서 나는 국민학교 6년 과정을
육리간이학교 4년과 벽량초등학교 2년으로 마치고
독학 2년과 남성중학교 청강생, 신태인고등공민학교 1년으로
중학과정 3년 공부를 마치니 나이는 훌쩍 20대로 접어들었다.

육리간이학교(4년제)
입학

나의 유년시절을 더듬어보면 네 살 때까지는 기억나는 것이 있다. 하나는 가랑이가 째진 바지를 입고 잔등거리 어른들이 놀고 있는 앞을 지나노라면 내 가랑이를 벌리고 고추 한 번 만져보자고 하던 때에 질색이었던 일, 저고리 왼쪽 고름이 길어 몸을 한 바퀴 돌려 입었었는데 고름이 풀어졌을 때 애를 먹었던 일, 통통 방앗간에 가서 쌀을 훔쳐 먹었던 일, 반닫이 자물쇠 고리에 어머니 담뱃대 꼭지를 넣고 기계를 돌린다고 시쿤둥 시쿤둥 하고 돌리다가 담뱃대 꼭지가 끊어져 어머니에게 매를 맞을 뻔했는데 마침 아버지가 오셔서 나를 보듬고 어머니를 피해주시면서 "어머니 나중에 내가 커서 은 담뱃대를 사드릴게요." 하고 빌라고 해서 그대로 빌었더니 어머니가 피식 하고 웃어버렸던 일, 또 밭 언덕에서 띠뿌리를 캐먹던 일과 삐비(삘기)를 뽑아먹고 찔룩(찔레의 새순)을 끊어 먹던 일, 아버지가 새 집을 짓던 일, 그리고 아버지가 김을 매러 가신 날 숟가락 하나 들고 밥 얻어먹으러 갔다가 갈치토막을 아끼며 안 먹고 그것을 숟

가락 위에 놓아가지고 집으로 오다가 길바닥에 떨어뜨려 다시 주워 가지고 돌아왔던 일 등은 지금도 엊그제 일처럼 생생하다.

　그 후 일곱 살 때에 이질로 고생하다가 죽지 않고 살아난 일, 여덟 살 때에 아버지가 돌아가셨던 일이 있었고 아홉 살 때에 동네 서당에서 천자문을 배웠다. 1942년 봄 내가 열 살이 되던 해엔 또래들이 다들 학교에 간다고 아버지들이 나서서 야단법석인데 나는 아버지가 돌아가셨으므로 누구 하나 서둘러 주는 사람 없이 어머니께서 나섰다. 그리하여 면사무소에 가서 호적을 열람해보니 아버지는 아직 사망신고가 되어있지 않고 이미 9년 전에 가출하여 개가해간 내끼멀댁 김갑추(金甲秋)가 아버지의 처로 그대로 남아있을 뿐, 자녀들이 하나도 입적이 되어있지 않았던 것이다. 그때 부량면 호적서기가 신양부락 조윤환 씨였으므로 우리 집 사정을 잘 아는 처지인지라 "지금 호적에 출생신고를 하면 그 호적이 전주 법원까지 가서 서류정리가 되어 호적초본을 떼기까지는 적어도 보름 정도 걸릴 테니 금용이는 우선 육리간이학교로 입학할 수밖에 없다."는 것이었다. 그래서 나는 그때 벽량공립국민학교에 못 들어가고 육리간이학교로 가게 되었다.

　육리간이학교는 교실 2칸에 교장관사 한 채, 운동장이 약 100평 정도로서 일반 큰 가정집 정원보다도 작았으며 학생 수는 약 200명 정도 되었다. 그러나 공부만은 공립국민학교에 뒤지지 않았으며 이 학교는 입학 적령기를 넘기고 들어온 학생들이 대부분이어서 나는 너덧 살 더 먹은 형뻘 되는 급우들하고 같이 공부하였다.

한편 1941년 12월 8일, 그러니까 내가 학교에 들어가기 3개월 전엔, 일본 공군(가미가제)이 미국 태평양 함대가 주둔하고 있는 하와이의 진주만을 기습 공격하여 미 해군 함정을 초토화시킴으로써 미 해군은 태평양전투에서 속수무책이 되어버렸다. 그리하여 미국과 일본은 그간의 우방국관계에서 적대국으로 갈라져, 이차 세계대전에서 미국은 연합국으로, 일본은 독일, 이태리와 더불어 독재정부 동맹국 편에서 싸우게 되었던 것이다. 이처럼 미 태평양함대가 전멸상태에 있는 동안 일본군은 남태평양 전선에서 승승장구하여 괌도를 비롯한 그 주위의 모든 섬들과 싱가포르, 수마트라, 필리핀 등을 점령함으로써 결국엔 일본이 전 아시아를 휩쓸어 버릴 것 같았다. 그때에 미국은 1929년 대공황과 1939년 9월 제2차 세계대전 발발, 1941년 12월 8일 일본 해군의 하와이 진주만 기습 공격 등으로 인해 영국으로부터 독립한 이래 가장 큰 국가적 위기상황에 직면해 있었다. 그러한 상황에서 루스벨트 대통령은 연속 4선까지 당선되며 10여 년의 장기집권을 했던 미국 역사상 유일한 대통령이었다. 그러나 그는 일본의 항복을 보지 못하고 1945년 봄에 서거하였던 것이다.

일제의 학정과
양원 삼촌의 징병

   하룻강아지 범 무서운 줄 모른다고 진주만에서 기습공격을 당한
미국이 그대로 당하고만 있을 리 만무하였다. 미국이 엄청난 재력
에 의한 막강한 군비를 재정비하는 동안 기습에 성공한 것으로 착
각하고 오만방자해진 일본군들이 남태평양 연안국들을 무차별 기습
점령하자 2년 반 만에 미국에서는 맥아더 원수 휘하의 극동군이 최
신식 무기인 B29전폭기를 벌 떼처럼 띄워 보내 일본 본토와 남태
평양 일본군 주둔지를 무차별 공격하여 반격해 들어오기 시작했다.
이러한 와중에도 일본 놈들은 조선 식민통치를 강화, 창씨개명을
실시하여 우리 조선 사람들의 성씨를 빼앗고, 쌀 공출, 그릇 공출,
마초 공출, 송탄유 공출 등으로 식량과 전쟁에 필요한 자원을 약탈
해갔다. 그리고 남녀노소 없이 작업동원을 실시, 노예처럼 부려먹
었다.
   창씨개명은 무엇인가 하니 1940년 초부터 우리 조선 사람들의
성을 두 글자로 고쳐 전주 이(李)씨를 구니모도(國本)로, 남평 문(文)씨

를 후미히라(文平) 등으로 개성토록 권장하더니만 이를 사람들이 순순히 따르지 않자 1943년부터는 강제로 개명해 쓰지 않으면 관공서에서 모든 문서처리를 해주지 않았던 것이다. 한편 징병은 1943년 1월부터 조선청년이 만 20세가 되면 징병영장이 발부되어 강제로 전쟁터에 끌려가게 된 것이다. 징용은 징병으로 끌려가지 않은 만 22세~30세까지의 청년을 끌고 가 최전선지역에서 탄약이나 보급품을 나르는 노무자로 만들었다가 전쟁터에서 전사자가 많아 군인 수가 모자라면 그들이 보충되었던 것이다. 또한 만 31세~40세까지는 보국대라는 이름으로 군수공장 중노동자, 비행장 건설, 도로공사, 기타 건설공사 등에 투입했다.

심지어 만 15세~22세까지의 처녀들에게 여성연성대라는 것을 조직하게 하여 한 달에 몇 번씩 면에서 나와 집합시켜 놓고, 도수훈련과 시국연설 등을 하면서 그들을 점검한다. 그리고 그들에게 일본 본토에 건너가 공장에 취직하면 월급도 많이 준다고 꾀면서 처음에는 하나둘씩 희망하는 사람들을 데려가다가 1944년부터는 암암리에 영장을 발부하여 끌어갔으니 이것이 바로 종군위안부였다.

이렇다 보니 농촌에는 농사일을 할 일꾼이 없어 어린 국민학생들까지 동원하여 모 심기, 벼 베기, 마초 베기, 광솔 따기 등을 시킴으로써 공부를 제대로 할 수가 없었다. 농촌에는 남자로서는 40세가 넘는 노인(당시에는 50세만 되면 노인임)이나 불구자, 그리고 부녀자들뿐이었으므로 가을 추수 때는 여자들이 눈 속에서 벼를 베고 얼음이 언 논에서 벼를 져 나르는 등짐 일을 했던 것이다. 그때부터 여자들이 일하기 편리하도록 하의를 치마가 아닌 바지처럼 생긴 몸뻬로 입었다. 또한 지금처럼 농기계가 있었던 것도 아니어서 호미, 괭이, 낫, 삽 등으로 농사일을 하다 보니 논밭에는 미처 손이 못 가 잡초만 우거져 있을 뿐, 단당 소출이 지금의 2분의 1 정도밖에 나지 않아 1,200평 한 필지 논에서 많이 먹어야 겨우 쌀로 12가마 수확하는 정도였다. 그래서 마지기(200평)당 양석(벼로 네 가마) 먹는 논은 좋은 논이라 했다.

수확량이 이토록 적었던 것은 비단 노동력이 부족하여 그런 것은 아니다. 농촌에는 땔감으로 볏짚을 때기 때문에 별도로 퇴비를 만들어 낼 수가 없었다. 또한 금비(화학비료)는 흥남 비료공장에서 생산해야 하는데 전쟁에 보낼 군수물자를 만들어 내느라고 비료 생산이 거의 중단상태였으니 농작물에서 소출을 기대할 수가 없었던 것이다. 부지런한 사람이 풀 짐이나 해서 논에 깔고 보면 퇴비를 간 등 만 둥 표시도 나지 않았다. 그런데도 겨울에 벼 타작을 하고 나면 득달같이 달려들어 공출로 실어내가고 나면 알곡은 다 빼앗기고 흰 대기(벼를 훑을 때 이삭으로 끊어진 것을 갈퀴로 긁어모은 것)를 나중에 바람에 들이고 보면 볏섬이나 나오기 때문에 이것이 유일한 월동식량이 되는 것이다. 그래서 겨울부터 시래기밥이다, 무밥이다, 콩나물밥이다 하여 잡동사니를 밥에 섞어 양을 늘려 먹으니 밥 먹고 돌아서면 바로 배가 고팠다. 이렇게 공출로 빼앗아가면서도 자기들의 예상에서 좀 빠진다 싶으면 쇠창을 가지고 나와 잿간을 쑤셔대거나 집벼눌 속을 찔러대는 등 악랄한 수법을 다 동원했던 것이다. 또한 불시로 밥 검사를 다녀서 아무 집이나 무작정 들어가 밥솥 뚜껑을 열어

보거나 했다. 또한 살강 위에 식은 밥이 있으면 밥그릇 뚜껑을 열어 보아 시래기밥이나 잡곡밥이 나오면 다행이지만, 하얀 쌀밥이 나오는 날에는 그 집주인은 면사무소에 끌려가 곤욕을 치루고 풀려나게 되는 것이다.

그뿐이랴. 학교에서는 일본말만 해야 한다. 만약 조선말을 하게 되면 그 옆에 있던 학생이 즉시 "바낑!"이라고 소리를 친다. 그러면 조선말을 했던 학생은 바낑표 한 장을 바낑을 외친 학생에게 준다. 이렇다 보니 나는 늘 매주 월요일은 회초리 맞는 날이 되고 말았다.

일본군이 패망해갈 무렵에는 월화수목금토일 하던 요일을 월월 화수목금금으로 바꾸어 쉬는 날이 없게 만들었으며, 매월 8일에는 일본군이 진주만을 기습 공격한 것을 기리고, 전쟁에서 일본군이 승리하라는 뜻으로 각 동네마다 일장기를 세우고 온 동네 사람들이 모여 황국신민의 선서를 하고 동쪽을 향해 사이게이레이 즉 천황폐하에게 최고의 경례를 하도록 했던 것이며 이것도 종전을 앞두고는 매주 월요일 아침마다 했던 것이다.

그리하여 1943년 봄에 양원이 삼춘께서 징병으로 끌려가셨는데 그 후 얼마나 있다가 가을쯤 해서 휴가를 오셨다. 그때 옆집에 사는 정옥주(지금의 작은어머니) 씨와 혼례를 치루고 다시 올라가 함경북도 웅기에 있던 일본 관동군에 배속되어 있는데 1945년 8월 초에 갑자기 만주 땅과 연해주 국경선 부근으로 출동하여 당시 소련군과 전투가 벌어진 것이다. 그때에 소련군은 제2차 세계대전 직전에 참전하게 되어 얄타회담에서 미국 대통령 루스벨트와 소련 수상 스탈린이 전쟁이 끝나면 한반도에서 일본군의 무장해제를 북위 38도선을 경계로 이북은 소련군이 이남은 미군이 실시하기로 했던 것이다.

이와 같이 종전 직전 일본군의 사기는 극도로 저하되어 연해주 국경선의 전투는 소련군의 일방적인 승리로 끝날 수밖에 없었는데 그때 양원이 작은아버지는 소련군에게 일본군 포로로 붙잡힐 처지에 놓여 있었으므로 재빨리 우리 한민족의 민가로 피신하여 일본 군복을 바지저고리로 바꿔 입고 8·15 광복과 더불어 그곳을 탈출, 그해 9월초에 귀가하셨다. 그때에 군복무 중인 삼촌을 전격적으로 결혼시켰던 것은 당시 19세였던 작은어머니가 종군위안부로 끌려 가지 않기 위하여 작은어머니 친정 쪽에서 서둘러 삼촌 집과 사돈 맺기로 합의가 되었던 것으로 추측된다. 이때 중매를 섰던 분이 바로 우리 어머니이시다.

금옥 누나의
결혼과 호적신고

1944년 초에 어머니께서 고창 외가에 다녀오셔서 얼굴에 수심이 가득한 모습으로 누나와 나를 불러들여 외갓집에서 들었던 이야기를 하셨다. "15세가 넘는 처녀들의 공출이 시작되었다는구나, 더욱이 우리 집은 대주가 없는 집이라 만만하게 여기고 끌어가면 당할 수밖에 없다고 하는데, 시집을 가면 정신대에 끌려갈 염려는 없단다. 너 시집을 갈래, 그렇지 않으면 정신대로 끌려가는 한이 있어도 그대로 집에 있을래."라고 말씀하셨다. 그때에 누나는 "정신대에 끌려갈 바에야 차라리 시집을 가겠네." 하고 분명히 말하였다. 이에 어머니께서는 눈시울을 붉히면서 "너만은 스무 살 안에는 시집을 안 보내려고 했는데 무슨 놈의 팔자가 이리도 기구해서 너마져 열다섯 어린 나이에 시집을 보내야 한다니 원통하고 서러워 못 살겠다." 하고 눈물바람을 하셨다. 그때에 누나도 울고 나도 울었다.

그리하여 누나는 서울 종로구 충신동에 사는 우영순(禹榮順) 씨하고 결혼을 하게 되었다. 당시 그는 29세였으며 소아마비로 한쪽 다리를 절었다. 직업은 나전칠기(螺鈿漆器) 기술자였으며 이는 고창 외 가동네에 사는 이종형님이 중매한 것이다. 그리하여 그해 3월경에 어머니와 누나 그리고 집안에 출입이라도 한다고 하는 기택 재당숙 님과 셋이서 서울로 올라가 식을 올려 출가시켰던 것이다. 이렇게 누나를 출가시키고 나니 온 집안이 텅 빈 것 같아 나는 몇 날을 두 고 누님이 보고 싶어서 울었다. 또 서울에서는 혼인신고를 해야 한 다고 누님 호적초본을 떼어 보내라 하므로 그때에야 부랴부랴 우리 들의 출생신고를 하게 되어 신양리에 사는 조윤환 호적서기를 찾아 가 상의하니 아버지로부터 공방 맞아 유일하게 피붙이 하나도 생산 하지 못한 내끼멀댁 김갑추(金甲秋)가 아직 아버지의 처로 남아있어 할 수 없이 우리 모두를 그분이 출산한 것으로 출생신고를 할 수밖 에 없다는 것이었다. 또한 판용이는 이미 의붓애비 조가의 자식으 로 호적이 되어 있으므로 우리 호적에 실리고 안 실리고는 오로지 어머니의 판단에 맡긴다고 조윤환 호적서기가 말하자 어머니는 "내 아들 금용이가 커서 동생을 찾고자 했을 때, 그리고 판용이가 커서 나중에 제 뼈를 찾고자 한다면 지금 내가 호적에 올려놓아야지 이 대로 호적에서 빼버리면 이젠 영영 조가 자식이 되고 마니 그래서 는 안 된다." 하고 호적에 올리도록 했다.

　이를 두고 혹자는 "이복동생 잘못하면 애물단지가 된다."고 말하 는 사람도 있었으나 그때마다 어머니는 "무슨 말을 그렇게 하느냐? 외아들이 얼마나 외로운 것인데, 이복동생이라도 곁에 있으면 의지 가 되고 좋지"라고 하시며 나무라셨다.

8·15광복과
나의 벽량국민학교 제4학년 편입

　이제 일본은 전쟁에서 패색이 짙어갔다. 이미 그들의 삼국 동맹국 중 이탈리아가 1944년에 항복했고 독일도 1945년 4월경에 일찌감치 항복해 버리니 유일하게 홀로 남은 일본이 무슨 힘으로 버티랴, 남태평양 일본 주력군 부대가 사이판군도에서 전멸당하고, 일본 해군의 최고사령관 야마모토(山本) 원수가 전사했으며 이미 B29전폭기가 일본 본토를 제집 드나들듯 무시로 날아와 폭탄을 퍼붓는데도 항복을 하지 않자, 8월 9일에는 히로시마(廣島)에, 10일에는 나가사키(長崎)에 연합군이 원자폭탄을 투하하니 그제야 일본 천황 소화가 항복방송을 하게 되었다. 그날이 바로 1945년 8월 15일이었다.

　생각해보면 해방 일주일 전인 8월 8일에는 일명 해방바람이라고 하는 큰 태풍이 불어 웬만한 집 지붕은 벗겨져 날아갈 정도였다. 그 바람에 우리 오두막집도 지붕이 들썩들썩하니 곧 벗겨져 나갈 것만 같아서 어머니와 나는 지붕 위로 올라가 어머니는 서쪽 지붕을, 나는 동남쪽 지붕을 약 20분가량 누르고 있다가 바람이 잠잠해서야 내려왔다. 그때 지붕에서 내려와 어찌나 서럽던지 나는 펑펑 울면서 우리 어서 돈 벌어 안동네로 이사 가자고 울부짖었었다. 다음날 오후 2시경에는 B29전폭기가 우리 동네 위를 저공비행해 날아가는 것을 보고 이제는 일본이 패망한다는 것을 어린 나이에도 짐작했었다.

그리하여 나는 해방 후 9월 초부터 벽량국민학교 제4학년생으로 편입하게 되었던 것이다. 그동안 나는 육리간이학교에 다닐 때에 벽량국민학교에 다니는 친구들로부터 "노구리 각고노 샌새이와 이찌다쓰 니모 시라나이대 고구방 다다이대 나이대 이루" 즉 육리학교의 선생은 1+2도 몰라서 칠판을 두드리며 울고 있다, 는 말로 이렇게 놀림을 받으면 퍽 창피했었다. 이제 어느 누구도 나를 그렇게 놀리는 친구가 없어서 좋았다. 그리고 9월 초승에 징병으로 끌려가신 양원 작은아버지께서 돌아오신다고 마중을 나가시는데 나는 그때 학질을 열네 직이나 앓고 있었기 때문에 어머니 등에 업혀 나갔더니 작은아버지께서 다 큰 놈이 어머니 등에 업혔다고 야단을 하셨다.

금옥 누나의
죽음

아직 추위도 완전히 풀리지 않았던 초봄에 서울로 시집간 누나가 겨울에는 춥고 매형의 일거리가 별로 없다고 1944년 12월경에 집에 내려와 약 두 달 남짓 묵었다가 올라갔다. 그리고 1945년 8·15 광복 후 그해 겨울에도 역시 해방 후 시국의 혼란기였으므로 나전 칠기의 고급가구 일거리가 없어서 이번에는 한 겨울을 나고 갈 요량으로 누나와 매형이 같이 내려오셨다. 그때 나는 얼마나 좋았는지 모른다. 그립고 보고 싶던 누나가 같이 사니 좋았고 매형은 어찌나 이야기를 잘하시는지 그해 겨울에 우리 동네 어른들이 노는 사랑방에는 매형의 이야기를 듣고자 사람들이 항상 만원이었다.

그러나 어머니의 입장은 달랐다. 세 식구가 겨우내 먹을 양식을 장정 두 식구가 더한 다섯 식구가 먹어대어 겨우 설을 넘기고 나니 거의 바닥이 났기 때문이다. '그들도 내 자식인데 차마 가랄 수는 없고, 우 서방이 빨리 올라가 일을 해서 돈을 벌어야 할 것인데' 하고 걱정이 태산 같았던 것이다. 그렇게 엄동설한의 추위를 넘기고 설과 정월 대보름을 쇠고 나서야 매형과 누나는 서울로 올라갔다. 서울로 올라간 매형은 새로운 직장을 잡고 안정된 생활을 하고 있다 하여 어머니와 나도 기뻐들 했는데, 그 기쁨도 잠시, 그해 9월 초에 누나가 17세 어린 나이에 출산을 하다가 열악한 의료시설에서 출혈과다로 사망했다는 청천벽력과 같은 소식이 닥치고 만 것이었다.

어머니는 다 장성하지도 않은 딸자식을 시집보내고 그동안 얼마나 노심초사했었나 모른다. 그러다가 16세에 태기가 있으면서부터 퍽 성숙해진 듯하더니만 필경 해산 뒤 처리를 잘못하여 열일곱 어린 나이에 가버리니 "그럴 줄 알았으면 차라리 종군위안부로 끌려가더라도 시집을 보내지 안했을 것인데, 어미 잘못 만나 너를 일찍 시집보내 생죽음 시켰다."고 후회하며 통곡한들 한번 거둔 숨이 되살아날 리 만무하였다.

나는 그날 학교를 가는데 한동네 사는 친구가 달려와 "너희 누나가 죽었다고 너의 어머니가 울고 계시는 것을 보고 왔다."라고 말하는 것이다. 그길로 집으로 돌아가 어머니와 부둥켜안고 한참을 울었다. 인명은 재천이라 했는데 어찌하겠는가, 옛말에 미인 단명이라 하더니만 누나가 미인이라서 그렇게 쉬 세상을 떠났는지도 모르겠다. 내가 여덟 살에 아버지가 돌아가셨을 때에는 이토록 슬픔인 줄을 아직 몰랐었다. 그때에는 슬픔과 기쁨에 대한 감정조절이 아직 미숙한 어린애라서 그랬을까? 그러나 이제는 열네 살배기 소년으로 자란 나는 누나의 죽음 앞에서는 심중에서 일어나는 슬픔과 온 몸으로 느껴지는 전율에 한동안 괴로워했다. 이와 같이 누나의 죽음은 나의 생애에 슬픔을 안겨준 가장 큰 첫 사건이었다.

벽량국민학교를 졸업하고
중학강의록으로 독학을 시작

　내가 비록 육리간이학교에서 전학은 왔으나 학과 공부만은 크게 뒤쳐지지 않았다. 그때 우리 담임선생님은 백인 선생님이었으며 그 이듬해에는 포교에 사시던 박원형 선생님이었다. 박 선생님은 인품도 좋으시고 성품도 온순하셨는데 공산주의 사상운동을 하셨으므로 쫓기는 몸이 되어 어느 날 우리들의 수업 도중에 학교 뒤뜰로 달아나신 후에는 다시 못 뵈었다. 그 뒤를 안용덕 선생님이 부임하셔서 육 학년 졸업 때까지 5~6학년, 2년간을 가르치셨다.

　안용덕 선생님은 화호보통학교를 뒤늦게 3학년에 편입하여 단 4년간을 다니고 졸업하셨을 뿐, 사범학교나 일반중학교를 졸업하시지 않고 독학으로 공부하여 교사전형시험에 합격하여 선생님이 되신 분이다. 당시에는 국민학교 학생 50~60명이 졸업하면 중학교에 진학하는 학생 수가 겨우 10~15명 정도밖에 안 되는 형편인지라 우리 집 같은 가난한 집에서는 중학교에 보내기가 퍽 어려웠다. 그리하여 5학년 2학기부터 안 선생님께서 중학교에 진학할 학생에게는 방과 후에 2~3시간씩 과외공부를 시킬 계획이었는데 그때 나는 손을 들고 일어서서 "선생님, 비록 중학교는 못 가지만 과외공부만이라도 같이 하고 싶습니다."라고 말씀을 드렸다. 그때 안 선생님께서는 크게 기뻐하시며 "그래 좋아! 비진학 학생도 과외공부만큼은 같이 하자."라고 허락해 주셨다. 그래서 우리 반 학생 대부분이 모두 남아 해가 저물 때까지 같이 공부를 했던 것이다.

이렇게 해서 1948년 7월 20일 드디어 빛나는 졸업장을 받고 벽량국민학교를 졸업했다. 당시 벽량국민학교 제7회 졸업생 56명 중에 중학교에 진학하는 학생은 겨우 10여 명이었고 나머지 46명 중에 낀 나는 진학을 못하고 집에 있었던 것이다. 우리가 졸업하고 며칠 있다가 방학 때가 되었으므로 안 선생님께서는 새로 맡은 반 학생들의 가정방문을 다니셨다. 그리하여 8월 초순 때로 기억되는 어느 날 신두리 쪽으로 순방하시면서 우리 집인 오두막집을 찾아오신 것이다. 그리고는 중학강의록을 주문하는 방법을 가르쳐주시며 강의록 발행처인 서울중앙통신학원을 안내해 주셔서 독학을 시작하게 되었다.

매형의 부름으로
상경

중학강의록으로 독학을 시작한 지도 어언 6개월이 지날 무렵인 1949년 2월에 서울 매형한테서 편지 한 통이 날아왔다. 누님이 세상을 떠난 지도 근 3년 가까이 되는 동안 편지 한 장 없어 이젠 잊었나보다 하고 거의 잊혀갈 무렵이었으므로 눈물이 핑 돌아 편지를 뜯어보는 손이 떨렸었다. 내용인즉 그동안 소원하게 지내온 것에 대하여 사과하면서 매형도 누님이 비명에 가시자 6개월 이상 방황하다가 새로 사람을 얻어 이제 마음을 잡고 있다는 것과 새로 들어온 누나가 "나도 외로운 사람이니 금용이를 올려다가 친남매같이 정들이며 살자."고 한다는 것이다. 낮에는 공장에 다니고 밤에는 야학이라도 다니는 것이 어떻겠느냐고.

이 편지를 뜯어본 나와 어머니는 또 한 번 소리 없이 눈물을 흘려야만 했다. 첫째는 3년 전에 죽은 누님 일이 생각나는 것이며, 둘째는 그래도 잊지 않고 다시 불러주는 매형 우영순 씨의 인간성이 고맙기 그지없는 것이다. 또한 새로 들어온 누님은 한 번도 본 바 없건마는 오누이로 지내자고 한 그 정이 감격스러우리만치 고마운 것이다. 그래서 답장을 썼다. 일주일 뒤에 호남선 야간열차 편으로 올라간다고. 신태인역에서 밤 8시 열차를 타면 11시간이나 걸려 다음 날 아침 7시경에야 도착하는 지루하고 고달픈 여행이었으므로 서울역으로 마중 나와 달라고 부탁했다. 그때가 음력 정월 그믐께였으므로 날씨도 상당히 추운 계절이었다. 마침 서울에 사는 내 친구의 형 주용기 씨가 시골에 왔다 올라가는 길이었으므로 동행하게 되어 다행이었다. 그렇지 않으면 나 혼자서 못 가고 어머니께서 같이 따라 올라가셨을는지도 모르는 일이었다.

그렇게 열차를 타고 가는데 대전역까지 간 열차가 다시 뒤로 가는 것이다. 그리고 서울역에 내려 보니 해가 서쪽에서 뜨는 기현상이 일어나고 말았으니 그 후로 방향감각을 잡기까지 3일간은 애를 먹었다. 매형이 서울역에 마중을 나와 난생 처음으로 전차를 타고 집으로 들어갔다. 그런데 막상 집에 가서는 새 누나에게 누나라는 말이 나오지를 않아 어물쩍하게 2일이 지나갔다. 3일째 되는 날 공장에 다녀오는 길에 매형이 "날이 따뜻하니 남산공원에나 들렀다 가자."라고 하시기에 뒤따라 올라가는 나에게 "너 왜 새 누나더러 누나라고 부르지 않느냐. 네가 누나라고 안 하니 내 입장이 난처하다. 오늘부터는 누나라고 불러보라."는 것이다. 그래서 그렇게 하겠노라고 했으나 막상 집에 들어오니 또 누나라는 말이 입에서 나오지 않았다. 그리하여 그날 밤에는 잠도 제대로 자지 못하고 "누나."라고 속으로만 몇 번이고 되뇌면서 밤을 새우고 아침에 세수하러 나가서 새 누나를 만나 "누나 세숫물 좀 주세요."라고 하니까 새 누나가 그렇게 기뻐할 수가 없이 눈에 눈물을 핑 하고 머금는 것이었다.

　그 후부터는 그 집에서 누나가 내게 제일 살갑게 대하여 주었다. 아침밥을 먹고 공장에 나갈 때에 싸주는 도시락은 밥을 어찌나 눌러 싸 주는지 밥은 떡이 되다 싶게 굳어 먹기는 사나워도 오후 일을 마치고 집에 돌아올 때까지 배고픈 줄을 몰랐다. 새 누나는 강원도 원성군 문막면이 고향인데 친누나라도 그 이상은 내게 더 잘해줄 수는 없을 정도였다. 낮에는 공장에, 밤에는 영·수학원에 다니며 공부하기를 어언 3개월이었다.

이요한 아저씨 외 그의 누이동생 고모와 같이

　한편 그때 38°선의 전선이 뒤숭숭하여 언제 무슨 일이 터질지를 모르고 있는데 개성 부근 38°선에서 국군과 인민군 사이에 전투가 벌어져 이에 놀란 사돈할머니가 놀라며 나를 시골로 내려 보내란다. 그때 마침 나도 몸이 좀 아파 집에 내려가서 몇 달 요양이나 해야겠다고 마음먹고 내려갔다가 그대로 겨울까지 난 다음, 다시 설

쇠고 바로 올라왔는데 또다시 6월 25일 새벽에 인민군이 38°선 전선에서 남침을 감행한 것이다. 그날부터 사람들이 피난을 가겠다고 서두르는 것을 보게 되었다. 작년 여름에 개성 부근 38°선에서 소규모 전투가 좀 벌어졌다가 곧 잠잠해진 적이 있는데 이번에도 그때 그 정도의 소규모 충돌 정도로 알고 별로 신경도 쓰지 않고 지냈다가 진짜 큰 전쟁이 터지고 만 것이다.

6·25사변의
발발

　1950년 6월 26일에도 평상시처럼 공장에 출근했고 그 이튿날, 그러니까 27일에도 공장에 출근했다. 그러나 그날부터는 공장 사장 댁에서도 피난 간다고 서두르면서 일을 중단시켰기 때문에 집으로 돌아오는데 북쪽 멀리서 쿵쿵 하고 포탄 터지는 소리가 나기 시작했다. 그리고 밤이 되니 포탄소리가 커졌다. 벌써 미아리고개까지 인민군이 진격한 것이다.

　한밤중이 되어 바로 옆에서 포탄 터지는 소리가 나니까 사돈 노인이 금용이를 제일 먼저 안전한 곳으로 들여야 한다며 하수도 맨홀 속에 판자를 깔고 나를 그 속으로 들어가게 해 밤새도록 모기에 물려 죽을 고생을 했다. 새벽이 되어 밖에서 환호소리가 나기에 한길로 나가보니 벌써 인민군이 내가 살고 있는 필동을 지나가고 있으므로 동네사람들이 나와서 그들을 환호하고 있었던 것이다. 그런데 그 인민군이란 사람들을 보니 대부분 20살도 못 먹은 내 또래인 18~19세 정도였다.

그날부터 돈이 있어도 양식을 구할 수가 없는 처지가 되고 말았는데, 매형네 집에서는 지난달 월급을 타가지고는 양식을 사지 않고 몽당자개만 쌀값으로 치면 두 가마 값어치를 사두었으니 쌀이라고는 겨우 두 말 정도밖에 없었던 것이다. 식구는 대식구로 자그마치 열한 식구나 되었으므로 이제는 꼼짝없이 굶어죽게 되었다. 한강도 28일 밤 0시에 당시 육군참모총장이었던 채병덕이 상부의 지시도 없는데 자기 임의로 폭파해버린 데다가 설사 한강을 건넌다 해도 중간에 전선이 있어 남쪽으로 내려가 전라도까지 간다는 것은 꿈에도 상상할 수가 없는 처지였다. 그리하여 6월 29일부터 한강변 옥수동 촌으로 나가 맹아주 등 나물들을 홑이불을 가지고 가서 한 짐씩 뜯어다가 삶고 그 속에 쌀 두 홉 정도를 넣고 죽을 끓여 열한 식구가 한 열흘 먹으니 부황이 나서 누렇게 얼굴이 부어오르고 다리에는 힘이 없어 단 100m를 걸을 수가 없을 정도가 되었다.

그러던 중 홍제동에 사는 친구 주세훈의 소식이 궁금하여 만나러 갔다. 그때 마침 마당에서는 생 소가죽을 불에 그을리고 있었다. 내가 가자마자 세훈이 형수가 형(주세창 씨)에게 도시락을 동화백화점까지 갖다드리라는 심부름을 시켰으므로 나는 소가죽을 다루는 냄새만 맡고 고기는 한 점도 못 얻어먹고 그 집에서 나오고 말았다. 평상시 같았으면 그까짓 쇠가죽고기 한 점 얻어먹어도 그만, 못 얻어먹어도 그만이다. 그러나 당시의 상황은 어데서 죽은 쥐새끼도 보면 구워 먹어야 할 절박한 처지였던 것이다. 그때 세훈이 어머니 같았더라면 아들 친구를 그렇게 박대하지는 않았을 거라는 생각도 해보았다.

이렇게 세상이 바뀌니 첫째로 서울시의 행정이 마비되어 인분을 퍼가는 청소부들이 없어졌으므로 집집마다 밤에 인분을 퍼다 하천에 내버리니 시내가 온통 구린내 천지였다. 비라도 자주 내리면 씻겨 나가겠지만 비도 안 오고 쓰레기는 집집마다 문간 앞에 산더미처럼 쌓였다. 그리고 모든 사람들이 거리로 나와 시골에서 강냉이를 떼다 쪄서 파는 사람, 감자를 사다가 쪄서 파는 사람, 막걸리를 주장에서 받아다 네거리 같은 데서 파는 사람, 국수를 삶아 파는 사람들이 국수 팔아 막걸리 사 먹고 막걸리 팔아 감자 사 먹는 등 그야말로 도떼기 난장판이었다. 또한 싱가미싱 대가리 하나 가지고 시골에 가서 쌀 두 말, 비단이불 가지고 가서 쌀 한 말씩 받아다가 겨우 연명들을 할 뿐이었다. 그러자 7월 6일경 옆집에 사는 우정식 씨 고향이 양주군 금곡면(지금의 구리시)인데 그곳에 마냥모(늦모)를 낸다고 해서 매형네 식구들과 같이 일해주고 밥이라도 얻어먹으려고 따라갔다.

아침부터 나서서 약 70리 길을 가 점심때가 넘어서 그곳에 도착하여 보리와 감자를 섞어 지은 밥 한 그릇을 게 눈 감추듯 먹어 치우니 금방 힘이 솟는 듯했다. 하지만 그곳에서 약 보름 정도 있는 동안 학질에 걸려 한 열흘간 앓았는데 편안히 방에 누워서 앓은 것도 아니었다. 여자들과 밭에 나가 조밭을 맬 때 학질로 오한기가 나면 온몸은 떨리고 정신은 몽롱해지며 머리가 빠개지게 아파와 그 자리에서 쓰러질 뻔한 것을 사력을 다하여 참고 나가다 보면 벌써 여자들은 밭 한 고랑을 앞서나가고 있었다. 이렇게 낮에는 앓으면서 밭에서 일하고 밤에는 문도 없이 거적으로 가린 헛간 방에서 혼자 자노라면 모기가 물어 잠은 안 오는데 고향에 계신 어머니 생각으로 눈물만 나는 것이다.

그때 나는 교회에 나가지 않으면서도 밤에 간절히 기도하였다. "하나님, 나는 고향을 떠나 지금 인민공화국이 지배하는 타국에 있습니다. 사랑하는 어머니와 점옥이가 있는 고향은 대한민국으로 남아 있으니 이대로 전선이 고착되면 어머니와 점옥이를 나는 영영 보지 못하고 갈라서는 몸이 되고 맙니다. 제발 대한민국 국군들이 하루 빨리 인민군을 몰아내게 해 주십시오. 그리하여 고향과 이곳까지는 국경선이 없어지게 하여 주십시오."라고. 그때 내 나이 18세(호적으로 15세), 병약한 몸으로 어머니와 떨어져 산다는 것보단 차라리 죽는 것이 낫다고 생각하고 있었다. 그러나 전라북도 지역까지도 인민군이 점령했다는 라디오방송이 흘러나오고 그곳 금곡에도 별로 할 일이 없고 해서 7월 27일경 서울로 돌아왔다. 서울로 와서는 매형과 상의했다. 우선 내가 먼저 김제로 내려가서 김제 형편을 살펴보아 피난생활을 할 만하면 연락을 하든지 아니면 내가 다시 올라와서 매형네 식구들과 같이 내려가기로 했다.

의용군으로
끌려가다

　인공 치하에서는 여행을 할 때 반드시 여행증명서를 소지하도록
되어 있었다. 그래서 우선 여행증명서를 끊기 위하여 혼자 필동사
무소에 있는 동인민위원회에 나갔다. 그런데 웬 사람들이 우왕좌왕
하며 웅성거리고 있는 것이다. 무슨 영문인지 모르는 나는 태연히
사무를 보고 있는 사람에게 가서 여행증명서를 끊으러 왔다고 말했
다. 그제야 그 사람이 나를 치켜보더니 젊은 사람 몇이 서 있는 곳
에 가 서 있으라는 것이다. 가만히 분위기를 살펴보니 강제로 의용
군에 끌고가려는 속셈임이 분명해 그쪽으로 가는 척 하다가 주위가
산만한 틈을 타서 한쪽으로 빠져 밖으로 나가려는데 한 10m쯤 걸
어 나갔을 때 다른 쪽에서 노려보던 사람이 쫓아와서 나를 붙들고
들어가는 것이었다. 그러면서 왜 나가느냐고 하기에 소변을 보려고
나갔다고 하자, 동무는 김일성 원수와 인민을 위하여 충성을 다해
야 할 귀한 몸이라며 변소는 이곳에 있다고 가르쳐준다.
　그리하여 매형네 식구들도 한 사람 보지 못하고 그곳에 모여 있

던 젊은 사람들과 같이 강제로 끌려간 곳이 효제국민학교였다. 그 날 밤에 기초 신체검사를 받느라 팬티만 입고 돌아다니다가 서두1구 김○주 형을 만났으나 서로 안부를 제대로 물을 시간도 없이 헤어져 밤 10시경에 왕십리 행당국민학교로 와서 그곳에서 인민군복(대한청년단복을 개조)으로 갈아입고 다음날 밤에 그곳을 출발, 마포선 착장에 와서 배로 도강하여 남쪽으로 야간 행군을 시작했다. 군번도 없고 부대 이름도 모르는 채 다만 7대대의 위생소대원으로 끌려 갈 뿐이다. 총 대원이 약 600명이라 하는데 우리 위생소대가 제일 후미에 따라가기 때문에 여간 고된 것이 아니었다.

행군하다가 앞줄에서는 정상적인 행군을 하지만 차츰 뒤로 오면서 늘어진 대오를 바로잡기 위하여 뛰라고 하면 맨 뒤에 있는 위생소대원들은 한참을 뛰어가야 한다. 그러다가 너무 밀리면 서 있던 사람들이 정상적인 걸음으로 풀릴 때까지 또 한참을 서 있어야 했다. 이렇게 몇 백 명의 부대원들이 야간 행군을 할 때엔 후미 대원은 큰 곤욕을 당할 수밖에 없다. 그래서 우리가 그 행군의 이름을 고무줄 행군이라 했다. 또한 밤으로만 하는 행군은 걸어가면서도 잠이 쏟아진다. 3열종대로 행군할 때에 양쪽 가에 선 사람이 가운데 선 사람의 팔을 양쪽에서 끼고 가야한다. 왜냐하면 양쪽 사람들은 잠을 자지 못하고 가운데 사람만 조금씩 졸며 행군한다. 그러다가 순간적으로 깊은 잠이 들면 가다가도 그대로 주저앉기 때문에 양쪽에서 팔을 부추겨 일으켜서 바로 행군할 수가 있기 때문이다. 이처럼 세 사람이 서로 교대해가며 행군하다 보면 하룻밤에 몇 분씩이라도 졸아 가며 행군하기 때문에 대단한 효과가 있다.

이러한 야간 행군은 어두워지면 출발하여 새벽 동트기 전에 가까운 민가나 숲 속으로 은신해야 하기 때문에 새벽 4시나 4시 반경에 적당한 동네나 숲 속으로 들어가서 낮에는 잠만 자야 한다. 이렇게 행군하여 첫날 머문 곳이 수원 근교였다. 그날 낮에는 소나무숲 속에서 낮잠을 자는데 경비행기 한 대가 날아가니까 벌벌 떨며 어찌할 줄을 몰라하는 전쟁공포증에 걸린 사람을 보니 퍽 딱해 보였다.

둘째 날에 도착한 곳은 천안과 성환 사이에 있는 어느 배 과수원이었다. 그때가 7월 말이었으므로 아직 일반 배는 맛이 들지 않은 때였는데 내가 은신하고 있는 배나무는 조생종이어서 배 맛이 달고 아주 좋았다. 그래서 그날은 물도 먹을 필요 없이 세끼 주먹밥과 배만 먹었다. 행군 4일째로 기억되는 날은 대전까지 미쳐 못 가서 하루 낮을 민가에서 쉬고 밤에 행군을 시작하는데 나는 두 번째 기도를 하나님께 드렸다. "하나님 오늘 밤 우리 부대의 행군을 동쪽 방향이 아닌 서쪽 방향으로 틀어 내려가게 해 주십시오. 동쪽 낙동강 전투에서는 강물이 벌겋게 흐를 정도로 피아간의 전사자가 많다 하오니 살상자가 없는 우리 고향 전라도 땅으로 내려가게 해주십시오." 하고 간절하게 기도하였다.

그렇게 행군은 계속되는데 서쪽으로도 구부러지지 않고 동쪽으로도 구부러지지 않으며 계속 남으로만 내려갈 뿐이다. 그러다가 새벽녘이 다 되어 어느 마을로 들어가자 나는 마을 어른에게 물어보았다. "이 마을이 무슨 도 무슨 군이냐?" 그랬더니 전라북도 금산군이란다. 그래서 속으로 '하나님 감사합니다. 우리 고향 쪽으로 우리를 인도하셔서 진심으로 감사합니다.'라고 기도를 드렸다. 만약 동쪽으로 방향을 틀어 낙동강 전투에 우리가 투입되었다면 나는 그 때에 낙동강 고기밥이 되고 말았을 것이다. 이를 두고 천우신조라 하며 나는 나의 간절한 기도에 하나님이 응답해주신 것으로 믿고 있다. 그 마을에서는 인삼의 고장 금산답게 마른 인삼을 쪽박에 내 어와 귀한 인삼을 얻어먹었다.

　다음날은 진안쯤으로 짐작되는 마을에 도착하여 역시 민가에서 쉬는데 아침에 대변이 마려워 화장실을 찾으니 화장실이 없다. 그 래서 변소가 어데 있느냐고 물으니 허름한 거적때기를 가리키며 이 곳이 변소란다. 그래서 거적을 제치고 들어가 보니 똥항아리는 보 이지 않고 밑에는 검부적 위에서 돼지들이 돌아다니는 것이 아닌 가. 신경이 쓰여서 뒤가 잘 나오지 않다가 가까스로 한 덩이가 떨어 지니 돼지란 놈이 꿀꿀거리며 달려와 얼른 집어 먹고 만다. 이렇게 그쪽 진안 장수 지방에서는 6~70년대까지도 농가에서 한두 마리 기르는 돼지를 일명 똥돼지라 해서 그렇게 길렀었다.

　그곳을 뒤로 하고 육십령고개 옆을 지나 도착한 곳이 남원 땅. 남 원읍 변두리 농업학교가 있는 마을에 우리 부대가 주둔하게 되었 다. 남원에 온지 3일 만에 훈련 중 실탄 오발사고가 발생하여 남한 출신의 의용군 한 명이 흉부관통상을 당하였고 우리 의무소대에서 는 내가 차출되어 남원도립병원에 입원한 그 부상병의 간호를 맡게 되었다. 말이 도립병원이지 의사와 간호원이 있는지 없는지조차도 분간할 수 없는 아수라장이었다. 병원에 있는 약이라고는 소화제인 가성소다가 있을 뿐이고 외부 부상에 쓰는 약은 머큐로크롬(빨간약)

이나 알코올 그리고 붕대와 탈지면 정도가 전부였다.

그때 지리산에는 대한민국 국군패잔병과 전투경찰대 패잔병들을 소탕하기 위하여 출동한 인민군과 의용군들의 부상병들이 하루에도 수십 명씩 실려 들어오고 있었으나 입원실이 없으니 복도에 거적때기만 깔아놓고 누워있는 부상병들은 의사의 치료도 제대로 받아보지 못하고 간혹 여성동맹에서 파견되어온 임시간호보조원들이 빨간약이나 발라주고 다니니 부상병들이 나아서 퇴원하는 것이 아니라 10명이 후송되어 들어오면 8, 9명은 죽어 송장으로 실려 나가는 것이다. 심지어 상처에서는 구더기가 기어 나오는 환자들도 많았으니, 마치 톨스토이 작품의 『전쟁과 평화』라는 소설에서 전쟁의 한 장면이 그대로 연출된 듯하다.

그러나 다행히 우리 의무소대장이 어대서 구했는지 미제 마이신 주사약을 한 병을 맞혀주었고 그 후 여성동맹에서 파견 나와 우리 병실을 순행하던 분이 또 한 병을 구해와 맞혔으니 큰 행운이었다. 그 여성동맹원은 나보다 약 네 살 정도 위였는데, 내가 김제 출신이고 환자 또한 정읍 출신이라는 것을 알고는 여러 가지로 각별히 신경을 써 주었던 것으로 기억된다.

이렇게 16일 정도 입원해 있는데 우리 부대에 갑자기 이동명령이 떨어졌다. 부상병 홍○봉을 도립병원 당국에 인계하고 나만 철수하라는 것이다. 다행히 이 환자는 죽을 염려는 없을 정도로 그동안 많이 상처가 아물었던 것이다. 그렇지만 혼자서 밖을 출입할 수 있는 형편은 아니었다. 이러한 사실을 환자에게 이야기했더니 홍○봉이 나에게 부탁하기를, 남원 변두리에 자기 외삼촌댁이 있으니 그곳에 연락을 취하여 외삼촌이 한번 다녀가셨으면 좋겠다는 것이다. 그래서 내가 그곳을 찾아가 그동안의 사실을 알려주고 나는 부대로 복귀하였다. 그 환자와 보름 정도 있는 동안 밤에 비행기의 기총소사를 몇 번 당할 때에 처음에는 한두 번 밖으로 나가 방공호 속으로 피신하였으나. 나중에는 환자는 놓아두고 나만 피하는 것이 도리가 아닌 것 같아 그대로 건물 안에서 공습을 당하고 말았다.

그리하여 다시 이동한 곳이 전남 영광이었다. 영광은 법성포 등 바다가 인접하여 해안선 경비를 맡고 있었는데 그곳에서도 나는 환자들이 앓고 있는 병실간호를 맡아 파견근무를 했었다. 가끔 부대에 들어가 회의에 참석했는데 그들의 회의는 동료 상호 간의 잘잘못을 비판하거나 자아비판을 하도록 되었었다. 그런데 소대원 한 놈이 나와 똑같이 서울에서 의용군으로 끌려온 놈인데도 항상 나만 비판하는 것이다. 그놈은 충청도 놈으로서 말투가 얄밉기까지 했다. 즉 이 동무, 저 동무라든가, 이 사람, 저 사람이라고, 해야 할 자리에 꼭 이자, 저자하는 식으로 말하니 제 딴에는 유식한 척 하는가는 모르지만 자 자는 한문으로 놈 자 자인 것이다. 그래서 내가 그놈에게 대들어 어찌 이놈 저놈 하느냐고 따졌더니 그 후로는 나를 건드리지 않았다. 그때 그놈은 아마도 충성심을 과시하고자 자아비판 때마다 약해 보이는 나만을 비판한 것 같다.

이와 같이 공산당의 비판토론이란 것은 인간성을 상실한 야만적인 발상인 것이다. 비판하면 비판한 데로 야단맞고 비판을 안 하면 비판 안한다고 호통을 치니 기가 막힐 일이다. 이렇게 지내다보니 어언 두 달이라는 세월이 지나갔다.

구사일생으로
귀가하다

　이곳에 온 지도 한 달 남짓이 지난 어느 날 오후에 비상긴급간부
회의가 있다고 소대장 이정수 대위가 다녀오더니, 우리 소대원 9명
을 모아 놓고 하는 말이 "지금 즉시 준비한다. 각자가 꼭 필요한 것
만을 소지하고 나머지는 다 버리든지 소각하고 후퇴하되, 태백산맥
을 타고 올라가 강원도 춘천에서 만난다. 지금 적은 인천을 상륙하
여 서울과 경기도가 불원 적군의 수중으로 들어간다. 단 1인당 쌀
두 되씩 비상식량만을 소지한다. 이상." 하고 위관급 이상 간부들은
부대의 트럭 두 대에 나눠 타고 먼저 떠나 버렸다. 간부 40여 명은
이미 떠나 버리고, 나머지 사병 560여 명은 지휘관도 없이 대부대
가 이동하기에는 무리였으므로 소대단위로 이동한다는 의견이 채택
되어 우리 위생소대는 9명밖에 안되므로 우리가 제일 먼저 움직이
기 시작했다. 그리하여 문 특무장(서울의대 본과 4년생. 의용군으로 끌려왔으
나, 철저한 공산주의자)과 임병원 분대장(서울수의대 3년생, 의용군으로 끌려왔음)
그리고 북한 출신 인민군 4명과 남한 출신 의용군 3명이 작전지도

를 놓고 퇴각로를 정하는 것이었다. 그때가 오후 4시쯤 되었으므로 먼저 저녁밥을 지어먹고 비상식량 전대를 만들고 불필요한 물건을 소각하고 나니 오후 6시경이었다. 해는 아직 떨어지지 않아 가벼운 마음으로 북북동방향으로 걸어가기 시작했다.

영광에서 고창읍을 지나 정읍군 입암면 대왕리까지 오니 먼동이 트기 시작했고 그곳에서 내장산 쪽으로 약 3km쯤 가는 사이 큰 마을이 하나 나타났는데 이미 날은 훤히 밝아왔으므로, 그 마을 인민위원장을 찾아가 이 마을에서 4~5일 묵어가겠다고 하고 그대로 주저앉아 벼렸다. 하룻밤 사이에 백이십 리 길, 50km 가까운 거리를 걸었으니 열 발가락이 다 부르트고 터져 피가 나, 이제는 한 발짝도 뗄 수가 없이 둥그러미가 되어 버린 것이다. 그때가 9월 말경, 아직 인민공화국의 통치하에 있는 그 마을에선 인공에 가담했던 자들이 전세가 자기들에게 불리하게 돌아가자 우익 인사들을 학살하고 산으로 들어가려고 하던 때였다. 그리하여 그곳에서 5일 만에 발도 다 낫고 해서 다시 출발하려 할 때쯤 되어서는 근 200명이 넘는 병력이 집결하게 되었다. 그 속에는 인민군 대좌도 한 사람 끼어 있는데 이 병력을 무사히 이끌고 춘천 집결지까지 후퇴하기란 보통 문제가 아니었으므로 그 대좌를 임시 군단장으로 추대하고 우리 특무장이 작전참모가 되며 또 다른 위관급 장교 세 명이 1·2·3지대장이 되고 우리 의무소대원 8명은 본부소대원으로서 임병원 분대장이 인솔하도록 되었다.

한편 그곳에 머물러 있는 동안, 지역 빨치산들과 유대가 잘 이루어져 그들이 은행을 털어 빼내온 대한민국 화폐 1,000환권을 몽땅 얻어다가 1인당 20,000환씩을 나누어 주고 본부중대 재정담당이 일부는 보관하고 있었다. 그래서 그곳을 출발하기 하루 전날에는 그 동네 인민위원장과 지역 빨치산들이 우리를 환송하는 뜻에서 소한 마리를 잡아 고기와 술로 잔치를 벌였다. 그날 모처럼 술과 고기를 먹은 패잔병들은 동네 앞 야산과 대나무가 우거진 대밭에서 누군가가 하모니카로 대한민국에서 널리 유행하던 '고모령'의 노래곡조를 불기 시작하자 모두들 그 곡을 따라 부르는데 삽시간에 백여 명이 넘는 사람들이 울먹이면서 대합창의 장관을 이루었으니, 나도 따라 부르며 엉엉 울고 말았다. 그 노래 한 곡조가 고향산천과 부모형제의 그리움을 일시에 폭발시켰기 때문이다.

'어머님의 손을 놓고 떠났을 때엔, 부엉새도 울었다네 나도 울었소. 가랑잎이 휘날리는 산마루턱을 넘어오던 그날 밤이 그리웁고나. 맨드라미 피고 지고 몇 해이던가, 물방앗간 뒷전에서 맺은 사랑아, 어이 해서 못 잊느냐 망향초 신세, 비 내리는 고모령을 언제 넘느냐.'

아마도 그 노래는 남한에서 강제로 끌려나온 의용군들만이 부른 노래였으리라.

이윽고 밤이 되니 동으로 동으로 산 능선을 타고 행군하기 시작했다. 내장산 고개에 올라가 서북쪽 고향하늘을 바라보니 일몰 직전의 검붉은 노을만이 온 산야를 물들이고 있었다. 이곳에서 불과

6~7십 리에 내 고향, 김제 신두리가 있고 그곳에 그리운 우리 가족과 어머니께서 계신다. 살아서는 다시 못 볼 어머니와 점옥이 그리고 할아버지 할머니를 생각하니 가슴이 터질 것만 같다. 나는 왜 이처럼 끌려가야 한단 말인가, 하고 생각하니 원통하기 한량없다. 어느 누구에게 속사정의 말 한마디 못하고 애꿎은 눈물만이 하염없이 흘러내릴 뿐이다. 이렇게 고향땅을 바라볼 수 있었던 최후의 순간도 불과 2~3초 사이에 스쳐지나가 버리고 말았다. 서럽고 억울하기 그지없다. 이것이 나의 숙명이란 말인가. 소가 도살장에 끌려가듯 따라간다. 정든 고향산천과 그리운 가족들을 지척에 두고 이제 가면 언제 돌아올지 기약 없는, 아니 어쩌면 영원히 돌아올 수 없는 길을 한발 한발 걸어가고 있다.

"하나님 이 불쌍한 나를 하루속히 악마의 소굴에서 구출하여 그리운 어머니 품으로 보내주소서." 하고 간절히! 이 난리가 터지고 세 번째 드리는 기도였다. 그리고 양들이 목동을 따라가듯 패잔병들은 소리 없이 인솔자를 따라갔다. 순창군 지역에서 하루 낮을 새우고 다음날 밤은 오수 부근을 지나려는데 여수에서 전주방면으로 가는 큰 신작로 길에 수십 대의 자동차 헤드라이트 불이 올라오는 것이다. 틀림없이 여수에서 상륙하여 전주 쪽으로 가는 유엔군의 군용차량 행렬임이 분명했다. 그때에 패잔병 중에 누가 "저곳에 사격을 할까요?" 하고 소리치자, 군단장인 대좌가 "안 돼!" 하고 크게 소리 지르고, 그 이유를 설명하는 것이다. "저 차량 행렬에는 소총뿐만 아니라 불과 한두 발이면 우리 200여 명을 순식간에 몰살시킬 수 있는 화력이 있다."라고 말하고 "우리의 현 위치는 패잔병이란 것을 명심하기 바란다. 또한 우리는 적으로부터 사살되거나 포로로 잡혀가서도 안 된다. 다만 하루속히 춘천 집결지까지 무사히 도착하는 것이 우리의 목표다."라고 말하는 것이었다. 그리하여 그곳에서 두 시간가량 기다리는데 비록 가을의 날씨라고는 하지만 산중의 차가운 밤 기온은 매섭게 옷 속으로 파고들어 어찌나 춥던지 얼어 죽는 줄 알았다. 아마 그대로 밤을 새운다면 대부분 다 저체온증으로 죽고 말았을 것이다. 그 차들이 다 지나간 후에 그 큰 길을 가로질러 건너 다시 야간행군을 시작했다. 달빛이 밝을 때에는 그런대로 걸을 만했지만 구름이라도 끼는 날이면 행군한다기보다 넘어지며 굴러간다고 보아야 옳을 것이다. 그렇게 며칠을 가니 육십령고개 앞마을까지 가게 되었다. '바로 이 고개만 넘으면 그 곳은 경상남도 거창 땅이다.'라고 생각하니 육십령고개가 나에게는 죽음의 고개라고 불현듯 생각되는 것이다.

마을은 불과 30호 정도밖에 되지 않은 작은 마을이었다. 그런데 그 마을 사람들의 표정이 잔뜩 화가 나 있고 도통 말이 없었다. 동네 환경을 대충 살펴보니 온 동네가 모두 아수라장이 되어 있었다. 즉 여기저기 장광그릇이나 밥솥 등이 깨져있고 문짝이 떨어져 나간 집들도 많았다. 무슨 난리가 스쳐간 듯이 말이다. 그래서 노인 한 분을 만나 어찌 된 사연인지를 물어 보니, 대답인즉 며칠 전에 이 마을에서 가까운 큰길로 미군이 지나가게 되었는데 그들이 지나가면서 한길에서 가까운 동네에는 대포를 쏘아 동네사람들을 모조리 몰살시키고 지나가니 그 길에서 더 깊은 곳으로 피난 갔다가 돌아와야 한다는 말들이 있었단다. 그래서 3일간 약 이십 리 정도 깊숙한 마을로 들어갔다가 오늘 아침에 돌아와 보니 인민군 패잔병들이 이 마을을 지나가면서 자기들을 피한 것을 보니 이 마을은 모두가 반동분자였을 것으로 지레 짐작하고 온 동네를 쑥대밭을 만들어 버리고 지나갔다는 것이다. 어떤 집은 밥솥에 똥까지 싸 놓고 갔으니 이 마을 사람들은 얼마나 분통이 터지겠는가, 또한 우리 인민군 패잔병에 대한 원한이 얼마나 컸을까를 생각하니 정신이 번쩍 나는 것이었다. 춘천까지는 앞으로 천 리 길에 가까운데 도처에서 이러한 현실에 부닥치면서 무사히 목적지까지 갈 수가 있을까를 생각하니 험난한 앞길에 아연실색할 수밖에 없었다.

그때 나와 나란히 서서 이 광경을 목도한 임병원 분대장도 나와 똑같은 생각을 하고 있는 것 같았다. 그러자 그때 마침 내 머릿속을 번개처럼 스쳐 지나가는 생각이 감지되었다. 위기는 기회일 수 있다는 것은 바로 이를 두고 한 말일지도 모른다. 내가 분대장에게 말을 걸었다. "분대장 동무 저하고 바람이나 쐬러 동구 밖으로 나갑시다. 눈 뜨고는 이 광경을 못 보겠습니다."라고 말하자 분대장 역시 "그럽시다. 이 광경을 보고 있자니 가슴이 미어지는 듯하여 더는 못 보겠소."라고 대답하니 우리 둘이서 동네를 빠져나와 100여m를 왔을 때, 나는 분대장에게 말했다.

"분대장 동무 제가 긴한 부탁말씀을 드리고 싶은데 해도 되겠습니까?" 하고 말하니 "무슨 말이든지 해보시오, 문 동무 부탁이라면 들어주리다."라고 대답하는 것이다. 그래서 내가 다시 "여기까지는 아직 내 고향땅 전라도입니다. 그러나 저 육십령 고개만 넘으면 그곳은 경상도, 내가 다시 살아서 고향땅을 찾아가 홀로 계신 어머님을 만날 날이 있을까요?" 하고 말하는 내 눈에 눈물이 핑 도는 것을 본 분대장은 두 손으로 내 손을 덥석 붙잡더니 "왜 진즉 내게 그 말을 안 하였소? 나는 내장산에서 우리가 5일간이나 머무르는 동안 문 동무로부터 바로 그 말이 나오기를 얼마나 기다렸는지 모르오. 우리가 이 마당에서 누구를 믿겠소. 그때 내 맘속으론 문 동무더러 고향집으로 돌아가라고 말하고 싶었지만 문 동무의 속맘을 내 어찌 알 것이며, 내 입장에서 그 말이 나온 사실이 작전참모나 단장 귀에 들어간다면 나는 총살 감이오. 됐소, 우리 동네로 들어가서 문 동무가 입고 있는 군복부터 일반인복으로 바꿔 입읍시다." 하고 같이 마을로 들어갔다. 패잔병 중에는 이미 일반인복으로 바꿔 입은 사람이 있었으므로 바꿔 입기는 어렵지 않았다.

그리하여 옷을 바꿔 입고 동구 밖에서 눈물로 작별하고 그 마을을 나와 서쪽으로 서쪽으로 발걸음을 옮기는데 그날따라 보슬비가 하염없이 내리고 있었다. 분대장과 작별한 시각이 오후 3시쯤 되었을까, 그때부터는 큰길을 피하여 작은 소로로만 찾아 걷는 것이었다. 도둑이 제 발 저리더라고 작은 길로만 찾아 걷고 있는데 어디서 부스럭 소리만 나도 깜짝깜짝 놀라게 된다.

한참을 걸어가 칠팔 호 가량의 작은 마을에 도착하여 마령 쪽으로 가는 길을 물으니 "마령을 가려면 저쪽 보이는 높은 산 고개를 넘어야 하오. 비는 오고 그곳을 넘어가려면 고개를 넘기 전에 날이 저물 텐데 이 동네에서 자고 내일 넘어가는 것이 좋겠소."라고 말한다. 그러나 "나는 한시바삐 전할 급한 소식 때문에 한밤중에라도 가야합니다."라고 대답하고는 그 산길을 향하여 걸어가기 시작했다. 그때가 4시 반쯤 되었을 것이다.

고개를 오르기 시작하니 과연 그들의 말이 옳았다는 것을 알았다. 고개를 반도 못 올라가서 날은 어두워지고 길은 험해서 가다가 넘어지기를 수도 없었다. 게다가 부슬비는 내리니 옷은 물에 빠진 생쥐 꼴로 고개를 넘어 아무리 가도 민가 집이 나오지를 않는다. 이젠 허기마저 드니 곧 쓰러질 지경이었지만 오로지 정신력으로 버티며 "내가 여기서 쓰러지면 영영 일어나지 못하고 강신 나 죽고 말 것이다."라고 생각하니 정신이 번쩍 나는 것이다. 거기서부터 가까스로 걸어 내려가는데 웬 집 같은 것이 나타나 자세히 보니 집은 집이었으나 무슨 놈의 집이 이토록 날이 저물었는데도 불을 켜지 않고 이토록 캄캄한가 하고 사립문 쪽을 찾아 아무리 문을 두드리며 쥔 양반을 불러대도 안에서는 쥐죽은 듯 조용하다. 그래서 더욱 자세히 살펴보니 사람이 살다가 버리고 나간 폐가였던 것이다. 폐가라고 생각하니 몸에 오싹하니 소름이 끼치며 무서움마저 든다. 마치 그 집에 송장이라도 누워있을 것 같은 생각이 들었던 것이다. 그러나 동시에 순간 '아! 그렇지' 어쩌면 민가가 이 근방에 있겠다고 생각하니 적이 안심이 되었다.

이제는 고개를 다 내려와서 평지길이 되어 조금 더 걸어가니 저 건너편에 희미한 불빛이 보이는 것이 아닌가. 참 반가웠다. 불빛을 보고 그 집에 가 사립문을 두드리며 주인양반을 부르니 한 노인이 사립문을 따주며 어서 들어오란다. 그때가 밤 9시가 넘었을 시각으로 추측되는데 마침 쇠죽을 쑨 방은 뜨끈뜨끈해서 좋았다. 내 옷은 빗물에 흠뻑 젖어 있었으므로 짜서 따뜻한 방바닥에 널어놓았다. 그리고 바깥노인의 헌 바지저고리를 빌려주어 입고 안노인이 챙겨 온 시래기 된장국에 보리밥을 시장했으므로 게 눈 감추듯 얼른 먹어치웠다. 그리고는 따뜻한 방에서 잠을 자고 나니 온 몸이 가뿐하고 기분이 그렇게 상쾌할 수가 없었다.

아침에 그 집을 나서면서 베풀어주신 은혜에 깊이 감사를 드리고 내장산에서 받은 빨간 돈 1,000환권 한 장을 드리자 극구 사양하시며 받지 않겠다는 것을 방에 던지다시피 하여 드리고 돌아왔다. 그날 밤이 내가 우리 집을 나온 후로 가장 편하게 단잠을 잔 유일한 밤이었다.

그 집에서 나와 관촌을 거쳐 구이로, 구이를 지나 김제군 금산면 청도리에 도착하자마자 해가 져 땅거미가 지기 시작했다. 그 동네에서 비교적 큰 집을 찾아가 행랑채에서 쇠죽을 쑤는 방이 있어 거기서 하룻밤을 유할 것을 간청하니 쾌히 승낙하여 주셨다. 따뜻한 방에서 잘 자고 저녁과 아침밥까지 얻어먹었기에 사례하겠다 하니 주인어른께서 극구 사양하셔서 정중하게 인사만 드리고 원평 방면으로 걸어 나왔다. 그곳에서 원평까지가 약 이십 리가 좀 넘었다. 이제는 내 고향에 다 왔다고 생각하니 긴장도 풀리고 안도가 되어 길을 서둘지 않고 쉬엄쉬엄 걸어왔다.

원평에 와서는 과수원에 들러 배 1관을 사고 고깃집에서 쇠고기 두 근을 사들고 걸어오는데 짐이 꽤 무거웠다. 그렇게 해서 집에 도착하니 그날이 음력 9월 2일이며 아버지 기일인 9월 4일의 2일 전으로 대략 오후 3시경에 도착한 것이다. 나는 이렇게 꿈에도 그리던 고향집으로 돌아오니 우리 집에서는 죽은 자식 살아 왔다고 온통 축제분위기였다. 내가 집에 오기 전의 우리 집에서는 남들은 다들 살아오는데 유독 나만이 꿩 구워 먹은 소식이라, 살았는지 죽었는지 알 길이 없었다. 그래서 하루도 빼지 않고 어머니는 광주리에 내 속옷을 준비하여 넣고 김제로 나갔던 것이다. 김제에서는 익산 쪽에서 내려오는 길목에서 오전 내내 기다리다가 내가 오지 않으니 장에서 푸성귀나 반찬거리들을 떼어다가 팔고 하기를 100일이 넘도록 했단다.

그러니 동네사람들은 말하기를 "아니 저 늙은이는 자식도 죽었는지 살았는지도 모르는데 무슨 정성으로 저렇게 광주리장사만 하고 있는고." 하고 흉을 보면, 어머니께서는 "아들이 살아오면 아들하고 먹고 살라니까 벌어야 하고, 아들이 죽고 안 오면 한 살이라도 더 늙기 전에 벌어놓아야 늙은 말년에 먹고 살지."라는 명담을 남기셨다. 내가 이렇게 돌아온 우리 집에서는 이틀 뒤에 치룰 아버지의 제사에 떡을 비롯한 모든 음식을 예년보다 곱절도 더 장만하여 가난한 집 대·소상 때의 음식보다 많이 장만했다. 그리고는 "제 아버지가 저승에서도 자식 죽지 않고 살아 돌아올 수 있도록 애썼으니 많이 자시고 돌아가시라고 음식을 많이 장만했다."는 것이다. 다음날 우리 오두막집에서는 전에 볼 수 없었던 동네잔치가 벌어졌었다.

북진통일이
이루어지나

    6·25남침으로 인민군이 서울에 무혈입성한지 만 3개월 만에 미 극동군사령관 겸 한국전 유엔군사령관인 맥아더 장군이 인천 상륙 작전에 성공, 1950년 9월 28일에는 다시 서울을 탈환하여 수복하였다. 서울을 수복한 유엔군과 한국군은 별다른 저항 없이 후퇴하고 있는 인민군을 추격, 38°선 너머까지 계속 진군함으로써 서부전선은 평양을 지나 신의주까지, 동부전선은 원산, 흥남을 지나 청진 쪽으로 진격하고 있었으므로 이대로 가다가는 불원 남북통일이 되는 듯하였다. 이렇게 되자 김일성은 머지않아 영토를 다 빼앗기고 망명길에 오르게 될 위기에 몰려 소련 수상 스탈린과 중공 주석 모택동에게 긴급 구원을 요청했으나 스탈린은 자칫 잘못하다가는 3차 대전을 촉발할 가능성이 있어 꽁무니를 뺐고, 모택동은 1년 전 장개석 국부군을 대만으로 몰아내느라 국력이 소진되어 있던 때라 내키지 않아하면서도 미군과 한국이 북한에서 공산당 김일성정권을 몰아내는 것을 좌시할 수가 없다고 판단, 망설이고 있었다. 허나

10월 말경 때 아닌 한파가 몰려와 그동안 북한 땅에 너무 깊숙이 들어가 있었던 유엔군과 한국군이 점령지 치안 확보와 원활한 보급품 조달에 문제가 있는데다가 급작스런 한파로 고통을 겪자 모택동은 이때라고 생각하고 곧바로 중공군을 투입, 인해전술로 밀고 내려왔다. 그리하여 한국군과 유엔군은 그대로 밀려 내려오고 말았다.

그때 나는 유배당하는 죄수처럼 인민군 패잔병 대열에 끼어 이북으로 끌려가다가 천우신조로 귀가하게 된 축복받은 사람이었다. 인공이 스쳐간 지역에는 어느 곳이고 평화로운 곳이 없었다. 대한민국 때에는 좌익이 고통을, 인공 때에는 우익이 고통 받았는데 여기에 더해 사사로운 개인적 감정까지도 작용하여 좌우익으로 편이 갈라져 인명살상이 많았고 어느 마을이고 조용히 넘어간 곳이 없었다. 우리 동네도 역시 마찬가지였다. 인근 마을까지 합하면 그때 살해된 사람이 15~6명이나 된다. 이처럼 세상이 흉흉한 시절에는 입조심, 몸조심이 상책이었다. 귀가하여 몸조리하고 쉬는 동안에도 마을야경을 서야 할 형편이었다.

9·28수복으로 대한민국 군경들과 치안청년대원들이 치안을 확보하여 인공 시절에 인공정권에 부역한 사람들의 대부분은 자수하고 돌아와 살고 있었으나 우익인사들의 학살에 직간접으로 가담한 부역자들은 더러는 퇴각하는 인민군들을 따라 월북하였고, 일부는 인근 산중으로 입산하였다. 입산한 사람들은 빨치산이란 공산 게릴라로 가담하여 산속에서는 먹을 것이 없었으므로 식량을 구하고저 심야에는 근처 마을 민가에 내려와 양곡을 약탈해 갔던 것이다. 이

렇게 그들은 양곡만 약탈해가는 것이 아니라, 부르주아(우익)로 분류하는 인사를 살해하거나 그들의 집에 불을 지르는 등의 행패도 자행했던 것이다. 이를 막기 위하여 수복 후에는 각 부락 자치 야경반을 조직하여 밤마다 경비를 서는가 하면 밤 8시만 되면 통행금지가 실시되었었다.

그해 겨울 따라 심하게 혹한이 계속되었는데 전선에서는 계속 밀리면서 급기야는 1951년 1월 4일에 다시 서울을 인민군과 중공군에게 빼앗겨 대한민국 정부는 아예 부산으로 내려가 버리고 말았다. 그것이 바로 1·4후퇴다. 이렇게 밀려 조치원까지 내려오는 와중에서 발생한 것이 거창집단학살사건이었다. 즉 계속 밀고 내려오는 적에게 병력 인적자원을 빼앗기지 않겠다는 생각으로 전라북도에서도 만18세~30세까지의 수만 명의 청년들을 군부 일각에서 사전 아무런 준비도 없이 국민방위군이라는 명목으로 그 혹한의 엄동설한에 도보로 부산까지 끌어가려다가 거창에서 집단학살까지 시키는 사건이 발생하여 뒤늦게 이를 안 이승만 대통령의 해산명령이 내려져 끌려가던 사람들이 다시 자기 집으로 돌아가게 되었다.

이로 인하여 적게는 열흘, 많게는 한 달 남짓을 죽을 고생을 했을 뿐만 아니라 더러는 추위에다 굶어서 동사하기까지 하고 살아 돌아온 사람들도 오랫동안 동상으로 고생들을 했다. 또한 고지식한 사람들은 일찌감치 부산으로 내려가 현지 입대하였으니 연령 미달인데도 군에 끌려가게 된 사람들도 많았다. 거창사건의 주모자는 그 후에 군사재판에 회부되어 법에 의하여 처형되었다. 이렇게 하여 이승만 대통령의 입으로만 하는 북진통일은 불과 한 달여 만의 꿈으로 거품처럼 사라지고 말았다.

나의 학업열은
좌절되다

1951년 2월이 되니 어수선했던 치안은 어느 정도 안정이 되었
다. 그러나 그 전쟁 통에 학교수업이 제대로 되었을 리 만무했다.
난리 통에 3개월간은 공산주의 학습을 해야 했고 그리고 3개월간은
치안질서가 잡히지 않아 공부를 못 하였으니 반쪽 수업을 마치고
학년을 올라가야만 했다. 그러니 체계적인 공부를 한 사람은 한 사
람도 없었다. 전시에는 학생들은 군인 징집을 졸업 때까지는 연기
할 수가 있어 자격이 있건 없건, 실력이 있건 없건, 돈만 있으면 중
학교나 대학에 적을 두고 엉터리 학교를 다니는 학생들도 많았다.

그때 나도 독학을 한다는 것도 한계가 있고 그동안 공부하던 책
은 모두 서울에 두고 내려왔기 때문에 어찌하면 좋을까 하고 궁리
하던 중인데 친구들이 남성중학교 3학년에 청강생으로 등록하고 공
부를 해 보라고 권유하는 바람에 어머니와 상의했더니, 금년에 농
사를 짓고 먹고살 양식을 제하고도 쌀 두 가마정도의 여유가 있으
니 해 보라고 하셨다. 그래서 남성중학교에 친구들을 통하여 등록

은 하였으나 쌀 두 가마 가지고는 턱도 없다. 등록비에 쌀 한 가마 반이 들고 나머지 쌀 다섯 말 가지고 어데서 먹고 자며 집에 다닐 차비는 어떻게 마련한단 말인가.

두 달은 친구 자취방에서 쌀 닷 말로 버텼고 남은 두 달은 배산 밑 큰 작은어머니의 친정댁에서 밥을 먹고 다니고 나니, 도저히 우리 형편에 학교를 다닐 수 없다는 계산이 나왔다. 여름방학 동안 고학생 행세를 하며 비누도 떼어 팔아 보고 백로지 전지를 사서 노트를 만들어 팔아 보아도 2학기 등록금과 자취비용을 벌 수가 없었다.

결국 9월 2학기는 중학교 등록을 하지 않고 집에서 놀고 있었는데 우리 동네에서 신태인고등공민학교에 다니는 친구가 내 사정을 교장선생님께 말씀드렸더니 그런 학생이 있으면 데려오라 한다며 같이 나가보자고 했다. 그래서 그 친구를 따라갔더니 2학기 등록금 조로 쌀 닷 말 값을 추수하여 내기로 하고, 다음날부터 이 학교에서 중학교 3학년 2학기 과정을 마치고 1952년 3월에 졸업을 하게 되었다. 이렇게 해서 나는 국민학교 6년 과정을 육리간이학교 4년과 벽량초등학교 2년으로 마치고 독학 2년, 남성중학교 청강생으로 3학년 1학기, 신태인고등공민학교 3학년 2학기 해서 1년으로 중학과정 3년 공부를 마치니 나이는 훌쩍 20대로 접어들었다. 이제는 더 이상 면학에 정진할 여력이 없다. 당장 생활전선으로 나가 단 한 푼이라도 돈을 벌어야만 사느냐 죽느냐 하는 기로에 서 있는 것이다.

1954년

제5부

나의 20대

나는 무슨 장사를 할 것인가,
아니면 어데 가서 무슨 취직을 해야 할 것인가 하고
밤에 잠 못 이루고 뒤척이기를 수도 없이 해 보았지만
아무런 묘안이 나오지를 않았다.

구직을 위하여
동분서주

나는 이제 20세가 되었다. 늙은 어머니만 의지하고 공부한다고 쪼그리고 앉아있어 봤자 공부가 될 리도 만무했다. 1·4후퇴 후 정부는 전쟁이 끝날 동안에는 부산에서 서울로 옮겨가지 않는단다. 그래서 서울에는 민간인 출입이 통제되어 정부기관의 한강도강증이 없으면 서울을 들어갈 수도 없다. 몸은 허약하여 남들처럼 농사일이나 일반 노동도 할 수 없고 장사를 한다 해도 어느 상점에서고 경험을 쌓아야 하는데 그러한 자리를 찾아 들어갈 만한 곳도 없다.

그런데 경기도 광주군 낙생면 동원리에 사시는 이요한(할머니 이종 동생의 아들) 아저씨가 줄포에 있는 큰누나네 집으로 피난 겸 제2국민 병을 기피할 목적으로 와 있었다. "하도 답답해서 신두리에나 한번 다녀가고 싶어서 다니러 왔노라."며 온 것이다. 그리하여 2~3일 있다가 다시 줄포로 돌아가는 길에 나도 같이 따라가 보았다. 줄포에 있는 요한 아저씨의 매형은 나에게는 고숙뻘이 되는데 그분은 왼팔 하나가 없는 불구자이면서도 줄포항에서는 유지라는 것이다. 한때는 줄포부두 노동조합장까지 지냈단다. 허나 그곳에 가보니 생활은 별로 넉넉지 않은 편이었다. 말하기를 돌아오는 5월 초에 새 노동조합장을 선출한다는데 이번에 입후보하면 당선될 확률이 높다는 것이다.

그래서 집에 돌아왔다가 선거일 2일 전에 다시 줄포로 내려가 보았다. 이미 10여 일 전부터 치열한 선거전 끝에 투표일이 되어 투표 상황과 개표결과를 지켜보니 또다시 경쟁자에게 2표 차로 낙선되고 말았다. 무복자는 계란도 유골이라더니, 만약 그때에 당선되었다면 그곳에 빌붙어 조합에서 심부름이라도 하고 있었으면 했는데 떨어져 버린 것이다. 그러자 며칠 있다가 부산에서 편지가 한 통 날아왔다. 받아 보니 서울 우옥녀(서울 매형의 조카딸)에게서 온 것이다. 내용인즉 재작년, 그러니까 1950년 여름에 내가 인민군에게 의용군으로 강제로 끌려가고 나서는 매형과 누나가 우리 집으로 피난 올 생각은 못하고, 서울에 그대로 남아있자니 다들 굶어죽을 것 같아서 저네들이 선전하는 대로 평양으로 가면 식량배급도 나오고 일거리도 마련해 준다 하니 자기 아버지 형제 내외분들과 옥연이와 옥선이 해서 6식구가 넘어가고 서울에는 할머니와 고모 그리고 자기까지 세 식구가 남았다는 것이다. 그러다가 정부가 부산으로 옮기는 바람에 장택상 국회 부의장을 따라 고모와 둘이는 부산에서 살고 할머니만 서울 필동 집에 남아 계신다고 했다.

그래서 즉시 답장을 보내고 며칠 후에 부산에 내려가 보았다. 물론 무엇이라도 할 만한 것이 있나 하고 탐색하러 갔던 것이다. 그러나 내가 몸을 의지할 데는 아무데도 없었다. 부산서 올라오는 길에 대구 형무소 앞까지 찾아가 보았다. 무기수로 복역 중이던 양원 작은아버지가 6·25전쟁 중 처형되어 시신이 묻혀있는 곳이라도 알수 있을까 하고 말이다. 그러나 그 앞에 가서 작은아버지의 생사를 확인하러 왔다는 말을 감히 어느 누구에게나 꺼낼 수가 없었던 당시의 시대 상황으로서는 주위의 눈치만 살피고는 그대로 돌아오고 말았다.

지난 2 · 6사건에 의한
양원 작은아버지의 희생

　　여기서 양원 작은아버지가 희생된 내력을 대충 짚고 넘어가야겠
다. 8·15광복 당시 우리나라는 해방의 기쁨으로 들떠있어 무정부
상태의 혼란기였는데 일본이나 외지에서 공부하고 돌아온 지식인
중에는 사회주의 사상이나 공산주의 사상에 물든 사람이 많아 국내
로 들어와 사회주의니 공산주의니 하는 학습이 유행병처럼 번졌었
다. 그도 그럴 것이 우리나라는 유사 이래 490번이나 외침을 당하
는 불행한 역사 속에서 특히 36년간은 일본 제국주의의 학정하에서
온갖 수탈을 당하여 전 농민의 80% 이상이 소작농으로 전락하고 말
았으니, 자본주의 체제보다는 무상몰수, 무상분배 해 주어 모든 국
민이 골고루 다 잘살게 하겠다는 공산주의를 선호했던 것이다. 그
래서 6·25사변을 겪어보기 이전에는 당시 전 국민의 70~80%가
공산주의 쪽으로 귀가 솔깃했던 것은 사실이었다.

　　그때에 작은아버지도 농촌에서는 외지를 출입했던 식자층에 들
어갔으므로 그쪽에서 활동을 했었다. 그러다가 1947년에 미소공동

위원회가 깨지고 남한은 남한대로, 북한은 북한대로 각각 단독정부를 세울 기세였으므로 남한 여기저기에서 좌익청년들의 테러가 일어나 경찰서가 기습 당하고 파출소가 불살라지고 있는 때에 이들이 1948년 2월 6일 밤에 부랑지서 순경 하나를 금화다리 밑에 빠뜨려 죽이고 나서 물속에서 총을 건저 놓고 보니 다룰 줄 아는 사람이 없었으므로 마침 일본군에 징병으로 갔다가 돌아온 작은아버지에게 그 총을 넘겨준 것이다. 그래서 방안에서 총을 분해소재하고 있었다. 그때 다른 사람들은 김제 쪽에서 경찰대가 트럭에 실려 오는 것을 밖에서 미리 보고 다 튀어버렸으나 작은아버지는 그런 줄도 모르고 방안에서 총을 다루고 있다가 현장에서 경찰에게 붙잡혔고 꼼짝없이 경찰관 살해와 총기탈취사범으로 현장에서 구속되고 말았다. 그리고 다음 날 아침부터 경찰들이 까마귀 떼처럼 몰려와 큰집 가택수색을 하며 난리를 피웠다. 그때 무슨 문서나 장부, 종이쪽지 하나 의심할 만한 증거물은 없었으나 부엌방에 한 가마에 150근이 넘게 작대기로 꽉꽉 다져가며 퍼 담은 벼 9가마와 보통 가마니로 벼 한 가마니 반이 있었는데 이것마저 몰수해 간다니 큰 난리였다.

이 소식을 전해들은 우리 어머니 맨발로 쫓아가 대성통곡을 하며 "이 나락이 뉘 나락인디 뺏어가? 이 나락은 내 나락이여, 내가 어린 새끼들하고 논 한 필지 농사지어 가을 양식 좀 찧어 먹고는 한 톨도 안 냉기고 다 이 아홉 가마니에 작대기로 다져가며 담아서 맡긴 나락이여, 우리 집은 단칸방이라 이집 영감님이 세상에 착한 어른이 시기에 믿고 맡겨 두었던 것인데, 누가 이 나락을 가져가? 못 가져가, 내가 고개 빠지게 광주리장사해서 먹고 살고 이 나락은 우리아들 중학교 보내려고 아껴둔 것인데 누가 이 나락을 가져가? 만약 이 나락을 가져가려거든 우리 세 식구 다 죽이고 가져가."라고 펄펄 뛰며 설쳐대시니 그들도 주춤하며 당시 동네 구장이었던 조일천 씨에게 사실이냐고 물었다. 구장 역시 눈치 빠르게 그렇다고 대답하여 그 위기를 모면하게 되었던 것이다. 이토록 당시 위기상황을 당하여 어머니의 기지로, 봄여름 두 철 대식구의 식량을 빼앗기지 않게 되었던 것은 불행 중 다행이라 하지 않을 수가 없었다.

그렇게 잡혀가신 작은아버지는 전주형무소에 수감되어 1심 공판에서 사형언도를 받았다. 그때 실은 문기택 재당숙의 처남이 전주지방법원에 근무한다 하여 6개월여 동안 논 한 필지를 팔아 뒷돈을 대주며 재당숙이 공판 때마다 뻔질나게 찾아다녔으나 아무런 도움이 못 되었던 것이다. 뒷이야기로는 처남 되는 분이 실은 법원 직원으로 근무하는 것이 아니라 법원 앞에 있는 법무사무소에 사무장으로 있었다 하며 이쪽에서 대어준 돈은 당신이 챙기고 처남과는 맨입으로만 이야기했을 뿐이라는 것이다. 그 후 상소하여 대구 고등법원에서는 무기로 감형이 되었다. 그때 대구형무소에 수감 중이신 작은아버지에게서 서울에 있는 나에게 엽서 편지 1매가 배달되었다.

"내가 영어의 몸이 되어 있으니 집안 어른들과 어린 너희들이 얼마나 고생이 되겠느냐? 이제 너도 18세이니 성년이 다 되어간다. 쓰러져가는 집안을 장차 추스르고 이끌어 갈 사람이 되어주기 바란다. 염치없는 부탁이다마는 명심하기 바란다."

대충 이러한 부탁의 편지였다. 이러한 편지라면 당신의 친동생이요, 나이도 나보다는 5년이나 연상일 뿐만 아니라 성년이 다 되어 사회활동을 하고 있는 인택이 작은아버지에게 당부했어야 마땅한 일이었는데 인택이 작은아버지는 그러한 편지를 받았다는 말을 들어본 적이 없다. 그때가 1950년 4월 중이었으므로 앞으로 두 달 뒤에 닥칠 당신의 죽음을 예감하셨던 것이 아니었을까 하는 생각도 해보았다. 그리고 두 달 후에 6·25동란이 발발한 것이다.

　8·15광복 후 좌익운동을 하다가 검거되어 형을 받고 풀려난 사람이나 좌익운동을 함으로써 검거대상이 되어 수배를 받고 있던 사람들을 1948년 9월에 남한 단독으로 대한민국 정부가 수립될 때 적성국민을 포용한다는 차원에서 보도연맹이란 단체를 만들어 이들에게서 앞으로는 이적행위를 하지 않겠다는 자술서와 각서를 받고 그들을 자유인으로 풀어주었던 적이 있었다. 그러나 1950년 6·25가 발발하여 3일 만에 서울이 함락되고 정부에서는 도망하기에 바빴으므로 미처 다른 손을 쓰지 못하고 서울은 인민군들이 무혈입성 하였으므로 그들이 제일 먼저 서대문 형무소에 가서 옥문을 열어젖히고 죄수들을 풀어주었던 것이다.

　그리하여 옥문을 나온 죄수들 중 사상범들이 서울을 장악하고 뒤이어 보도연맹에 가입했던 사람들도 다시 그 뒤를 따라 자유진영 인사들을 잡아들여 학살하고 있다는 소식이 남쪽으로 쫓겨 가는 대한민국 정부 측에 전달되고 보니 그때부터 대한민국 정부 측에서도 수감 중인 사상범은 물론 보도연맹에 가입한 사람들을 모조리 검거해다가 살해해 버린 것이다.

상경하여
미군부대에 취직하다

　그렇게 부산을 다녀온 후 가을추수를 하고 줄포에 갔다가, 요한 아저씨의 부인인 숙모님께서 산월달이 다가오므로 경기도 광주로 올라가셔야 하는데 요한 아저씨는 군인 기피자가 되어 어디를 자유스럽게 다닐 수가 없으므로 걱정이라는 말을 들었다. 그래서 그때 "내가 숙모님을 모시고 올라가겠다."고 하여 숙모님과 둘이서 동원리까지 가는데 갑자기 불어닥친 한파에 모진 고생을 하며 무사히 찾아갔을 때가 12월 12일쯤으로 기억된다. 동원리에서 서울 한강변 잠실까지는 약 육십 리 거리고 잠실에서 한강을 도강하려면 날이 더 추워져서 기온이 영하 15° 이하로 내려가 1주일 이상 지나야 꽁꽁 얼어 결빙이 되지 그렇지 않고서는 한강처럼 큰 강물은 여간해서는 결빙이 되지 않았다. 그러므로 날이 추워지는 날까지 기다리는 동안 친척집 양식만 축내고 놀고먹을 수는 없어서 할아버지를 따라 산에 나무하러 다녔으나 나무를 언제 해보았어야지 난생 처음 해보는 일이라 서툴기 그지없었다. "그렇게 나무하다가는 어디 가서 밥이나 얻어먹겠느냐?"라고 핀잔까지 들었으나 어찌하랴, 내 힘으로는 최선을 다했어도 그뿐인 것을.

그렇게 보름 남짓 지나니 한강이 얼었다는 소식이 들려와서 12월 말경 동원리에서 오후 4시경 저녁밥을 단단히 먹고 나섰다. 그리고 북쪽을 향하여 빠른 걸음으로 봉운사를 찾아 나서니 절에 도착했을 때엔 아마 밤9시가 훨씬 넘어서였다. 절에는 아직 불이 켜져 있었으므로 인기척을 했더니 행랑채 같은 방에서 여자 보살님이 한 분 나오시기에 한강을 밀도강하여 건너갈 계획을 말씀드렸더니 지금은 조금 이르니 방에 들어와서 두어 시간 정도 몸을 녹여가지고 가라는 것이다. 그리고 찐 고구마까지 간식을 내주어 얻어먹고 밤 11시 반경에 절에서 나와 강을 건너가는데 한강대교 쪽으로 약 100m쯤 떨어진 곳에서 채빙작업을 하고 있어 소리 내지 않고 살살 건너갔다. 그리고 뚝섬유원지 소나무 숲께로 올라가다가 민가 있는 쪽으로 한참 갔더니 여인숙이 있어서 들어가 잠깐 눈을 붙이고 새벽 첫 기동차를 타고 필동을 찾아갔다.

필동에는 사돈노인네만 계셨다. 다시 만난 노인네는 많이 늙으셨다. 그러니까 6·25사변의 발발로부터 꼭 2년 반 만이다. 그때에 이 노인은 난리가 터지자, 누구보다도 나의 목숨을 구해야 한다고 인민군이 서울에 진주하기 전날 밤에 나를 하수구 맨홀에 들어가 있게 하신 분이다. 그런데 두 자식들 네 여섯 식구들은 다 이북으로 넘어가고 딸과 큰손녀 둘이는 부산에 있으니 이 노인네의 신세도 퍽 따분하였다. 월북한 자식들을 생각하며 눈물바람을 하시므로 나도 역시 눈시울을 붉히지 않을 수가 없었다. 어려운 처지에서도 조

반을 챙겨주어 감사한 마음으로 얻어먹고 용산구 이태원동으로 이
장운 아저씨를 찾아갔다. 이장운 아저씨의 아버지는 내가 밀도강
하기 전 보름 동안 머물던 할아버지의 친아우이시며 우리 할머니의
이종사촌동생이시다. 이태원 할아버지는 동네 사설이발관을 하시
며 생활하셨다. 이집 큰아들 이장원 아저씨는 구 육군형무소 자리
에 주둔해 있는 미 30의무단 식당에서 K.P로 일하고 계셨다. 셋째
아들 백운 아저씨는 나보다도 한 살 아래였는데 미군부대 사병 하
우스 보이 일을 하면서 선린상고 야간부를 다니고 있었다. 그때 마
침 백운 아저씨와 같이 일하던 친구가 사정이 있어 일을 그만두게
되었다고 그 자리로 내가 들어가게 되어 말로만 듣던 미군부대 하
우스 보이로 들어가게 되었다. 그렇게 해서 그곳에서 1년을 있게 되
었으나 돈은 한 푼 벌지 못하고 겨우 내 목구멍에 풀칠만 하다가 실
직하고 말았다.

　　그때 당시에는 어디를 가도 겨우 자기 하나 먹고 지낼 정도였지
저축할 수 있는 일자리는 아무 데도 없었다. 그래서 돈을 벌려면 도
적질밖에 할 수가 없었으므로 나는 도적질에는 재능이 없어서 돈을
벌 수가 없었던 것이다. 이렇게 실직하고 서너 달 가량을 노는 동안
에 해방촌에다 방 한 칸을 얻어 나와 주세훈, 세훈이 동생인 주방기
그리고 그때에 서울중앙전신국에 통신원으로 근무하던 세훈이 친구
황창규 넷이서 자취를 했다. 그때 자취하면서 이런 일도 있었다.
　　양식이 떨어져서 저녁밥으로 국수를 사다 삶는데 한 번도 국수는
삶아 먹어보지 않은 처지여서 냄비에 물을 붓고 국수를 물속에 풀어

넣고 풍로 불에 올려놓고 한참 있으니 냄비가 끓고 김이 뭉게뭉게 나기에 냄비 뚜껑을 열고 보니 국수들이 한데로 엉겨 붙어 있어 도저히 먹을 수가 없게 되어버렸다. 그것을 큰방 아주머니가 보시더니 배꼽을 쥐고 웃으시며 저녁에 먹고 남은 식은 보리밥 한 그릇을 주셔서 넷이서 그걸로 끼니를 때운 적이 있었다. 그렇게 몇 달을 고생하다가 10월경에 여의도 비행장에 있는 미군경비부대 식당 K.P로 다시 취직하게 되었다. 그곳에서 알게 된 사람이 김영식이다. 새로 사귀게 된 친구 김영식은 우리 같은 김제군 출신으로 봉남면 양전리 용두부락 사람이다, 그 친구도 고향에서 고등학교 2학년에 다니다가 가정형편으로 학업을 중단하고 집을 나와 미군부대나 영국군부대에 취직하며 전전해오다가 여기에서 나를 만나 알게 되면서 붙어 우리는 오랜 친구처럼 의기투합하여 곧 절친한 친구사이로 발전하게 되었던 것이다. 이렇게 약 4개월을 지냈는데, 갑자기 그 부대마저 해산하게 되니 우리들은 이제 또다시 실업자가 되어 아무데도 갈 데 없는 딱한 신세가 되고 말았으니 난감하기 이를 데가 없었다. 그러자 전에 미 30의무단에 근무할 때에 보아왔던 의무단 정문 앞에 구 육군형무소 관사 네 채가 비어있었던 것을 알고 있었으므로, 나는 그중 방 한 칸을 얻어 김영식이와 같이 오려 하자, 같은 실직자인 충청도 친구 하나가 따라붙어 세 사람이 오게 되었다.

그때가 3월 중순경이었으므로 서리가 내리는 겨울의 끝자락에 이곳에 들어와, 냉방에서 약 보름 동안을 지내는 동안 일자리는 구하지 못하고 돈도 다들 떨어져 사흘을 굶고 장정 셋이서 즐비하니 누워서 천정만 말똥말똥 바라보고 있을 때에, 어머니께서 어떻게 우리가 그토록 비참한 꼴로 누워있다는 것을 예감하셨는지 쌀 두 말과 김치 몇 포기, 그리고 된장과 간장을 조금씩 가져오셔서 즉시 쌀은 안쳐놓고 밖에 나가 냉이 몇 뿌리를 캐다가 김치와 같이 된장국을 끓여 밥을 차려오셨을 때가 오전 11시경이었다. 이미 아홉 끼니를 굶고 열 끼 째의 밥이니 그 밥은 밥맛이 아니라 바로 꿀맛이었다. 그래서 김영식 친구 왈 "그 밥은 내가 이 세상에 태어나 가장 맛있게 먹었던 밥이었다."라고 술회한 바가 있다. 그때의 일을 어머니께서는 말씀하시기를 "그동안 편지도 뜸하니 오지 않지, 연속 이틀째 꿈자리가 뒤숭숭하니 사나웠다."는 것이다. 그래서 '야가 무슨 일이 있지.' 하고, 어머니께서 다녀가셨다는 것이다.

그 후로 미군부대 취직도 하기가 힘들었다. 왜냐하면 1953년 7월에 공산군(인민군)과 유엔군 사이에 정전협정이 체결되어 전투가 중단되었으므로 한국에 주둔하고 있던 미군들을 감축하여 본국으로 철수해 가기 때문이었다. 그래서 출판사 제본소에서도 일해 보았고, 여름에는 제빙공장에서 일을 하며 얼음덩이를 배달하는데 하마터면 죽을 뻔한 일도 있었다. 한 덩이에 80kg짜리 얼음 두 덩이를 리어카에 싣고 만리동 고개를 넘어 비탈길을 내려가는데 리어카 뒤에 실렸던 얼음덩이가 앞쪽으로 미끄러져 내리쏠리면서 쏜살같이 내려가는데, 안간힘을 다 써도 멈출 수가 없어 정신없이 약 100m를 달리다가 만약 삐끗하여 앞으로 고꾸라지면 나는 꼼짝없이 얼음으로 뒤통수를 맞아 즉사하겠구나 하고 생각하니 순간 정신이 아찔했다. 그런데 마침 길옆을 쳐다보니 전신주가 나타났다. 그래서 리

어카 앞대를 틀어 전신주를 들이받아 버리고 말았다. 그리하여 리어카는 박살이 나버렸지만 큰 위기는 넘기었다. 그리고 그날로 제빙공장 일을 그만두었다. 나올 때 약 20일의 임금을 부서진 리어카값으로 상쇄해주고 나니 돈은 한 푼도 받지 못하였다. 그리고 부서진 리어카를 가지고 나와 수리하니 거의 새로 사는 값이 다 먹혔다.

다음날부터 '모래내에 가서 열무를 떼어다 아현시장에서 팔아보리라.' 하고 모래내로 리어카를 끌고 나갔다. 다른 사람들처럼 리어카 짐칸 위에 수북하게는 못 떼고, 안에 들 정도만 떼어 가지고 아현시장 쪽으로 오자면 연세대학 옆으로 고갯길이 있는데 딴사람들은 짐칸 위로 수북하게 싣고도 잘도 올라채며 고개를 거뜬하게 넘어가고 있었다. 그러나 나는 그 반절도 못 실었는데도 힘에 겨워 못 올라가고 겨우 고갯마루까지 올라가서는 쉬면서 생각하니 한심하기 짝이 없었다. 그때 나는 눈물을 머금고 난생 처음으로 부모님을 원망하였다. 속으로만 '자식을 낳아 세상에 내보냈으면 제 밥벌이는 할 수 있도록 잘 가르쳐 놓든지 아니면 몸이라도 건강하게 길러놓았어야 노동이라도 꿍꿍 해 먹고 살지, 재산도 없지, 가르치지도 않았지, 몸도 반병신처럼 비실거리니 나는 이 세상을 어떻게 살아가란 말입니까?' 하고. 내가 아현시장에 도착할 때쯤 그 건장한 사람들은 벌써 좋은 목을 잡고 거의 다 팔아버리고 몇 단 남은 것은 떨이로 싸게 팔고 있었다. 나는 파장에야 판을 벌이니 시장 손님들도 한물 지나가고 뜨내기손님밖에 없다. 그렇게 가뭄에 콩 나듯 팔다 보면 재직이만 처지고 그건 시래기 감으로 거저 주다시피 하니 무슨 돈이 남겠는가. 서울역전에서 짐꾼노릇도 해 보았고, 냉차틀을 끌고 다니며 염천교 다리에서 냉차도 팔아보았다. 밥은 염천교 옆 야채시장에서 버리는 시래기에다 새우젓장사들이 걷어내는 위 찐 새우젓으로 끓인 국에다 밥 한 공기에 요새 시세로 1,000원에 사먹고, 담배는 가짜 화랑담배 몇 개비씩 낱개로 사 피웠다. 서울에서 나는 거지노릇하고 도적질만 안 했지 다 해보았다.

이렇게 1년을 버티어 보았으나 더는 버틸 수가 없어 1955년 늦은 봄에 다시 용산 미군부대 Labor-office를 찾아가 미아리 고개 너머 수유리에 있던 미제 49수송중대에 사인페인터(간판사)로 취직이 되었다. 그곳에서 여름을 보내고 가을에는 부평백마장으로 부대가 이동해 갔었다. 그리고 11월 초에 1년 전에 헤어졌던 친구 김영식이가 그동안 연천 쪽으로 가 영국군부대에 1년간 있다가 그 부대가 본국으로 철수하는 바람에 실직하게 되었다고 나를 찾아온 것이다. 그러나 내가 있는 49수송대도 불원 해체된다는 소문이 나돌고 있었다.

그때 내 나이 23살이며 호적으로는 20살이니 아직 군인으로 가기에는 1년 반의 여유가 있었다. 그런데 김영식이는 나와 동갑이지만 호적으로는 한 살 적은 22살이었기 때문에 이미 징집영장이 발부되어 군인기피자가 되어있었다. 그래서 내가 김영식이더러 군 입대를 지원하라고 권유했다. 그랬더니 뚱하고 아무 말 없이 휑하니 밖으로 나가버린다. 한참 있다가 들어오는데 술을 몽땅 먹고 와서는 자기더러 군인에 자원입대하라 했다고 포악을 퍼붓는 것이다. "내가 밥을 며칠 얻어먹고 있다고 명색에 친구란 녀석이 그럴 수가 있느냐?"라며 중언부언이었다. 그래서 나는 그 친구가 술을 깬 다음에 차분하게 타일렀다. "너도 알다시피 며칠 있으면 나도 이 부대를 그만둘 수밖에 없는데 네가 숨어 지낼 곳이 없지 않느냐? 그리고 지금은 휴전도 되고 했으니 이런 때에 군복무를 마치고 자유로운 몸으로 취직자리를 구하는 것이 낫지 언제까지나 이렇게 숨어 살며 기피할 수가 있겠느냐?" 그러자 그 친구가 "네 말이 맞다. 내일 가서 지원하겠다."고 하고 그 이튿날 지원서를 내고 군에 입대하게 되었다. 그리고 나는 11월 말에 그 부대가 해산되는 바람에 고향집으로 내려가게 되었다.

서울 이태원에서 김영식 친구와 1953년 가을

적수공권으로
귀향하다

만 3년 만에 고향땅을 밟으니 많은 것이 변하였다. 첫째, 내가 이
세상에 태어나서 20년을 살았던 단칸방 오두막집에서 세 칸 집으로
이사를 했으니 집이 내 집 같지를 않고, 둘째, 점옥이도 다 큰 큰애
기(처녀)가 되어 있었으며, 셋째, 어머니께서는 그사이 폭삭 늙으셨
다. 3년 동안 객지에서 돈 한 푼도 보내드리지 못한 못난 자식이건
만 어머니는 그렇게 좋아하실 수가 없었다. "자식이 객지에 있을 때
에는 추우면 춥다고 더우면 덥다고 근심걱정이었는데 이 추운 겨울
따뜻한 방에서 자식과 같이 지내니 아무 걱정이 없어졌다."고. 그러
나 나는 겉으로는 표현하지 않지만 언제까지 달랑 논 한 필지밖에
없는 집에 어머니만 의지하며 살아갈 수 없다고 생각하며 무슨 장
사를 할 것인가, 아니면 어데 가서 무슨 취직을 해야 할 것인가, 하
고 밤에 잠 못 이루고 뒤척이기를 수도 없이 해 보았지만 아무런 묘
안이 나오지를 않았다.

그렇게 기나긴 삼동을 지내고 3월 하순경에 웬 군인 하나가 신양

리 쪽에서 우리 집께로 걸어오고 있어서 자세히 보니 김영식이가 우리 집을 찾아오고 있었다. 헤어진 지 4개월만이다. 김영식이는 그때 논산훈련소를 나와 전방부대에 배치되었다가 한 달도 못 되어 간부후보생에 응시할 기회가 생겨 응시했더니 이에 합격했다는 것이다. 4월 1일 광주보병학교에 입교일이라 어제 집에 내려왔다가 오늘 나를 만나보고 내일 광주로 내려간다는 것이다. 그리고 "그때 네가 나에게 충고한 말이 지금 생각하면 잘된 것 같아 고맙다."라고 인사까지 곁들인다. 우리 집에서 점심을 먹고 헤어졌다.

그 친구에 관하여 여담으로 몇 마디 술회하겠다. 그 후 그는 육군 보병학교를 졸업하고 육군 소위로 임관한 후에 몇 년 있다가 중위가 되어 기갑병과로 전과한 후 유능한 전차부대 장교로서 대령까지 진급, 국방에 큰 공을 세우고 전역하였다고 한다. 이렇게 그 친구와는 막역한 친구 사이였으면서도 그 친구 중위 시절에 소식이 끊겨 몇 십 년을 지내는 동안 1983년 한 차례 전화통화가 이루어졌다가 또다시 끊어졌다. 그러다가 지난 07년 1월 말경, 내가 그 친구의 거소를 알아내어 편지를 띄웠더니 그 친구에게서 전화가 걸려와, 우리들은 설을 쇠고 음력 초샛날, 양력으로 07년 2월 20일에 서울 롯데월드 민속관에서 45년 만에 만나 점심을 같이 하며 약 4시간 동안 감회어린 정담을 나누었다.

여하튼 나는 봄철이 되었으므로 오랜만에 못자리로부터 모내기와 김매기, 만두리까지 마치고 8월 25일경에 상경하였다. 특별히 갈 곳이 없었으므로 주세훈 친구의 자취방으로 찾아갔다. 그리고 보름 동안을 여기저기 취직자리를 찾아 헤매어 보았지만 내가 들어갈 만한 자리는 아무데도 없었다. 15일 동안을 세훈에게서 밥을 얻어먹다 보니 미안하기도 하고 그렇다고 집으로 뽀르르 내려갈 수도 없어서 바로 군에 자원입대하기로 결심하고 지원서 용지 한 장을 얻어 다음날 입소자 집결지인 미동초등학교 운동장으로 나갔다.

군에
자원 입대하다

전날 밤(9월 9일)에는 주세훈이에게 자원입대한 사실을 이야기하고 편지 두 통을 미리 써서 맡겼다. 한 통은 내일 우리 집에 부치고 한 통은 한 달 후에 부쳐달라고. 그래야만 고향에 계시는 어머니께서 걱정을 덜 하시지 만약 아무 소식 없이 몇 달을 넘기다가는 또 어머니께서 서울로 올라오시는 소동이 벌어질 것이 분명했기 때문이다. 고향에서는 내가 취직자리만 찾고 있는 것으로 알고 계셨으리라. 나는 다음날 미동국민학교에서 기차 화물칸에 실려 그 이튿날 강경역에 도착, 배출대로 가서 신체검사를 하고, 머리를 깎고, 제반 수속을 다 밟아 9월 13일에 군번 10072636번을 받아 육군 제2훈련소 제29교육연대 7중대에서 신병교육을 받게 되었다. 내 몸에는 돈이라고는 땡전 한 푼도 없었다.

훈련은 여간 고된 것이 아니었다. 새벽부터 일어나 오후 4시까지 기본교육을 마치고 하루에 두 시간씩 제3교장 신설작업을 한 다음에 귀대하면 캄캄한 밤이거나 달이 중천에 떠 있는 한밤중이었다. 그렇게 교육과 작업으로 기진맥진할 정도가 되어도 엿 한 가락 떡 한 조각을 못 사먹는 형편으로 훈련을 받고 있자니 고통스럽기 한량없었다. 그런데 문제가 생겼다. 다름이 아니라 입대하기 전 고향에서 만두리를 할 때에 벼 잎이 오른쪽 눈에 찔린 것이 낫지 않고 사독을 해서 도저히 눈을 뜰 수가 없을 정도로 눈이 시고 아팠으나 안약 하나 사 바를 수가 없는 처지에서 견디기를 한 달, 더는 참을 수가 없을 뿐만 아니라 특과인 의무병과로 가려면 돈을 써야 하기 때문에 집으로 편지를 냈다.

그리하여 10월 중순경의 일요일에 어머니께서 면회를 오셨다. 오래간만에 포식하고는 어머니께 말씀을 드렸다. "내가 의무병과로 가고 싶은데 아마도 쌀로 한 가마 반 값을 써야 특과로 간다니까 어머님이 돌아가시거든 신신 김창식(가명) 대위네 집에 꼭 돈 봉투를 갖다 드려야 합니다."라고 말씀을 드렸다. 그리고 어머니께서는 나에게 용돈을 좀 주시고는 돌아가셨다. 나는 그때부터는 안약도 사 바르고 간식도 가끔씩 사 먹으니 훈련 받기가 한결 수월했으나 아무리 안약을 눈에 넣어도 눈은 나을 기미가 없이 여일하게 아팠다.

그런데 그 다음부터 김 대위가 나를 찾아오고 하니 우리 7중대장 신 대위가 나에게 찾아와 "김 대위하고 어떻게 되느냐?"고 묻는 것이었다. 그래서 "우리 선배님이십니다."라고 대답했더니 "그럼 잘 되었다. 김 대위가 300야드 기록사격 통제관이니까 네가 김 대위를 찾아가 우리 7중대가 사격점수 최우수 중대로 뽑힐 수 있도록 잘 부탁한다고 말씀드려라. 사례는 내가 별도로 할 테니 너는 그 말만 전해주라."고 했다. 나는 그러마고 대답하고는 시간에 짬을 내어 김창식 대위를 찾아갔다. 그리고 그 이야기를 했더니, "응 알았어, 잘해 보세." 하고 대답하기에 7중대 본부를 찾아가 신 중대장님에게 다녀온 사실을 보고하니 퍽 좋아하였다. 그런데 정작 평가당일에 나온 결과를 보니 약속과 같이 좋은 점수가 전혀 반영되어 있지 않았던 것이다. 이에 우리 중대장 신 대위가 노발대발하며 그 보복으로 나를 전반기 훈련 수료에서 유급을 시켜버렸다. 그래서 나는 7중대 동기생들과 같이 수료하지 못하고 타 연대로 물러나 1주일 후에 수료할 수밖에 없었다. 즉 나의 사격점수는 오른쪽 눈이 아파 하나도 명중되지 않았기 때문에 0점으로 나온 것이다.

그리하여 12월 20일경에 전반기를 수료하고 배출대로 넘어가 보니 나와 같이 훈련받던 친구들은 모두 후반기나 공병 병과로 다 넘어가 버리고 전혀 생소한 사람들만 모여 있었다. 그런데 배출대라는 곳의 군기는 무질서하고 문란하기가 이루 말할 수가 없었다. 그래서 그곳에서는 눈치 빠른 사람만이 사역장에 붙들려가지 않고 하루를 넘길 수가 있었다. 그래서 나는 밤에는 취사병들 쪽에 가서 자고 아침에는 다른 훈련병들보다 약 30분 정도 일찍 일어나야 한다. 조식을 30분 전에 타러 가야 하기 때문이다. 아침식사가 끝나면 바로 기간병들이 무차별적으로 붙들어서 사역장으로 보내기 때문이다.

이렇게 아침식사 후 사역장으로 붙들려가지 않고 식기와 밥통을 설거지해 놓으면 하루 종일 자유롭다. 군의학교 의무병 입교 배정이 되어 차출되기 전까지는 취사병 노릇을 할 수밖에 없다고 맘먹고 지내기를 3일째 날이다. 그날도 사역장으로 한 500명 정도 붙들어가고 배출대 안은 한산한 편인데 군복을 말쑥하게 차려입은 중위 한 분과 하사 한 사람 둘이서 배출대 본부사무실로 들어가고 약 20 분 정도 지났을 때 "소 내에 있는 모든 대기병들은 연병장으로 즉시 집합하라."는 방송이 들렸다. 나는 무슨 영문인지도 모르고 연병장으로 달려갔다. 그러자 조금 전에 왔던 그 중위가 단상으로 올라가 말하기를 "여러분들은 내가 말하는 대로 행동하기만 하면 된다. 입대하기 전에 면 서기나 군 서기를 한 사람은 오른쪽으로 나오라." 하니까 20여 명이 나갔다. 그리고 또 "대학을 졸업한 사람 나와라." 하니 30명 정도가 나갔다. "대학 2년 이상 수료 또는 중퇴자 나오라" 하니 이번에는 70여 명이 나갔다. "대학에 재학 중에 입대한 자 나오라." 하니 한 80여 명이 나갔다. 그리고는 부르지 않기에 뒤늦게 내가 나갔더니 "너는 뭐야?" 하고 호령을 하기에 "대학 2년 중퇴잡니다."라고 대답하니까 "왜 그럼 아까 나오지 않고 이제 나오는 거야?" 하고 호통을 치기에 "친구하고 이야기하다가 미쳐 못 들었습니다." 하고 대답했더니 그대로 통과되고 나머지는 다 해산시켰다. 그리하여 약 200명 되는 인원을 종횡으로 1m 간격으로 띄워 앉혀놓고 노트 반 장 크기로 자른 종이 한 장씩을 나눠주며 "자기 계급, 군번, 성명을 깨끗이 써 자기 오른쪽 무릎 위에 올려놓고 있어라." 하고 중위와 하사 그 두 사람이 돌아다니며 잘 써진 글씨만 걷어가고 하는 말이 "무릎 위에 그대로 남아있는 사람은 서서 밖으로 나오라." 하고 그대로 남아있는 사람의 숫자는 80명이었다. 다음에는 앉아있는 사람들에게 신상명세서 용지를 한 장씩 나눠주며 "그 용지 안에 기재사항들을 잘 써 보라." 한다. 이번에도 지시대로 써서 아까처럼 무릎 위에 올려놓고 기다렸더니 모두 걷어다가 한 십 분 정도 분류하더니 "방금 여러분이 써낸 신상명세서 중 지금 내가 호명하는 사람들은 내일 아침 육군본부 부관감실 행정요원으로 차출되어 간다."라고 선언하고 호명하기 시작했는데 약 20번째에 내 이름 "문금용."을 분명하게 호명하기에 "예." 하고 대답하며 나갔다. 이렇게 선발한 인원이 정확히 60명이었다.

그런데 그날 밤 저녁식사 후 8시쯤 이곳저곳 내무반 내에서 몇 사람씩 왔다 갔다 하고 두런거리더니 밤 9시쯤 해서 나온 풍문에 의하면 낮에 뽑았던 사람들은 무효가 되고 조금 전에 다시 시험을 쳐서 새로 뽑은 사람들이 진짜라는 것이다. 이렇게 해서 세상 요지경 속이라는 말이 실감났다. 그러나 내가 돈 쓴 바도 아니어서 오늘 하루 좋다가 말았다고 속으로 치부하고 그날 밤은 그대로 잤다. 그런데 그 이튿날 아침에 예의 중위와 하사 둘이서 어제 뽑은 60명을 인솔해 가려고 모아 놓고 보았더니 밤새에 모두 딴 사람으로 바꿔치기한 것이 발각돼, 중위가 이 사람들은 한 사람도 데려갈 수가 없다고 노발대발해가지고 육군본부에 올라가서 부관감님께 그대로 보고하겠다고 설쳐대니 소본부에서는 난리가 났다.

그리하여 소본부 부관참모 육군중령이 나와 그 중위를 데리고 가서 회유하기 시작했다. 제2훈련소 부관참모부에 접수된 메모지 즉 장관, 국회의원, 군 장성, 기타 고위권력기관에서 보내온 메모지뭉치를 내놓으며 "이 많은 메모지를 우리는 어떻게 처리하란 말씀이요, 60명이나 뽑아가는 가운데 우리 사정도 좀 보아주어야 하지 않겠소?"라고 통사정하는 것을 무시할 수도 없어 양쪽이 타협을 본

듯하다. 즉 "어제 직접 선출한 60명 중에서 20명만 골라 가시고 나머지 40명은 우리 소본부 몫으로 배정하는 것이 어떻겠소?"라고. 이렇게 합의가 이루어지고 보니 어제 뽑은 60명의 신상명세서에서 글씨를 비교적 잘 쓴 사람 20명을 선발하는 과정에 내 이름도 끼게 되어 대망의 육군본부 행정요원으로 차출되어 가게 되었다.

　　그리하여 예정일보다 2일이 지연된 1956년 12월 25일 크리스마스날 우리 60명은 가축운반용 화물열차 편으로 상경, 영등포 제2보충대를 거쳐 12월 27일에야 근무소속인 육군본부 부관감실 인사과로 배속되고, 부대 소속은 육군본부 본부사령관실 제2중대에 배치되었다. 우리가 육군본부에 가서 해야 할 일은 6·25전쟁 당시 군번도 받지 못하고 전투에 참전하여 전사한 학병이나 청년단원, 노무자들에게 사후 군번을 부여하여 무명으로 전사한 사람들의 명예를 회복시켜 주는 한편, 유족연금을 지급함으로써 나라를 위하여 목숨을 바친 유가족의 생계를 돕자는 것이었다. 이후 1957년 1월 1일을 기하여 전군에 일제히 실시한 각개 점호에 대한 병적부의 기록사무처리가 한시적으로 동년 3월 31일에 종결되니 우리 60명은 다시 전방으로 퇴출될 수밖에 없었다. 그리하여 1957년 4월 1일 우리 60명은 다시 한 곳에 모이게 되었다. 이때 인사과 선임 하사관이 말하길 우리들은 그동안 정식 배속된 인원이 아니라, 임시로 차출된 요원이었다는 것이었다. 그러므로 우리는 이제 춘천 3보충대로 넘어가야 하는데 부관감실 내의 타 과나 타 감실에서 우리 60명 중에 전방으로 내보내기에는 아까운 일꾼들이 숨어 있으므로 그 일꾼들을 뽑아 가겠다는 것이다.

이렇게 해서 우리들은 또다시 신상명세서를 써서 제출하고 기다렸더니 그중 20명이 인사과, 자과를 비롯한 타 과 혹은 타 감실에 뽑혀가게 되고 나머지 40명만이 춘천 3보충대로 퇴출되고 말았다. 결국은 훈련소에서 실력도 없이 메모지에 의하여 뽑혀왔던 친구들이 그대로 전방으로 내몰리는 신세가 되고 말았으니 바로 사필귀정이란 이를 두고 한 말인 것 같다. 나는 본래 글씨를 잘 쓰지는 못했다. 그러나 정성들여 쓰면 남들은 예쁘다고 한다. 나 같이 학력도 없는 사람이 글씨마저 악필이었다면 어떻게 행정사무를 보겠는가. 나는 몸이 약하여 노동으로는 살아갈 수가 없으니 본능적인 소질이 글씨 쪽으로 발전했는지도 모른다. 그리하여 나는 4월 1일부로 부관감실 장교과로 차출된 6명 중 한 사람으로서, 내 글씨가 잘 써졌는지 몰라도 그렇게 장교과 서무 보조원으로 가게 되었다.

장교과로 넘어간 사람 6명 중에 이은재라는 친구는 충남 조치원 역전 한약방 집 아들로서 서울대 공대 섬유과를 졸업한 사람이었다. 그는 나보다 두 살 위였고 장가를 들어 아들이 둘이나 있었다. 이 친구는 나를 항상 자기 친구 겸 동생처럼 대하며 음으로 양으로 덕을 베풀어준 사람이다. 그런데 술과 담배가 떨어지면 불안해서 어찌할 바를 모를 정도로 애주가이며 골초 애연가였다. 이 친구는 26세에 입대하여 우리가 같이 근무할 때에는 27세나 되었으므로 밤이 되면 중대 내무반에 들어가 자기를 꺼려했다. 내무반에서 자게 되면 불침번을 서야 하기 때문이다. 그래서 둘이서 우리 서무반 사무실에서 자는 날이 많았다. 그럴 때면 저녁에 밖에 나가 막걸리 한 잔을 해야 했고 그때는 꼭 나를 데리고 나갔다. 술 한 잔 하고 들어올 때에는 세상이 온통 자기 것이라 육군본부 정문을 들어오면서도 꼭 노래를 부르며(특히 일본노래) 들어오니 그때마다 정문 헌병들이 제지하게 되어 말썽이 생기므로 내가 옆에 있어야만 무사히 통과하곤 했기 때문이다. 그 친구가 하는 사무는 장교과 장교 50여 명의 불 식미와 피복비를 관리하는 사무이기 때문에 글씨를 쓰는 사무는 별로 없고 밖으로 왔다 갔다 하는 일이다. 어쩌다가 장부 정리라도 하는 날에는 낮에 하지 않고 다들 퇴근한 뒤 밤에만 하였으므로 퇴근시간이 되면 필히 소주 한 병과 담배 한 갑을 미리 사다 놓고 한다, 술 한 잔을 걸치고 담배 한 대를 피우지 않으면 수전끼 때문에 일을 못 하는 것이다.

장교과에는 3개 계가 있고 각계마다 3개 반이 있어 과 서무가 관장해야 할 하부서무만도 12개나 있었다. 내가 과 서무 보조로 들어가 근무한 지 4개월 만에 서무담당 박 중사님이 제대를 하니, 자연 내가 과 서무담당이 될 수밖에 없었다. 장교과 서무로서 여러 가지 일 중에 가장 중요한 일로 미군 고문관에게 제출되는 주말보고서가 있다. 매 주말에 장교과 업무현황을 보고하는 것인데 각계로부터 수합, 작성하여 부관감실 관리과 담당 대위에게 송달할 때에는 신속 정확해야 하는데도 우리 장교과 보고서가 늦어져서 담당 대위에게서 꾸중을 몇 번 듣고 보니 기분이 여간 나쁜 게 아니었다. 그래서 과선님 하사관인 유수기 상사에게 "유 상사님 저를 계 기록병으로 내려보내 주십시오."라고 했더니 "이유가 뭐야?"라고 반문한다.

그래서 "박 중사님이 제대한 후 12개 계 반 서무들은 나보다 상급자로서 상병 이상인데 일개 일등병의 말을 들어주지 않습니다. 그래서 주말보고서 자료를 제때에 받지 못하여 관리과 담당 대위에게는 항상 장교과가 제일 늦다며 여러 번 주의를 받고 야단을 맞았습니다. 그러다 보니 더 이상 이 자리에 있고 싶지가 않으니 교체하여 주십시오."라고 말하자 다 듣고 나더니 "알았다."며 즉시 각계 반 서무들을 불러들여 놓고 호통을 치는 것이다. "너희들은 계장이나 반장, 즉 중령이나 소령, 대위를 보좌하고 있고, 일병 문금용은 장교과장인 대령을 보좌하고 있다. 너희들이 제출하는 보고서나 자료는 일등병에게 제출하는 게 아니고 장교과장인 대령에게 제출하는 것이다. 그러므로 이후 제때에 보고하지 않거나 자료를 제출하지 않는 놈은 즉시 춘천3보대로 갈 각오를 해, 알았나?" 이렇게 말하고 난 이후로는 어느 누구도 늦게 제출하는 법이 없이 모든 보고서가 제때에 착착 이루어졌던 것이다.

그 후 일등병 문금용은 육군본부에서 제일 낮은 계급에 있으면서도 큰소리를 치고 살았다. 내무반에 가면 하사가 내무반장이지만 근무처인 사무실에 와서는 나에게 아쉬운 소리를 할 때가 많았으며 그들과 막 벗하고 지냈다. 사실은 그들의 나이가 나와 비슷했던 점도 있었다. 그들이 나보다 3년 먼저 군에 입대했으니 말이다. 그 후 1년 남짓 지내는 동안 우리들(나와 이은재)은 거의 사무실에서 잤다. 나는 비록 학력은 별로 보잘것없었지만 육군본부 부관감실 장교과 서무로서의 실력은 어느 누구도 얕잡아볼 수 없는 능력을 인정받고 있었으므로 나의 군대생활은 고되지 않고 신선놀음처럼 편하게 지내고 있었다.

  그러던 어느 날, 이은재가 "입대한 지도 벌써 2년이 가까워 오니 이제 그만 제대하고 사회에 나가야할 때가 된 것 같다. 우선 몸이 편하다고 만기 때까지 마냥 기다리고만 있을 때가 아니다. 세상은 변하고, 나이는 먹어 가는데 멍청하니 군에서 썩을 수는 없지 않느냐?"라고 말을 한다. 그러나 나로서는 막상 제대하면 갈 곳도 없다. 없는 취직자리 구하러 문전걸식하는 거지처럼 돌아다닐 일을 생각만 해도 끔찍스럽기까지 한 처지인지라 내 입장을 이렇게 말했다. "나는 지금 제대하면 아무데도 갈 곳이 없는 사람이야, 취직하기가 하늘의 별 따기보다도 어려운데 어떻게 제대를 해, 형편 보아서 임관을 하든가 그도 안 되면 장기복무로 지원할까 해."라고 말했다. 그랬더니 그는 "너 미쳤니. 이 군대생활은 사람이 사는 곳이 아니라 바로 지옥이야. 제대하고 나가 리어카를 끌고 엿장수를 하는 한이 있어도 하루빨리 군복을 벗어야 돼."라고 꾸짖으며, "너도 집에 가서 의가사제대 서류나 준비해와. 그래서 8월 말 안에는 우리 같이 제대하는 거다."라고 마치 명령조로 말하는 것이었다.

  그때 집에 내려와 호적정리를 하고 보니 할아버지, 할머니가 60세가 넘고 순옥이는 이미 시집을 갔기 때문에 혼인신고를 하도록 하고 판용이는 미성년자인데 점옥이가 만 20세였지만 생일이 늦어 나의 의가사 제대서류를 떼는 데는 문제가 없었다. 그리하여 완벽하게 의가사제대서류를 전주병무청에 접수시키고 그 서류가 서울 육군본부에 도착하는 것을 기다리고 있을 때에 이은재가 나에게 쌀

한 가마 값의 돈을 준다. 이 돈으로 남대문시장에 가서 파카 만년필 두 개를 사서 인사과 의가사제대 담당에게 주어 하나는 본인이 갖고 하나는 담당반장 대위에게 주자는 것이다. 이렇게 해서 나와 그 친구는 남대문시장에 나가 만년필 상점에 가서 나는 내 것 두 개를, 그 친구는 그 친구 몫 두 개 해서 만년필 4개를 사다 마침 60명 동기생인 인사과 의가사 제대 담당자에게 건네주었다.

이때에 만년필을 뇌물로 주게 된 것은 부정제대를 하기 위한 것이 아니라 서류가 육군본부에 도착해서도 돈을 쓰지 않으면 한없이 제대일자가 늘어져 목이 빠져라 하고 기다려야 했으므로 다만 3개월~6개월까지 걸리는 제대일자를 빨리 하자는 데에 그 목적이 있었던 것이다. 그로부터 약 2주일 후인 1958년 8월 25일자에 우리 두 사람의 제대 명령이 난 것이다. 그러나 나는 제대하고도 약 한 달가량 장교과 서무로서 근무를 해야 했다. 그리하여 집에는 9월 말경에 도착하였다.

사촌동생 금열과 같이. 1957. 연무대 면회소

그렇게 나의 군 생활이 끝났는데 군에 있을 때의 희비의 사건들을 몇 가지 기술하고자 한다. 내가 인사과에 있을 때의 일이다. 육군본부에 배치되어 약 2주쯤 지났을까, 그날 밤이 내가 불침번을 서는 날이다. 나는 전반에 이미 불침번을 서고 막 꽃잠이 들었을 때였다. 시끄러운 소리가 나 눈을 떠보니 우리 내무반장이 밤늦게 어디서 술을 먹고 와서는 "오늘 불침번 당번은 모두 나왓!" 하고 소리를 지른다. 그래서 나는 제일 먼저 일어나 내복바람으로 나갔다. 그렇게 5명이 모두 나와 정렬하고 서 있는데 내가 첫 번째로 생나무 각목으로 엉덩이를 얻어맞는데 다섯 대를 얻어맞고 서 있으려니 전등불이 가물가물하더니만 이내 정신을 잃고 그대로 쓰러지고 말았다. 그 바람에 나머지 네 사람의 기합은 유야무야 끝나고 말았다. 그러니까 내가 쓰러진 이유는 엉덩이를 어찌나 세게 때렸던지 내 상반신에 있던 피가 엉덩이로 쏠려 내려와 머리에 일시적으로 빈혈을 일으킨 것이다. 내 자리에서 잠시 안정을 취하니 곧 정신은 들었지만 엉덩이가 어찌나 아픈지 밤에 깊은 잠을 자지 못하였다.

명색이 내무반장이란 자가 술에 만취하여 자정이 다 되어 들어와서는 난롯가에 담배꽁초 두 개가 있다는 이유로 그렇게 연대 기합을 넣었던 것이다. 다음날 아침에 일어날 때에 엉덩이가 얼마나 부었던지 바지를 겨우 입을 정도였다. 그리고 사무실에 나가 근무할 때에는 의자에 앉지를 못하고 한쪽 무릎을 꿇고 앉아서 사흘 동안을 옹색하게 일을 해야만 했던 것이다. 그리고 나흘 뒤에 외출하여 큰고모 댁에 가서 엉덩이를 불편해하니까 고모님이 보자기에 엉덩이를 까고 보였더니 그걸 보신 고모님이 "세상에 무지막지한 놈들

같으니, 사람을 이렇게 패는 놈이 어대 있다니? 아마 그놈은 백정 놈인가 보다." 하고 눈물을 흘리시는 것이다. 그래서 나중에 큰 체경 앞에 비추어 보니 양쪽 볼기에 대접을 엎어 놓은 듯 새카만 피멍이 들어 있었다. 그로부터 일주일 뒤에 목욕탕에 가서 목욕을 하는데 마치 밥솥에 새카맣게 탄 누룽지 벗어지듯 피멍이 뭉텅뭉텅 벗겨지는 것이다.

또 한 번은 모처럼 내무반에 들어와 자는데 그때에도 한밤중인데 부내무반장이 술에 만취해서 들어와 내가 자고 있는 것을 보고 "하와이 놈들은 곤조(일본말로 근성이란 뜻)가 더러운 놈들이다. 그 개새끼들을 다 죽여야 한다."고 소리를 치고 있는 것이다. 이는 분명 나를 두고 한 말이었다. 그래서 내가 "어떤 개새끼가 취침시간에 떠드느냐?"고 소리를 쳤다. 그랬더니 난로 옆에 있는 부삽을 쳐들고 나를 치려든다. 나 역시 질세라 내무반장 목침대 나무를 뽑아들고 맞붙을 찰나, 내무반 안에서 잠자던 동료 사병들이 양쪽에서 뜯어 말렸다. 그때 나를 한 사람이 불끈 들어다가 옆 내무반에 내려놓으며 "저 새끼 하는 짓이 오늘밤에 편하게 잠자기는 틀렸으니 너는 여기서 자라." 하고 나중에 내 옷도 갖다 준다. 그리고 다음날 아침에 그 자가 나를 만났으면 의당 제가 먼저 사과를 했어야 하는 것인데도 고개를 뻣뻣이 쳐들고 외면하고 만다. 그래서 한 삼 일 있다가 아직 순번이 두 달 정도 남아있는데도, 주번 하사관 명령을 내려버렸다. 그것도 토요일~화요일에, 그랬더니 즉각 일일 명령서를 들고 쫓아 올라왔다. 그리고는 "내가 주번을 한 지가 한 달밖에 안 되는데 왜 벌써 주번 명령이 났느냐?"며 항의하는 것이다. 이에 "바로 그것이

하와이 곤조다, 네가 하와이 곤조를 원하니까 그렇게 한 거야.” 하고 대답하자 옆에 있던 이건도 반장님이 “임마, 한번 명령 났으면 잔소리 말고 그대로 해.”하고 퉁명스럽게 소리치니 아무 말도 못 하고 돌아갔다.

내가 그렇게 한 것이 결코 잘한 짓은 아니다. 그러나 내가 미우면 나 한 사람에 대해서만 욕하던가 해를 끼친다면 이해할 수도 있다. 그러나 전라도 전 도민을 욕하는 말에는 용납할 수가 없어 나 역시 의도적으로 본때를 보여준 것이다. 그놈이 내려가자 선임하사님이 나에게 왜 그랬느냐고 묻기에 바로 위와 같은 이유를 말씀드렸더니 빙긋이 웃으시고 만다. 그럼 왜 부내무반장은 술을 먹고 나에게 하와이 놈들이라고 시비를 걸었을까?

그날로부터 약 10여 일 전에 내무반 자치회의를 했다. 그 회의 안건이라는 것이 우리 장교과 직무관리계에 헌병박스를 담당하는 기록사병 하나가 결혼을 하게 되었다는 것이다. 그래서 우리 내무반에서 결혼기념품을 하나 사 주기로 하고 내무반 전원의 1주일분 건빵과 담배를 모두 팔아서 그 돈으로 해주기로 했던 것인데, 기념품을 사러 시내를 나갔으면 그것만 사 가지고 들어왔으면 되었지 무슨 놈의 점심을 먹고, 술을 마시고, 택시를 타고 들어오느냐 말이다. 배보다 배꼽이 크다는 말과 같이 기념품 값보다 부대비용이 더 많았던 것이다. 그래서 내가 이에 이의를 제기하고 부대비용은 그날 같이 나간 세 놈이 변상하라고 하니 그것이 못마땅해서 나에게 그 행패를 부렸던 것이다. 당시 내무반원들은 아무도 항의할 엄두를 내지 못하고 있는데 내가 그렇게 이의를 제기하니 속이 후련했을 것이다.

그런데 상등병짜리 사병 하나가 결혼하는 데 그렇게 아첨을 떤 데에는 상당한 이유가 있다. 일개 상등병짜리 헌병박스 담당자임에도 매주 토요일 오후 1시만 되면 헌병대 백차가 육본 영내에까지 들어와서 그 사람을 싣고 나가는 것이다. 게다가 헌병장교들은 그 사람 말이라면 안 들어 주는 법이 없었다. 그래서 육본에 있는 초급 장교나 하사관들은 그 사람하고 친분을 쌓아두려고 음으로 양으로 노력들을 하고 있는 형편이었다. 직업적으로 군인생활을 하는 사람들은 언제 어데서 무슨 일을 당할는지 모르기 때문이다. 그때에 그 사람은 전국 헌병대에서 들어온 축의금으로 서울에 집 한 채를 사 두었다는 소문이 있었다. 이처럼 권력의 비호 아래 있는 사람은 비록 그 사람의 지위는 보잘것없어도 힘이 막강하다는 것을 알았던 것이다.

한편 나는 장교과로 온 지 2년이 가까워 왔을 때도 집에 휴가 한 번 못 갔다. 꼭 바쁠 것이 없는데도 우리 반장은 자기 집안에 특별한 일이 없으면 숫제 휴가를 보내지 않는다. 나도 그래서 휴가를 한 번도 못 갔다. 그해의 유월 초여름의 더위가 기승을 부려 발바닥에는 항상 땀이 촉촉이 나 있어 군화를 신고 있는 내 발에는 무좀이 심했었다. 그래서 본부사령실 의무대에 다녀오겠다는 것을 반장이 허락하지 않아 근질거리고 따끔거리는 것을 참고 일을 했더니 발이 퉁퉁 붓고 발가락 사이사이마다 누렇게 근이 박히고 허벅지에는 가래톳이 서서 어기적거리고 걸을 수밖에 없었다. 그렇게 되자 우리 반장은 그때에야 의무대에 가 보란다. 그래서 의무대에 가서 내 발을 보이니 의무관 대위가 "멍청한 놈! 네 발 썩는 줄도 모르고 일만 했냐? 내 기술로는 발가락을 다 끊어내기 전에는 못 고치니 수도육군병원에나 가보라."는 것이다. 그리하여 치료도 받지 못하고 돌아와 반장에게 그대로 이야기했더니 도수 높은 안경을 쓴 반장 눈이 황소 눈깔처럼 커지더니 "큰일 났다. 그럼 어서 입원해야지."라고 말한다. 그래서 나는 "입원할 때 입원하더라도 집에 가서 어머니 얼굴이나 한 번 보고 와서 하겠습니다."라고 말하고 10일간의 출장증을 끊어가지고 밤 상무열차를 타고 내려왔다.

이리역에서 통근열차로 갈아타고 감곡역에서 내려 집에까지 3km의 거리를 걸어 들어가는 데 꼬박 두 시간이 걸렸다. 집에 들어와서는 병은 자랑하랬다고 금용이는 무좀 때문에 발을 끊어야 한다네 하고 소문이 나가자 바로 우리 옆집에 사는 집안 먼 누님뻘 되는 분이 쫓아왔다. 그리고는 당박 약을 가르쳐 주고 간다.

"놋대야에 떫게 백변 물을 타서 따끈따끈하게 약한 짚불 화로 위에 얹어놓고 한 시간만 담그고 있으면 모든 근이 쪽 다 빠진다네."

그러자 집에는 백변이 있었으므로 즉시 그대로 해 보았더니 신기할 정도로 한 시간이 되니 근이 거의 다 빠지고 다만 실오라기 같은 몇 가닥 근만 남아있었는데 그것은 핀셋으로 떼어내니 깔끔하게 나아 버렸다. 그날 오후가 되니 부기도 다 빠지고 걸어 다니기에 아무런 불편이 없었다. 약 1주일 후에 장교과 서무반장에게 편지하여 출장증을 10일분짜리를 한 장 떼어 보내 달라고 했더니 며칠 있다가 보내왔기에 만 20일을 쉬고 귀대했는데, 쉬는 사이 전에 수도육군병원에서 몇 차례 치료받고 수술까지 했는데도 못 고친 내 오른쪽 눈을 부안군 백산면 원천리에 사는 50대 중반의 아주머니에게 가서 가는 모래 두 개를 바늘로 빼내고 깨끗하게 나아버렸다. 그리고 20일 만에 귀대하니 반장 양정식은 그래도 잘됐다고 반가워했다.

제6부
나의 결혼과 아내

어린 것들 사남매가 누에 한밥 먹듯 할 적에
남문시장까지 걸어 다니며 과일이며 감자, 고구마 따위를
바리바리 머리로 이어 나르며 생활했던 것은
내 아내 임차숙이 얼마나 생활력이 강하고 억척스러웠는가를
단적으로 말해주는 것이다.

나의 결혼과
뼈아픈 갈등

다른 사람들은 군에서 제대명령을 받으면 그렇게 좋아라할 수가 없는데 나는 그렇지가 않았다. 내가 살아갈 길이 막막했기 때문이다. 그런데다가 숨 돌릴 틈도 없이 결혼부터 하라고 하시니 나의 속 깊은 뜻을 몰라주시는 어머니가 야속할 따름이었다. 그래서 나는 취직자리 먼저 구하고 나서 결혼해도 늦지 않다고 해도 어머니께선 한사코 막무가내 안 된다는 것이다. "내가 올해가 환갑이다. 평생을 고생하고 다 늘그막에 아들 하나 있는데 며느리도 못 보고 환갑을 넘기란 말이냐? 너도 그러다 보면 노총각이 되고 점옥이가 21살 과년이 찼는데 그 애마저 혼기를 놓쳐 노처녀로 늙어버리면 내 신세가 무엇이 되겠느냐?"라고 장탄식하며 말씀하시는 어머니께 달리 드릴 말씀이 없어 어머니의 뜻에 따르겠다고 대답은 했으나, 나의 전도는 오리무중으로 한 발 앞을 내다볼 수가 없었다. 그러나 어찌하랴, 어머니의 뜻을 거역할 수도 없어 맞선을 보기로 하고 날을 잡아 동네 최병남 형하고 최동열 친구와 셋이서 하느멀을 다녀왔다.

막상 맞선을 다녀와서 처녀한테 말을 붙여 봐도 대답이 시원치 않은 것은 나의 불만이었고, 처녀의 얼굴이 별로 예쁘지 않은 것은 총각 측의 손해라고 대방으로 따라갔던 두 사람이 말했다가 어머니께서 무참하게 나무라시는 것이다. "제 여편네들은 얼마나 예쁘기에 남의 집 신붓감을 밉다 곱다 하느냐."며 "그러려거든 우리 집에 발걸음도 말라."는 것이다.

가까스로 어머니를 달래드리고 그곳으로 정혼하기로 했다. 추수가 끝나는 음력 10월 19일(양력 11월 29일)로 택일하고 보니 날은 잘도 간다. 혼처는 감곡면 대신리 천촌마을, 혼주는 임성달 씨, 신부는 혼주의 차녀인 방년 23세의 임차숙이었다. 그날 우리는 결혼식에 4톤 트럭 한 대를 불러 상객 두 분과 우인 대표 10여 명과 천촌마을 동구까지 가서 거기서부터는 사모관대를 입고 가마를 타고 신부 댁 마당 초례청까지 갔다. 그리고 혼례를 마치고 신식 축하식까지 곁들인 다음 점심을 하며 상객들의 상견례가 끝나고 집으로 신행하여 돌아왔다.

이와 같이 일사천리로 치룬 나의 결혼은 처음부터 순탄치가 않고 삐거덕거리기 시작했다. 나의 아내는 23살이나 먹은 전형적인 농촌 처녀인데도 가사 일은 물론 여느 농촌처녀들처럼 밭에 나가 뙤약볕에서 밭일 한참을 해본 일 없이 자기 몸이나 가꾸며 놀러나 다녔단다. 집안일이나 논밭일은 친정어머니와 동네 가난한 집 부녀자들이 밥만 얻어먹고 해주는 일도 넘쳐나기 때문이다. 그러다가 생소한 남의 집으로 시집 왔으니 안 할 수도 없고, 하자니 친정에서는 한

번도 해보지 않은 일들이라 힘이 들고 짜증도 나는데 시어머니는 이것저것을 간섭하는 중에도 친정에서는 흔해 빠진 양념(고춧가루, 참깨, 참기름, 마늘 등)을 아끼라고 잔소리만 해대니 밉고 싫었던 것이다. 이에 설상가상으로 남편이라는 작자는 되지도 않는 취직을 한답시고 집을 비우고 서울로 올라가서 돌아다니기만 하니 마음을 어디에 의지할 데가 없었던 것도 사실이었다. 또한 자기 집에는 논 20여 마지기에 밭 15마지기 농사를 짓고, 통통 방앗간을 굴리고 있었으니 아무것도 그리울 것이 없이 편하게만 살았던 처녀였다.

그렇다면 우리 집에서 시어머니의 시집살이는 어떠했는지를 따져보자. 없는 집 살림에는 무어니 무어니 해도 절약밖에는 방도가 없었으므로 아껴 먹으라는 말 외에는 별다른 심한 시집살이를 시킬 만한 이유가 없었다. 집에는 내 누이동생 점옥이가 있었으므로 밖에 농사일들은 시누이가 맡아 하고 있었고 다만 초가삼간의 집안 살림살이가 주된 일일뿐이다. 1년에 농사일을 꼭 해야만 했던 날수는 고작해서 약 열흘 남짓뿐이었다. 그것은 모심기 품앗이가 5일, 벼훑기 5일 정도가 전부다. 그 두 작업은 품앗이가 아니면 제때에 일을 해낼 수 없기 때문에 다들 그렇게 하고 있었다. 그 일들은 호락질로 하려다가는 더 힘이 드는 일이다. 모심기 품앗이에서는 줄모 심기에서 대개 한 사람이 일곱 포기씩을 심는데 아내는 줄잡이 옆가에서 심고, 내 누이동생이 바로 그다음에서 심으며 아내는 네 포기, 누이동생이 열 포기씩(세 포기는 올케 몫을 더 심음)을 심으며 품앗이 일들을 해냈을 뿐이다. 아무리 가난했다 해도 우리 집에는 먹는 양식이 떨어져 밥을 굶는다든가 길쌈을 심하게 하여 밤에 잠을 못 자는 일은 없었다.

　그 무렵 우리 동네에는 새로 시집 온 새색시들이 몇 집 있었지만 금용이 색시가 제일 편한 시집살이를 한다고 평할 정도였음에도 자기 자신은 혹독한 시집살이를 한다고 판단한 것은 인식사고의 중대한 문제라 아니할 수 없었다. 시집오기 전에는 궂은 일 한 번 해보지 않고 고생이라는 것이 무엇인지도 모르고 지내다가 막상 시집이라고 와 보니 처녀시절에 꿈꾸었던 아름다운 이상향은 보이지 않고 생소한 환경에 쉬 적응이 되지 않아 다소의 갈등은 일으킬 수 있을 것이다. 허나 자고로 시집살이는 벙어리 3년, 귀머거리 3년, 봉사 3년 해서 9년을 해야 풀린다고 했다.

　그때도 나는 서울로 취직한답시고 올라가서 이곳저곳을 싸돌아다녔지만 쉬 취직할 수는 없었다. 지난 가을 우리 결혼 때에도 못 뵌 처형이 정봉이 처남을 가르치며 자취하고 있는 이촌동을 찾아가 보았다. 첫 상면하는 제랑인 나를 반갑게 맞이하면서 이왕 찾아왔으니 며칠 쉬면서 일자리를 구해보라고는 하나 그리할 수는 없었지만, 하루는 쉬어가겠노라고 했다. 정봉이 처남은 학교에 가고 처형은 외출하고 없어 나 혼자 있는데 편지 한 통이 배달되었기에 발송인을 확인해 보니 바로 내 아내 임차숙이다. 반갑기도 하고 통상안부 편지려니 하고 무심결에 그 편지를 뜯어보았다. 그런데 이게 웬말인가? 아내는 차마 입에 담아낼 수 없는 극단적인 언사로 시어머니가 어떻게 악독한지 악마요 저승사자보다도 강해서 지옥살이에 다름 아니란다. 하늘이 무너지는 것 같다. 내가 집에 있을 때에도 통 말없이 퉁퉁 부어 있는 때가 많아 잠자리에 들기 전에 수없이 애원하며 달래듯이, "내가 취직하기 전까지는 아무리 어려워도 참고 견디어 달라."고 타일렀건만, '백년해로해야겠다고 마음속으로 간직한 나의 꿈은 이제 산산조각이 나고 말았다.'고 생각하니 이 세상이 노랗게 보였다. 그리하여 당장 그 집을 뛰쳐나왔다. 한강에는 홍수로 검붉은 흙탕물이 강둑을 넘실거리며 뻑뻑하게 흘러가고 있는데 내 발길은 이 세상 어디에도 갈 곳이 없었다. '저 강물에 몸을 던져버릴까.' 하는 생각이 번듯 머리를 스치고 지나간다. 그리고 다시 한 번 생각해 보았다. 그때에 또다시 생각나는 것이 9년 전 6·25 사변 당시 사선을 넘어왔던 일, 그리고 고통스러울 때마다 하나님께 기도하여 용케도 위기를 모면했던 일인 것이다. 이런 것들을 생각하며 마음을 가라앉히고 그날 밤은 한강변에 있는 공사용으로 쓸 통 속에서 잤다.

다음 날 주세훈 친구를 찾아가 남산공원으로 놀러 가자고 하여 올라가면서 소주 한 병을 사 가지고 가서 세끼를 굶은 빈속에 단번에 반 병 넘게 마시고는 실신해 버리니 친구 세훈이가 술병을 뺏어버리고 택시를 불러 타고 자기 자취집으로 나를 태워다가 재웠다. 다음날 집으로 내려와 결혼한 지 9개월 만에 아내와 처음으로 싸웠다. 아무리 자기 집에서는 호강에 대바쳐 살았다 하더라도 한번 시집을 가면 그 집안의 가풍에 따라 순종하는 것이 우리네 고래의 관습이므로 백정의 집으로 시집을 가면 백정이 되어야 하고 무당집으로 시집을 가면 무당이 되어 처신하는 것이 당연한 일이 아니겠는가. 또한 아무리 시집살이가 고단하다고 해도 아직 시집도 가지 않

은 언니에게 미주알고주알 침소봉대로 꼬아 바쳐서 무엇이 득 될
것이 있겠는가. 그 끝에 감정이 격앙되어 처가에까지 쫓아가 소란
을 피웠던 것은 유감스럽기 한량없는 일이었으므로 그 후 몇 년 뒤
에 나의 잘못을 백배사죄하고 용서를 받았던 것이다.

아내의 처녀시절 가정환경과
결혼 후의 괴팍한 성격

아내의 처녀시절의 가정환경

아내는 칠남매의 둘째딸이다. 당시 첫째는 노처녀로서 서울에 있었고 둘째딸이 그 집에서 첫 개혼을 한 셈이다. 셋째, 넷째가 아들이고 다섯째, 여섯째가 또 딸이다. 그리고 일곱째 막둥이가 아들이다. 그런데 첫딸과 둘째 딸 사이는 나이가 5년이나 터울이 지는 것으로 보아 그 사이로 영아 시에 하나쯤 날렸을 법하다.

처가에선 첫딸이 공부도 잘하고 인물도 예쁘다고 전주 사범학교에 보냈다. 그런데 첫딸이 8·15광복 후 유행병처럼 번졌던 사회주의 좌익사상에 물들게 되어 사상범으로 수배를 당하고 전주사범학교를 못 다니게 되자, 친척의 주선으로 공주사범학교로 옮겨갔고 뒤이어 6·25사변이 터졌다. 그리하여 인공 때에는 학생동맹에 가입하여 적극적으로 활동하다가 9·28수복이 되자 쫓기는 신세가 되어 피신할 수밖에 없었다. 이때 경찰에서는 하루가 멀다 하고 경찰관들이 나와 딸을 찾아내라고 들볶을 뿐만 아니라, 아버지까지 붙들려 가

유치장에 감금되어 며칠 동안 몽둥이로 얻어맞으며 취조를 당하고 말았다. 다행히 인공에 적극적으로 가담한 증거가 나타나지 않아 일단 방면은 되었으나 딸을 찾아내라는 채근은 계속되었던 것이다.

이때부터 장인어른께서는 딸들을 미워하기 시작했고, 큰딸에게 쏟은 과잉 사랑의 실패에서 받은 상처를 작은딸에게 앙갚음을 하듯이 구박하여 중학교에 보내지 않았다고 나의 아내는 친정아버지에 대한 원한을 가슴속 깊이 간직하고 있었던 것이다. 그리하여 논 20마지기, 밭 15마지기를 농사지어 놓으면 노루 친 막대기 3년 우려먹듯 딸을 찾아내라고 하루가 멀다 하고 드나드는 경찰관들의 성화에 닭 잡고 술 받아 진수성찬으로 대접하기를 부지기수, 그뿐이랴, 경찰지서장이나 담당 경찰관이 바뀌면 새로 부임하는 이들에게 미리 뇌물로 쌀가마 값이나 쥐어주어야 했으니 그때부터는 살림이 멍들기 시작했다. 그래도 발동기방앗간을 운영했기에 그 만이라도 했지 그마저 없더라면 진즉 파산했을 형편이었다. 거기다가 내가 결혼한 이듬해부터는 천촌마을 입구 방천가에 신식 전기 모터로 돌리는 정미소가 생겨 그곳으로 방아 감을 다 빼앗기고 발동기방앗간마저 못 하게 되고 말았다. 이렇게 시나브로 처가의 살림이 기울자 항간에서는 "차숙이가 업이었나 보다. 그 애가 시집가고 나서 그 집이 망해간다."고들 했단다.

그러나 그 말은 미신적인 이야기에 불과하다. 진정한 내용은 이미 전술한 바와 같이 계산이 다 나왔다. 우리네 살림살이라는 것은 수입과 지출에서 수입이 많으면 살림이 늘어나고 지출이 많으면 살림이 줄어 가난해지는 것이 당연한 이치이다. 국가도 마찬가지다. 국가경제에서 재정수입이 늘면 국가는 부강해지는 것이고 재정지출이 늘어 적자가 발생, 부채가 누적되면 국가도 역시 망해가는 것이다. 우리 장인어른은 성실하고 근면한 분이셨다. 그러나 앞날을 내다보는 안목은 밝은 편이 못 되시며 살림살이에서 수입과 지출의 계산에 둔감하셨고, 한 해의 적자생활이 다음 해에 미치는 영향 같은 것은 전혀 계산에 넣을 줄을 모르셨다. 처가의 가난은 8년에 걸쳐서 서서히 진행해 가고 있다는 사실을 느끼지 못했던 것이다. 옛말에 '논 사는 집에서 머슴살이 하기가 힘들고 논을 팔아먹는 집에서의 머슴살이 하기는 편하다.'는 말이 있다. 망해가는 집에서는 논 팔아서 씀씀이가 헤프니 잘 먹고 지내지만 반대로 흥해가는 집, 즉 논을 사는 집에서는 절약하느라 죽이나 쑤어 끼니를 때우기를 밥 먹듯 하니 그러한 집에서 머슴살이 하기는 고달프다는 말이다. 이와 같이 나의 아내는 8년간에 걸쳐 망해가는 집에서 잘 먹고 잘 쓰고 살았으니 자기가 마치 큰 부잣집 따님인 줄 착각했던 것이다.

아내의 괴팍한 성격

옛 선비들은 검칙상족(儉則常足)을 한 집안을 일으키는 근본이라 했을 정도로 우리나라는 예로부터 청빈을 흉으로 보지 않았다. 근검절약은 가난을 극복하는 가장 최선의 방법이다. 그러기 때문에 절약은 미덕이 되면 되었지 죄악은 아니다. 그런데도 아내는 우리 어머니의 절약하자는 말씀을 흉악한 악담으로 받아들이고 있었으니 우리가정이 평탄할 리가 없었다. 아내는 국민학교 6년을 졸업한 것

외에는 책과는 담을 쌓고 좋은 글과 좋은 말씀에는 오히려 쓸데없는 잔소리란다. 또한 아무리 인격이 고매하고 학식이 풍부해도 그 행색이 허름하고 볼품이 없으면 무시해 버리고, 내막으로는 사기꾼이요 비열한 인간일망정 겉으로 깨끗하게 차려입고 핸섬하게 하고 나타나면 그 사람이 신사란다. 어느 집에 가서 비싼 가구가 있거나 화려하게 방 치장을 해 놓았으면 부러워하고 방 안의 책장에 책이 가득하게 꽂혀있거나 허름한 묵은 가구가 놓여 있으면 방 안을 구질구질하게 꾸미고 산다고 흉을 본다. 날더러는 돈도 쓸 줄 모르는 졸장부라며, 돈은 쓰면 쓸수록 샘물 솟듯 거저 솟아나는 줄로 안다.

또한 아내의 성격은 매우 까탈스러워 처녀 때의 별명이 보리꺼럭이다. 여간해서는 아내의 비위를 맞춰줄 수가 없다. 처녀 시절 동네 부인들이 부엌에서 일하다가 냉수를 떠 주면 그 냉수를 설거지통에 쏟아버리고 그 그릇을 맑은 물로 헹궈내고 다시 떠 먹는 철저한 결벽증 환자다. 이처럼 까탈스러운 성격은 친정 할머니의 성격을 그대로 이어받은 것이란다. 이러한 성격을 가진 사람들은 일면 경우가 밝은 면도 있지만 자기의 편견에 사로잡혀 자기주장과 배치되는 남의 의견은 무시해버리고 만다. 그래서 자기가 맘에 들면 자기 간이라도 빼 먹일 듯이 대하지만 자기가 한번 밉게 보면 좀처럼 그를 이해하려 들지 않는다. 그래서 아내는 친구가 별로 없다. 대인관계에서 다툼의 소지가 있을 때에는 역지사지(易地思之)로 상대방의 입장에서 관조하며 이해하고 때로는 양보하여 타협하는 것이 가장 좋은 해결방법이다. 그러나 아내는 그러지를 못했다. 언제나 자기가 옳다고 생각하기 때문에 자기 의지를 굽혀본 적이 거의 없다. 그리고 상대방의 실수나 잘못을 이해하거나 용서하는 법도 별로 없다.

이처럼 아내에게서는 여성이 지녀야 할 온유와 자비로운 덕성을 거의 찾아볼 수가 없었다. 우리가 결혼하여 50년이 넘게 살아오는 동안 자기는 한 가지도 잘못한 것이 없다고 생각하는 반면 나는 하는 짓마다 잘못하는 것뿐이라고 생각한다. 또한 아내는 자기 나름대로 단정하여 내 50년 전의 잘못한 것부터 지금까지의 것을 합하여 수만 가지 잘못을 자기 머릿속에 육법전서처럼 조목조목 입력해 놓고 산다. 아내는 나의 죄(서운했거나 잘못이라고 스스로 판단한 모든 것)를 이제까지 한 가지도 용서하지 않았기 때문이다. 그래서 우리 두 부부의 50년 세월은 다툼의 세월이었다. 아내는 나 이외의 타인에 대해서는 심히 따지며 시시비비를 가리지 않는다. 다만 자기 남편인 나의 잘못만 집중적으로 따질 뿐이다. 그런데 아내가 나의 잘못이라고 따지고 드는 것은 객관적으로 보았을 때에 굳이 잘못이라고 따질 필요가 없는 것들이 대부분이다. 그럼 아내는 평생 살아오면서 잘못한 점이 전혀 없다는 말인가? 그건 아니다. 아내에게도 잘못한 것이 많다. 다만 자기의 잘못은 모든 사람이면 다들 그럴 수 있는 하찮은 실수이거나, 나 때문에 그런 잘못을 저지를 수밖에 없는 일들이란다. 그리고 그것들을 자기 스스로 면죄부를 주거나 잊어버린다. 한편 나는 아내의 실수나 잘못을 그때 지나가면 바로 잊어버리거나 다시 거론하지 않으므로 우리 부부가 싸울 때에는 항상 내가 잘못해서 싸우는 꼴이 되고 만다.

이와 같이 우리는 50년 세월을 싸우기 위해서 살아온 중에 대부분(90% 이상)의 싸움은 아내가 지난날의 이야기를 끄집어내어 싸움을 걸어온 것들이다. 돌아가신 장모님은 네 명의 사위들 중에서 나를 제일 아껴주셨다. 꾀까닭스러운 당신의 딸을 잘 건사하며 아들딸 낳고 살아가는 것이 고맙다는 것이다. 처녀시절에는 "저렇게 까탈스러운 애가 어디 시집이라도 가서 살 수 있을까?" 하고 동네 우물가에서 아낙네들의 입방아에 오르내렸단다. 이처럼 나에 대한 적개심이 일종의 고질적인 정신질환으로 편집증이라는 것을 최근에야 알았다. 아내는 약 30년 전에 예수병원 정신신경과 치료를 10년 정도 받았다. 그때에 담당 의사가 김임 박사였는데 그분이 환자 보호자인 나에게 말하기를 "환자에게 가급적 맘 편하게 해주라."고 하기에 그때부터는 내 자존심 다 버리고 아내의 뜻을 받아주었던 것이 오히려 편집증을 더 키워 온 것 같다.

그때 편집증으로 정신신경과 전문의사의 치료를 받았더라면 지금처럼 병이 굳어지지는 않았을지도 모르는 일이다. 아내에게 내가 잘해주었다고 굳이 주장하고 싶은 생각은 없다. 하지만 부부간에 행복하게 살아가는 길은 서로 간의 이해와 용서와 사랑이라는 것은 만고의 진리다. 중·장년기 30여 년의 잊어버린 세월을 남들처럼 오순도순 살지 못하고 남모르게 고달팠던 생활도 한스럽기 한량없는데, 인생의 황혼기에 접어든 지금에 와서도 모든 잘못은 나에게 있다고 덮어씌우는 아내가 한없이 원망스럽다. 자기주장을 조금만 누그리고 오손도손 해로하며 말년을 못 사는 것이 더없이 억울할 뿐이다. 이미 해는 서산에 기울어 일몰 직전이다. 저 해가 지고 나면 우리는 찬란하게 빛나는 태양을 다시는 보지 못할 것인데!

아내에게도
장점은 있다

생활력이 강하다는 것이다. 내가 광주전신전화국에 있을 때 산수동 변두리에 방 한 칸을 얻어놓고 양은 냄비 두어 개, 수저 몇 개로 살림을 냈었다. 그때가 7월 초, 내가 행정직 전형시험을 보고 그 시험에 불합격했으리라고 판단하고 낸 살림인지라 두 달도 못 살고 다시 집으로 합치고 말았지만, 그때 아내는 연탄 값을 아끼기 위하여 산에 가서 풀, 나무를 해 날랐었다. 세 살배기 종호는 제 엄마가 없는 사이 마당에서 흙먼지, 연탄먼지를 둘러쓰고 토인처럼 눈만 빤해가지고 돌아다니던 일이 있었다. 또한 내가 익산우체국으로 전근, 발령되어 변두리 모현동에 방 한 칸 얻어 살림을 차려 살고 있을 때에 연탄을 아끼려고 엄동설한에도 연탄불 아궁이를 막고 냉방에서 살면서 겨우 나 한 사람만 미지근하게 자도록 하고 자기는 내 옆에서 새우처럼 구부리고 자던 일도 있었다.

그리고 1964년에는 봄에 쌀 한 가마에 3,500원 하던 것이 한여름에는 5,000원으로 올라 한 달 월급 3,700원 가지고는 도저히 두 식구의 식량도 팔아먹을 수가 없어 집으로 식량 좀 가지러 갔다가 어머니에게서 "너는 네 아들놈도 내게 맡겨 놓고 있으면서 두 식구 쌀도 못 팔아먹고 산다면 앞으로 어떻게 살거나."라고 하시는 말씀을 들으니 정신이 번쩍 들었던 것이다. 그렇다고 천신만고로 얻은 이 공무원을 그만둘 수도 없는 일, 그래서 쌀 두 말을 얻어가지고 와서 아내와 상의했다. "내 월급이 쌀 한 가마 값도 못 받는 달이 계속된다면 장차 우리가 살아갈 길이 막막하니 무슨 비상대책을 세워야 하지 않을까?" 하고 말하니 아내가 "그럼 내가 메리야스 장사를 한번 해볼까." 해서 한시적으로 시험 삼아 해보기로 하고 신두리에 가서 쌀 두 가마 값을 빚내어 장사를 시작해 보았다.

아내가 메리야스를 공장에서 떼다가 농촌으로 다니며 팔기를 약 달반(45일)가량 하니 뱃속에 있는 경희란 년의 산월달이 다가왔다. 그래서 결산을 해보니 본전에다 이자까지 제하고도 쌀로 닷 말 어치를 벌었던 것이다. 또 신태인에서 살 때에 종호를 잃고 밤낮없이 눈물만 흘리며 슬픔에 잠겨 있는 것을 이겨보려고 여러 가지를 생각해보던 중 서울바람이라도 쐴 겸 가짜 고춧가루 장사를 서울로 가서 근 한 달 동안을 들독같은 경희란 년을 업고 노고산동, 아현동, 현저동 등 달동네로만 돌아다녔다. 그때 바람이라도 불라 치면 등에 업힌 것은 강그라지게 울어제껴 고생스럽고 속상할 때에도 억척스럽게 잘도 참아왔던 일도 있었다.

그리고 전주로 이사 와서 내 집이라고 처음으로 지어놓고는 어린 것들 사남매가 누에 한밥 먹듯 할 적에 남문시장까지 걸어 다니

며 과일이며 감자, 고구마 따위를 바리바리 머리로 이어 나르다가
종국에는 허리를 상하여 디스크로 종신토록 고생하고 있는 것은 내
아내 임차숙이 얼마나 생활력이 강하고 억척스러웠는가를 단적으로
말해주는 것이다.

제7부

나를 도와준
누이동생 점옥이

나의 누이동생 점옥이는 내 생애에 있어서 은인이다.
이러한 점옥이와 나 사이의 우애는
우리 동네는 물론이고 김제군 내에서도 보기 드문 일일 것이다.

결혼 전에
나를 도운 점옥이

　나의 누이동생 점옥이는 내 생애에 있어서 은인이다. 나는 어려서 6살 때까지 어머니의 젖을 먹었다. 내가 몸이 약한 탓도 있었지만 내 밑으로 동생이 들어서지 않았기 때문이었다. 그러다가 아카시아 꽃향기도 싱그러운 계절에 뒤잔등 고샅에 어머니가 동네 아주머니들과 가마니 거적에 앉아 쉬고 있을 때, 내가 어머니의 젖가슴을 헤치고 젖을 먹으려 하자 어머니 친구 한 분이 "금용이 쟤는 젖에서 고름이 나오는 것도 모르고 지금도 젖을 빨고 있다."고 핀잔을 하신다. 그때에 내가 도리질을 하며 젖을 빨려 하자, 그 아주머니가 어머니의 젖을 붙들고 눌러 짜는데 보니 진짜 고름이 나오는 것이다. 그걸 보고는 다시는 젖을 빨지 않았다. 사실 어머니는 그때에 동생 점옥이를 임신하여 젖이 받아 묽은 젖이 아니고 된 젖이 병아리 눈물 정도밖에 안 나오며 보기에 고름처럼 누렇게 보였던 것이다. 그리하여 점옥이는 나보다 다섯 살이나 터울이 진다.
　갓난아기 때의 점옥이는 좀상하게 자랐다. 그것은 어머니께서 식량이 없어 굶기를 밥 먹듯 했기 때문이다. 그래서 어디서 쌀 한 됫박이나 구하면 밤새도록 생쌀을 입으로 씹어서 되뱉어 한 종발 정도 되면 그것을 물 좀 붓고 섞어 팔팔 끓여서 두세 번씩 나눠 먹였던 것이다. 그러니까 점옥이 동생이 들어설 무렵 나와 누나는 큰집에라도 가서 가끔 고부댁의 눈칫밥일망정 얻어먹었지만 어머니께선 혼자서 수도 없이 굶고 사셨다. 그러다가 젖을 떼고 아버지가 돌아가신 뒤 어머니께서 광주리장사를 하면서부터는 굶지 않고 먹고 살았으므로 커가면서 건강해지며 욕심도 많고 샘도 많아 무엇을 하든 남에게 지는 일이 없었다. 국민학교에 입학해서부터 졸업 때까지 남녀합반에서 언제나 거의 1등을 도맡아 할 정도로 공부도 잘했다. 여남 살 때부터는 자기보다 한 살 정도 아래 머슴애들과 놀면서 패치기, 자치기, 탄피치기, 구슬치기, 제기차기, 등 꼭 머슴애들이 하는 놀이를 주로 하며 골목 꼬마 대장노릇을 하다가 조금 더 크더니만 계집애들하고 놀면서도 고무줄넘기, 주머니던지기 등을 하며 항상 왕초노릇을 했다. 그때에 아주 부잣집을 빼고는 변소에서 종이로 뒤를 닦는 일은 없었는데 우리 집에서는 점옥이가 따온 딱지를 풀어가지고 뒤지를 했을 정도였다.

그리고 학교 운동회 때에는 상품을 주는 모든 경기에 출전해 상품을 한 아름씩을 타 왔고 학년말에는 우등상과 개근상은 도맡아 타 왔으므로 학교에 다니면서 학용품을 별도로 사 쓸 필요가 없었다. 처녀시절 나물을 캐러 가면 남들보다 월등히 많이 캐왔으며 수리조합 수로에 물이 빠지거나, 지선 도랑물이 받아들고 나면 물고기, 게 등을 하도 잘 잡아오기 때문에 우리 집에서 물고기는 점옥이가 없으면 맛을 못 볼 정도였다.

그렇게 어려서부터 선머슴애로 자란 점옥이는 나와도 늘 다투고 살았다. 나의 성격은 비교적 유순한 편이었지만 점옥이는 선머슴애처럼 성격이 쾌활하고 직선적이어서 나와는 5년 터울이면서도 손이 맞는 아이들처럼 제 비위에 조금이라도 거스르면 내 말을 잘 듣지 않았다. 그런데 내가 서울에 갔다가 4개월 만에 몸이 아파 다시 집으로 돌아오니 그때부터 점옥이는 성격이 180도로 달라져 있었다. 아마도 어려서는 아무 생각 없이 습관적으로 오빠인 나와 자주 다투었지만 내가 집을 떠나 있는 동안 어머니하고만 단둘이 살아보니 오빠가 보고 싶고 그리우며 허전한 마음이 들었던 모양이다. 그래서 내가 다시 집으로 돌아오니 반갑고 좋았던 것이다. 그로부터 60년이 가까워 오는 오늘날까지도 우리 오누이는 한 번도 큰 소리로 다투어 본 적이 없다. 우리는 무슨 일로 상의하는 경우가 있어도 의견대립이 없이 조정하고 타협해서 잘 처리해 나갔던 것이다.

점옥이는 벽량국민학교를 졸업하고 집에서 놀고 있었고, 나는 서울로 올라가 미군부대에 다니고 있었는데 그때 화호여자중학교가 전국 여자중학교 배구대회에서 1등을 하여 화호와 부량면 일대에서 큰 축제 분위기였었다. 왜냐하면 화호여중은 우리 부량면 학구였기 때문이다. 그러자 화호여중에서는 전액 장학금을 내걸고 학구 내의 초등학교에서 졸업하는 학생들을 조사하여 체격이 좋고 운동에 소질이 있는 학생들을 선발하여 배구선수로 육성해 나갔던 것이다. 그러자 1년 전에 점옥이와 같이 졸업한 화호여중에 다니는 학생들이 학교당국에 '공부고 체육이고 간에 무엇이든지 다 잘하는 만능 선수인 문점옥이가 신두리에 살고 있다.'고 이야기하니 학교 교장선 생님께서 직접 "그럼 문점옥을 데려와 보라."고 명하여 신두리 같은 동네에 사는 정춘강이가 우리 집에 와서 어머니에게 말씀을 드리게 되었던 것인데, 우리 어머니께선 일언지하에 "안되아, 내 금쪽같은 아들도 중학교를 못 보냈는디, 어떻게 지지배를 중학교에 보내어." 라고 대답해버려 천재일우(千載一遇)의 좋은 기회를 놓쳤으니 참으로 안타까운 일이었다. 그때에 내가 집에 있었더라면 어머니의 의지를 꺾어 점옥이를 화호여중에 보냈을 것이다. 그리하여 화호여중 3년 을 거쳐 군산여상 3년을 졸업하고 여성으로서는 선망의 직업인 한 국상업은행의 행원으로서 당당하게 사회에 진출하였을 것이다. 그 럼 점옥이는 자기가 지닌 능력을 아낌없이 발휘하여 대성했을 것은 불문가지이다.

점옥이는 머리가 명석해 공부도 잘했다. 그러니 30대가 넘어 체 육선수로서 능력이 떨어져 일반 현업행원으로 전환되었을 때에도 일반 공채로 뽑은 행원보다 절대로 뒤지지 않으리라 생각했다. 이 는 결코 내 누이동생이기 때문에 허풍을 떠는 것이 아니다. 큰 고기 는 큰 방죽에서 놀아야 하는 건데 그리 못 하고 농촌에 묻혀 한평생 죽도록 고생한 것을 생각하면 안타깝기 한량없다.

이와 같이 형편이 웬만한 집에서는 딸들도 다들 중학교를 보내는 데 우리 형편으로는 그리 못 하고 처음에 시도해 본 것이 양재학원 에 보내는 것이었다. 양재학원에 한 3개월 다녀보니 학원을 나왔다

고 바로 양장점을 차릴 만한 숙련공이 되는 것도 아니며 만약 양장
점을 차리려면 잘나가는 양장점에 견습공으로 들어가 2~3년을 두
고 기술을 습득해도 양장점을 차리기가 어렵다는 것을 간파하고서
는 양재학원을 중도에 그만두었다.

　내가 군대에 있는 동안 어머니와 농사를 짓다가 내가 제대하고
결혼을 하게 되자 서울로 취직을 해보려고 올라갔으나 여의치 못하
여 다시 집으로 돌아와서 살펴보니 농촌에서도 이제는 여자들이 쪽
찌는 낭자를 하지 않고 모든 여자들이 파마를 하는데 농촌부인들
이 파마하러 읍내까지 나가야 하는 번잡이 있게 되었으니, 농촌 여
기저기에 파마행상이 나오게 되는 것이었다. 그때에 점옥이는 '옳
거니, 내 저 기술을 배워 파마행상이나 하리라.'고 맘먹고 정읍으로
파마기술을 가르치는 미용학원을 다니게 되었다. 그곳에서 6개월
을 배워야 모든 기술을 다 배울 수가 있었지만, '나야 농촌으로 다
니며 행상으로 나설 계획인데 고급 기술을 배우겠다고 시간을 낭비
할 필요야 없지.' 하고 3개월 동안 커트와 약으로 파마를 마는 기술
만 배우고는 중도에 미용학원을 그만두고, 팔월 추석이 달포밖에
남지 않았으므로 바로 파마행상을 본격적으로 시작했던 것이다. 그
때가 1959년 8월 초로 기억된다. 당시 파마 한 사람 말아주면 직전
으로는 1,000환을 받고, 외상으로 가을 추수하여 받을 때에는 쌀로
한 말씩을 받았다. 즉 팔월이면 칠궁기에 속했으므로 열 명 중 일곱
명은 외상이고, 직전은 세 사람 정도 받았으므로 직전을 받아 파마
약값과 용돈으로 쓰기에 적당하게 벌었다. 직전은 직전대로 받아
쓰고, 가을에 받는 쌀이 15가마였으니 첫해에 쌀로 20가마가 넘게

벌였고, 그 이듬해부터는 여기저기에 행상이 우후죽순처럼 들고 일어나, 직전으로 간간히 받아쓰고 가을에 외상으로 받은 쌀이 7가마 남짓밖에 들어오지 않았으니, 거년에 비하면 절반으로 줄어든 것이다. 그리고 3년째는 더욱 경쟁이 심해져서 직업적으로 하기에는 품삯도 제대로 쳐지지 않을 정도로 수입이 급감했다. 그래서 그해 가을에는 외상이 쌀 3가마 정도밖에 들어오지 않았고, 직전도 용돈 쓰기에도 턱없이 부족하였던 것이다. 뿐만 아니라 한 동네 사는 김○○가 새로 장가간 부인이 시집오자마자 파마행상을 시작하여 경쟁함으로써 자칫하면 서로 반목하거나 구설수에 휘말릴 수 있어 망설이고 있던 차에, 내가 체신부에 취직하여 행정직에까지 확고한 자리를 잡자 점옥이는 과감하게 그 일을 그만두게 되었다.

점옥이가 파마행상을 하고 내가 집에 있을 때에는 일주일에 한 번씩 파마 약을 사러 가야 하기 때문에 눈코 뜰 새 없이 바쁜 동생을 대신해 나도 여러 번 정읍까지 다녔었다. 이렇게 3년간 벌어먹은 쌀값이 자그마치 줄잡아 35가마, 우리 논 한 필지를 4년간 농사지어도 순수익이 그에 미치지 못할 양이다. 만약 그 도움이 없었다면 나는 결혼 후 빚 속에 푹 빠져 한 필지밖에 없는 논마저 팔아먹고 파산할 수밖에 없었을 것이다. 천우신조로 나에게 점옥이 같은 누이동생을 점지하여 주신 하나님께 감사할 따름이다. 이렇게 점옥이는 꽃다운 시절인 23~4세 때에 여기저기서 혼처가 나와도 다 물리치며 "오빠가 기반을 닦아 먹고 살게 될 때까지는 나는 절대로 시집을 갈 수 없다."라고 말했었다. 이러한 점옥이와 나 사이의 우애는 우리 동네는 물론이고 김제군 내에서도 보기 드문 일일 것이다.

누이동생
점옥이의 결혼

　이렇게 누이동생 점옥이가 제 오빠인 나의 기반을 다지기까지 헌신적으로 돕느라 혼기까지 놓치며 희생한 덕분에 나는 확고한 기반을 닦을 수가 있었다. 하지만 정작 저 자신은 처녀로서는 한물 가셨으므로 이제 혼처마저 뚝 끊긴 형편이 되고 말았다. 다행히 내가 익산우체국에 있던 1964년 봄에 이리역전에 사시는 조창용 씨 부인이 이리시내에서 양복 일을 배우고 있다는 청년에게 중매를 서겠다기에 맞선을 보았는데, 그쪽에서는 흡족해하며 돌아갔으나 점옥이는 싫다는 것이다. 실은 언제였던가 신양부락에 사는 김유웅이네 집에서 점옥이와의 혼담을 제의해 왔을 때도 나와 어머니는 총각이 그만하면 나무랄 데 없지만 하고 망설이고 있을 때, 점옥이는 "우리 집에서도 가난 때문에 진절머리를 앓았는데 모 한 포기 꽂을 논 한 평 없는 가난한 집으로는 시집을 갈 수 없다."고 잘라 말한 적이 있었다. 처녀 나이 27세는 당시로서는 늙은 처녀인데 그동안 온갖 고생 다 하며 찌들어온 점옥이는 사람만 좋다고 선뜻 결혼할 수는 없는 노릇이었다. 그러니 자연 혼담이 오면 이리 재고 저리 재는 수밖에, 그래서 이리의 혼처와 신양부락 혼처를 나름대로 비교분석해본 모양이다. 인물로 보아도 이리 총각은 유웅이에 비교가 되지 않고, 그렇다고 가정형편이나 직업이 월등히 나은 것도 없으니 제쳐 두고, 신양리의 힘은 너무 가난하다는 것이다.

그렇다고 이곳마저 물리면 '점옥이는 늙어가는 처지에 너무 눈이 높다.'라는 소문이 날 수밖에 없었다. 이는 제 입장으로나, 오빠 체면으로나 바람직한 일은 아니라고 판단한 점옥이는 몇 날 밤을 지새우며 '오빠도 살고 나도 살아가는 데 있어 최소한 비빌 만한 언덕 하나쯤은 있어야 하지 않겠는가.'라는 고민을 했던가 보다. 그리고 생각해낸 것이 '우리 집에는 논농사에서 수확한 쌀이 15가마가 있으므로, 쌀 빚을 별도로 10가마만 더 얻는다면, 작년에 쌀 계 20가마짜리를 2번으로 들어둔 것을 금년에 우리가 타게 되므로 논 한 필지를 사 가지고 시집을 가고, 내년부터 계로 들어가는 계쌀은 그 논을 경작하여 수확한 쌀로 붓기로 하면 좋겠다.'고 구상한 의견을 나에게 넌지시 말하는 것이 아닌가. 그래서 나는 즉석에서 쾌히 이에 동의했다. 그리고 결혼식 비용은 최대한 줄여서 간소하게 치르자고 양가가 합의하여 1964년 초겨울에 신양교회에서 고 주세창 장로님의 주례로 결혼식을 마치게 되었다. 그 결혼식에서 나는 어찌나 눈물이 나던지 손수건 하나가 흠뻑 젖도록 눈물을 흘렸었다. 일찍이 아버지를 여의고 서럽게 자랐던 우리 남매, 호화롭지는 못하지만 내 책임하에 이렇게 떳떳하게 누이동생을 결혼시킬 수 있었다는 것에 대한 감격의 눈물이었던 것이다.

고난 극복의 명수
점옥이

점옥이는 시집에 가서 일 년간 농사를 지어 쌀로 17가마를 수확했다. 그 수확한 쌀에서 계쌀로 들어갈 10가마를 제하고 나니, 겨우 7가마밖에 안 남는다. 그런데 거기에다 시집가기 전부터 진 묵은빚이 쌀로 자그마치 12가마나 되는데, 또 한 해 농사를 짓기 위해서는 농비로 쌀 4가마를 새로 빚을 얻어야 할 형편이고 보면 연년이 빚만 늘어나지 형편이 필 여지는 전혀 없었던 것이다. 이때에도 점옥이는 며칠을 두고 밤잠을 설쳐가며 궁리를 해 봐도 뾰족한 수가 없었으므로 나와 상의해 보고자 나에게 건너왔던 것이다.

이때 나는 종호가 죽고 실의에 빠져 있을 때였다. 저녁밥을 먹은 둥 만 둥 하고 있었는데 신양리 점옥이 동생이 들어왔다. 그리고 서 있기만 하고 아무 말이 없다. 무슨 할 말이 있어서 온 모양인데 그렇게 서 있기만 하고 있으니, 어머니께서 "왜 와서 아무 말이 없냐?" 하고 채근하자 "글쎄 오빠." 하고 나를 불러 놓고도 아무 말이 없다. 그래서 내가 "무슨 할 말이 있으면 해봐." 하고 말하자. "종호를 잃고 오빠 맘도 맘이 아닌 줄 알지만, 우리를 싫다고 떠나버린 자식을 언제까지나 이러고 있을 수도 없는 일 아니어! 그런데 몇 번이나 망설이다가 왔어도 차마 말이 안 나와서 이러고 있어."라고 무겁게 입을 뗀다. 그리고 서두에 밝힌 1년 농사를 지어보니 도저히 빚을 짊어지고 농사를 계속할 수가 없을 것 같다는 이야기를 꺼냈다. 그리고 "오빠가 내 논을 사서 우리에게 할이답으로 놓으면 어쩔까 해서 왔어."라고 말하는 것이다. 점옥이가 신중하게 며칠을 두고 생각하고 생각한 나를 위하고, 저희들도 위하는, 양수 겹장의 묘수의 이야기였으나, 내 귀에는 그때 당시 아무 소리도 제대로 들어오지를 않았다. 그래서 "너희 일은 너희들끼리 상의하고 내 일은 내가 알아서 할 테니 내 일에 너무 간섭 말라." 하고 돌아앉아 버리니, 점옥이 무 캐다 들킨 것처럼, 잠시 앉아 있다가, "나 갈라네." 하고 돌아갔다.

점옥이가 무렴하게 돌아갔는데도 어머니께서는 아무 말씀이 없으시다. 차라리 "너 누이동생에게 무슨 말을 그렇게 하느냐?"고 따끔하게 야단이라도 쳤으면 좋으련만, '우리 오누이가 세상에 어떤 오누인데, 내가 아무리 자식을 잃고 실성했다손 치더라도 점옥이에게 그렇게 야박할 수는 없는 것이다.' 지난 일들이 주마등처럼 내 머리를 스치고 지나갈 때에 '점옥이야말로 은금을 주고도 살 수 없는 나의 보배로운 누이동생이 아닌가! 그런데 오늘 저녁 그토록 매정하게 돌려보낼 수 있단 말이냐?' 하고 정신이 번쩍 들게 무엇이 내 머리를 후려치는 것 같았다. 그리하여 벌떡 일어나 신양리를 향하여 발길을 옮겼다.

그날따라 구름 한 점 없이 휘영청 밝은 달은 청량한 밤하늘을 밝히고 있고, 적막감마저 감도는 동네 고샅길에서는 교교한 밤공기를 가르는 개 짖는 소리만이 간단없이 들리는데, 삼경인 시각인지라 집집마다 창문의 불빛이 꺼져 있었다. 그러나 점옥이 동생 방에는 불빛이 환하게 비치고 있으니, '아직도 잠이 오지 않나부다.'라는 생각을 하며 인기척을 하자 방문이 열린다. 그래서 방으로 들어가 "아까 네가 한 말대로 그리 하자."고 했다. 작년에 산 값 그대로 44가마에 사기로 하고 할이논값은 매년 쌀 6가마씩을 받기로 내가 제의하자 "오빠 우리가 42가마만 받을게."라고 말한다.

이렇게 하여 내 논은 송연주 씨에게 49가마에 팔고, 점옥이에게서는 42가마에 다시 사고 보니, 논을 팔고 사는 과정에서 7가마가 떨어진 셈이다. 그렇게 해서 점옥이 동생은 논을 팔고 받은 쌀 42가마에다 농사지어 남은 쌀 7가마를 합하니 49가마가 되고, 여기에서 우선 덜 갚은 빚 12가마를 갚고, 할이논값 6가마를 제하고, 또 한 해 농사짓기 위하여 4가마를 비축해두고 나니, 나머지 쌀이 27가마가 남았다. 여기에서 쌀 계가 파하는 바람에 타먹은 계쌀 15가마를 내놓고 나니, 나머지가 12가마밖에 남지 않았다. 그때에 유웅이는 만경면사무소로 보직 발령되어 박봉이나마 월급을 받아 만경에서 생활했고, 농사는 시부모님들이 지어 근근이 생활해갔으므로 그 다음해부터는 가정형편이 날로 좋아져갔던 것이다. 그리고 나머지 쌀 12가마로 점옥이 동생은 일부는 쌀 계를 들고 나머지 일부는 3할 쌀 빚으로 놓아 쌀을 불려갔으므로 해마다 쌀이 불어나 약 5년 뒤부터는 논을 다시 사게 될 정도로 살림이 늘어나게 되었다.

이렇게 점옥이는 제 문제는 항상 뒷전에 두고, 이 연약해빠진 오빠를 먼저 생각하며 노심초사하다가 결혼 적령기를 넘기면서까지 헌신적인 뒷받침을 해주었으므로 내가 자립할 수 있었다. 나 또한 늦게나마 과년한 누이동생을 출가시키고 어려운 살림에 도움이 될 수 있도록 작은 토대를 만들어 주었던 것은, 평생을 가난하게 사시면서 근검절약과 상부상조의 우애를 강조하시고 몸소 실천하신 우리 어머니의 가르치심이었으며, 어머니의 고귀한 성품을 유전으로 이어받은 소치로 우리는 그 지긋지긋한 가난과의 전쟁에서 다 같이 승리할 수 있었던 것이다.

　그 후 1970년도 4월경에 점옥이 동생이 지금 살고 있는 집으로 이사 와서부터는 20여 년간을 내 논에서 나오는 쌀 모두를 관리해 주는 덕분에 나로서는 힘들이지 않고 살림을 불려나갈 수 있었던 것이 큰 축복이었다. 이렇게 하여 우리 두 집이 아들 둘, 딸 둘씩을 두어 사남매 모두를 4년제 대학을 졸업시킬 수 있을 정도로 살림살이가 여유롭게 된 것은 하나님도 우리 두 남매를 어여삐 보아주신 것이리라 믿는다.

제8부

천신만고 끝에
학수고대하던
취직을 하다

이렇게 해서 나의 대망의 취직을 천신만고 끝에 이루어냈던 것은
원형이정으로 나의 마음과 행동을 근신하며
악을 경계하고 진실한 마음으로 선을 행하고자 하는 생활태도에
하나님께서도 어여삐 보아주신 것이리라 생각한다.

우여곡절 끝에
전배원 임시직에 취직은 했으나

군을 제대하고 결혼까지 한 나는 3년 동안 백수 생활을 하며 취직을 위해 1년에 대여섯 번씩 서울을 오가며 점옥이가 파마하여 벌어놓은 돈을 경비로 다 써버렸지만 취직에 관해서는 어디에다 이력서 한 통 내보지 못하고 집으로 돌아오곤 했다.

한편 당시 우리나라의 사회상인즉 1948년 백범 김구 선생의 남한 단독정부수립 반대를 무릅쓰고 대한민국이 건국, 초대 대통령에 이승만이 뽑혀 처음에는 한민당을 보듬고 정부를 수립하였다. 그러나 날이 갈수록 대통령의 독재가 심해지자 한민당 측의 김성수, 신익희, 조병옥, 유진오 등 중진들은 이 대통령의 정책에 반대했다. 이에 이승만 대통령은 이기붕을 비롯한 자기에게 맹종하는 몇몇 철부지 정치인들과 함께 새로이 장유당을 창당, 스스로 총재가 되어 독재정부의 기반을 마련하고 이정재, 임화수 등의 정치깡패들을 고용하여 인의장막을 치고 철권정치를 펼쳤다. 3년간의 6·25동란으로 경제가 피폐해짐에 따라 도처에서 아사자가 속출하는 등 민생이

도탄에 빠진 와중에 거창방위군사건, 부산정치파동, 사사오입개헌안 통과 등의 크고 작은 정치적 사건들이 속출하면서 12년간의 장기집권에 식상한 국민들은 이승만의 자유당 정권에서 이반되었다.

그러다가 1960년 초부터 서울을 위시하여 학생들의 산발적인 반정부 시위가 거국적으로 번져, 마산에서 김주열 학생의 피살된 시체가 마산 앞바다에 떠있는 것을 어부가 발견하여 그 시체를 둘러메고 하는 학생들의 시위가 4·19혁명으로 발전, 수많은(200여 명)희생자가 발생하였다. 이쯤 되니 이승만 대통령도 손을 들어 하야성명을 발표한 후, 미 하와이로 정치적 망명을 떠나버리고, 독재의 제2인자인 이기붕 일가가 자살해버리니, 이로써 10년의 자유당 정권은 종언을 고하고 역사적 뒤안길로 사라지고 말았다. 그리하여 그해 6월에 허정 임시내각이 들어서고 뒤이어 총선과 대선을 실시하여 대통령에 윤보선 씨를 선출하고 의회에서는 장면 내각을 조각하니 우리나라에서 최초로 내각제 정부가 들어서게 된 것이다.

이때에 우리 김제군에서는 갑 구민의원에 민국당 조한백 전 제헌의원이 출마하였고 부량면장에는 우리 동네에 사시는 김수학 씨가 민국당으로 출마, 조한백 국회의원과 연대하여 모두 당선의 영광을 안게 되었던 것이다. 이때에 나도 밖으로만 찾아다니던 취직자리를 안에서 찾을 양으로 집으로 돌아와 선거운동에 적극 가담하여 활동하였다. 김수학 씨 선거캠프에는 우리 신두리는 물론 면 내 여러 유지들이 활약했던 것으로 기억된다. 최병남 형은 구변이 좋고 모사에 능하였으므로 선거캠프에서 활동하면서 나에게 "자네도 알다시

피 후보자 김수학 씨는 모 한 포기 심을 논뙈기 하나 없는 무일푼인 처지이고 보니 우리 동네에서 뜻있는 사람들이 넉넉히 내고, 살림이 여유 있는 집에서는 쌀 한 가마정도는 희사하도록 설득하고 있네. 그리고 가난한 사람들도 낱말 쌀을 십시일반으로 희사 받아 신두리 내에서 25가마는 내놓아야 체면상 여타 6개 행정리에다 25가마를 마련해달라고 부탁하지 않겠는가? 그리하여 총 50가마는 모아져야 선거비용으로 충당될 것 같네. 자세한 것은 선거가 끝나고 이야기하세."라고 말한다. 그래서 두말 않고 다음날 쌀 3가마 보관증을 끊어 병남 형에게 직접 전달하였다. 선거결과는 김수학 후보 한 사람의 득표율이 60%나 되었고 여타 4인 후보들이 득표한 총 수가 40%밖에 되지 않으므로 거의 무투표 당선이나 다름없었다. 이렇게 당선된 김수학 면장당선자는 민선 면장으로 취임한 후 은혜 입은 사람들에게 논공행상을 실시하여 면 서기로 신두리에서 김영호 씨, 조병희 씨 등을 채용하고 외지사람으로는 최동열 씨, 김한수 씨 등이 채용되었었다. 그리고 최병남 형은 내가 미리부터 종용한 대로 체신부 쪽으로 가서 집배원직을 택하여 광주우체국 집배원으로 발령받았다. 그때 병남 형이 선거캠프에서 아무리 중요한 역할을 했을지라도 본인이 선거보조금 한 푼 내지 않은 사람은 절대로 취직 대상이 될 수 없었던 것이다.

이렇게 다들 공헌도에 따라 제자리를 찾아갔는데도 김수학 면장은 나에 대해서는 일언반구, 가타부타 말 한마디가 없다. 그때 신두리에서 부자라고 한 사람들도 조건 없이 쌀 한 가마를 선뜻 내준 사람은 서너 집에 불과했으며, 그런 사람들한테는 당선된 뒤에 일일이 가택방문하며 인사를 다녔던 것으로 안다. 그리고 내적으로 떠도는 여론으로나 내 추측으로 따져보아도 내 형편에 쌀 3가마는 대소 간에 취직자리 하나쯤은 거론되어야 마땅한 거액이었던 것이다. 그리고 병남 형도 가부간 어떻다는 해명 한마디가 없다. 그럼 왜 면장 당선자인 김수학 씨는 쌀을 3가마를 낸 나에게 취직은 고사하고 고맙다는 인사 한마디가 없었느냐 하면 희사금 장부에 내 이름이 없고 최병남 명의로(3가만지 4가만지는 모르지만) 적혀있었기 때문이다. 이런 현상이 일어나게 된 배경은 대략 아래와 같다.

병남 형과 우리 동네 사는 박인식과는 절친한 친구 사이인데 인식의 아우인 인기가 약 5년 전에 서울로 올라가 북창동 시장에서 깡패들과 어울리더니 나중에는 두목 행세를 하고 있었다. 그러던 어느 날 병남 형이 서울에 볼일이 있어 올라갔다가 북창동에서 인기를 만나고 와서는 그곳에서 얼음 장사를 같이 하기로 했다. 자본은 병남 형이 대고 인기는 자기 조직 애들을 통해 그 사업을 보호하고 활성화시키기로 한 것이다. 병남 형은 그 길로 집에 내려와 논한 필지를 팔아 가지고 얼음 장사를 벌였는데, 사전에 꼭 짚고 넘어가야 할 것을 빠뜨리고 오판한 것이 있다. 바로 형이 알던 5년 전의 인기는 당시 20세 미만인 데다 7살이나 연하였고 자기 형의 친구였기 때문에 손아랫사람으로서 병남 형에게 고분고분하였지만 이제는 '형의 친구면 친구지 네가 뭐야.' 하는 식의 막된 망나니가 되었다는 것을 미처 모르고 같이 장사를 시작한 것이다.

그렇게 5~6개월 동안 그놈에게 행패는 행패대로 당하고 한 푼도 건지지 못한 채 집으로 돌아오고 말았다. 이에 울화통이 터진 병남 형은 겨우내 주막집에 박혀 불철주야 술과 도박으로 나머지 논 한 필지마저 날려버리고 말았다. 1년도 못 되는 사이에 논 두 필지를 다 팔아먹고 빈털터리가 되고 보니 앞길이 막막하여 어디에 마음을 둘 바를 모르던 차에 4·19혁명으로 이승만 독재정권이 무너지고 야당인 민국당이 득세하여 정가에 지각변동이 일어날 기미가 보이자 병남 형은 기사회생할 절호의 기회를 맞이하게 되었던 것이다. 뒤이어 민국당의 장면 내각정부에서 실시한 민의원선거와 기초자치단체장인 면장선거운동이 시작되자 고기가 물을 만난 듯 선거운동에 뛰어들어 성공하게 된 것은 불행 중 다행이라 아니할 수 없다.

여하튼 그때에 어머니와 나 그리고 점옥이는 누구에게 말은 못하고 이 문제에 대하여 여러 날 밤잠을 이루지 못하고 배신감에 시달리기도 했지만 어머니께서 "좀 더 시간을 두고 기다려보자. 병남이가 사리 없이 남의 것을 떼어먹을 불량한 사람이나 멍청한 사람은 아니다." 하셔서 기다리게 되었다. 이렇게 하여 병남 형이 광주우체국 집배원으로 발령 받아 간지도 3개월이 넘었고 불안하고 초조하게 보내는 하루하루의 해는 길기도 했다.

그런데 어느 날 자기 집을 다니러 온 병남 형이 우리 집에 들려 하는 말이 "자네 취직자리를 구해줄 사람을 하나 찾아냈으니 조금만 참고 기다려 주게. 이 봄이 지나가기 전에 꼭 한 자리 뚫어보겠네."라고 말하여 나를 안심시키고서는 광주로 돌아가는 것이었다. 그 뒤 달포 있으니 나에게 전갈이 왔다. 광주전신전화국 임시전배원 자리를 하나 뚫었으니 그때 시세의 쌀값으로 6가마 정도를 가지고 내려오라는 것이다. 그래서 동네 사시는 강성구 씨에게서 쌀 7가마를 가을 내기 장리 빚(5할)로 얻어 가지고 내려가서 6가마 값은 중간에 전달할 사람에게 넘겨주고 한 가마 값은 내가 가지고 그곳 방림동에다 하숙을 정하고 기다리기로 했다. 이렇게 금품을 전달하고 나서 약 20일이 지났는데 새벽 라디오 방송에서 듣길 5·16혁명(당시는 혁명이라 했음)이 일어난 것이다. 큰일이다, 이미 돈까지 건네주었는데 모든 정부기관들을 군인들이 장악해 버리면 이젠 다 틀렸구나, 하고 생각하니 하늘이 무너지는 것 같았다.

초조하고 불안하게 지낸 지 일주일이 되는 날, 오후 늦게 광주전신전화국에서 내일 아침에 발령 받으러 나오라는 전갈이 왔다. 아! 이제는 살았구나, 하고 안도의 한숨을 쉴 수 있었다. 다음날인 1961년 5월 24일 광주전신전화국으로 나가 꿈에도 그리던 전배원 임시직 발령을 받을 때에는 눈물겹도록 기뻤다. 그저 그때의 나는 자전거를 전혀 탈 줄을 몰랐으니 은근히 걱정되었다. 그래서 전배장 기세현 씨에게 이야기했더니 빙긋이 웃으시며 "여기 전배원 15명 중에 5명 정도는 자전거를 탈 줄 모르고 들어와서 배운 사람들이라네."라고 말씀하시며 노는 자전거 한 대를 끌고 나가 중앙초등학교 운동장 모퉁이에서 자전거 타기 연습을 시켜주셨다.

그렇게 하기를 한 3일, 업무일지에 신규전배원 채용자 자전거 타기 연습차 외출이라 달아놓고 나가 연습을 하고서야 겨우 좀 탈 수 있게 되어 전보배달을 하게 되었다. 그 사이 내 뒤에도 4명이나 더 들어와 임시직 전배원 5명 중에는 내가 제일 고참이 되었다. 6월에는 군사정권이 들어서 포고령을 발표하여 공무원 노동조합을 해산 시켜버리는 바람에 전배원 출신의 체신노동조합 광주지부장인 김남실 씨가 현업에 복귀하여 같이 근무하게 되었다. 정규직 전배원 15명에 임시직 5명을 합하여 20명이었지만 그분의 대화상대는 오직 나 하나밖에 없었다. 전배실의 복무형태는 주간에는 13~4명, 야간에는 5~6명이 근무했으며 전보 배달을 나갔다가 들어오는 순서대로 대기하고 있다가 나가곤 하였으므로 바쁠 때에는 5~6분마다 나가고 한가한 때에는 20분 남짓 대기하는 시간에 전배실에서 이야기나 하고 쉬는 것이다. 그래서 김남실 전지부장은 나에게 하루빨리 정규 전배원이 되어 나중에 노동조합이 다시 활동하게 되면 자기와 같이 노동운동을 하자고 지나가는 말처럼 몇 차례 다짐한 바도 있다.

이렇게 지내는 동안 연말이 다가오니 전보 소통량이 많아지므로 눈코 뜰 새 없이 바빠지고 있었다. 또한 새해에는 정규직으로 승진 발령이 몇 명이나 날 것인가 하는 궁금증으로 행복한 공상도 해보고 하면서 12월 31일의 일과를 마쳤는데 사무실에서 전갈이 나오기를 "문금용을 비롯 임시직 전배원 전원은 집배복을 가지고 과장님 앞으로 모이라!"는 것이다. '아 이제 속으로 공상하며 희망하던 꿈이 이루어지는가 보다.' 하고 희망찬 마음이 들어 집배복을 일반복으로 갈아입고 사무실로 들어가 과장님 앞에 이르니 "우리 국의 입장에서는 여러분들과 같이 일하고 싶지만 상부의 명령에 따라 할 수 없이 여러분은 오늘을 끝으로 집에 가서 쉬어야겠다."라는 청천벽력과도 같은 면직선언이 내려지니 아닌 밤중에 홍두깨라고 이게 무슨 날벼락이란 말인가.

하루살이
임시직 전배원에서 퇴출되다

또다시 하늘이 무너지는 충격으로 그 자리에서 쓰러질 것 같았지만 가까스로 밖으로 나와 전배실로 돌아와서는 한동안 멍하니 앉아 있다가, 같은 임시직으로 면직된 배병연을 비롯한 네 사람에게 "우리 연명으로 청장님에게 진정서를 내 봅시다."라고 서두를 꺼내니 호응해 왔다. 문안은 내가 작성하여 내일 아침 일찍 나의 하숙방에서 만나기로 하고 헤어졌다. 다음날 내 하숙방에서 진정서에 연서로 날인하여 일반 우편으로 우체통에 투함했다.

이렇게 나는 광주전신전화국에서 7개월 남짓 근무를 했지만 집에는 어머께 용돈으로 땡전 한 닢 보내드리지 못했다. 우리 임시직은 일당으로 근무일수만큼만 나오기 때문에 월평균 25일에 일당 800환(10대 1로 화폐개혁 전)씩을 받았으니 20,000환이다. 이것으로 하숙비 14,000환을 주고나면 6,000환이 남는데 그것 가지고 용돈 쓰면 하나도 남는 것이 없다. 홍수 지나간 자리 자갈밭에 남는 것이 없듯이 설상가상으로 또다시 빚으로 원본 쌀 7가마에 장리이자로 3가마 반을 더한 10가마 반을 떠안게 되었으니 앞으로 살아갈 일이 까마득하기만 하다. 집에는 어머니와 점옥이가 농사지어 놓은 쌀 열 가마 남짓은 있지만 그것으로 빚을 다 갚아주고 나면 당장 먹을 양식마저 바닥날 형편이다. 이미 밀어닥친 삼동의 기나긴 겨울에 뒤미쳐 이어지는 춘궁기다. 보릿가을까지는 다섯 달, 다섯 식구가 어떻게 그때까지 살아간단 말인가. 생각하면 생각할수록 기가 막힐 뿐, 어디에다 대고도 호소무책이다. 호랑이 물려갈 줄 알았으면 어찌 산에 가랴만은 내 이럴 줄을 왜 진즉 깨닫지를 못했을꼬. 1년 안에 일어날 앞일도 내다보지 못하고 경솔한 일을 저질러 놓은 것 같아 후회가 막급했으나 이미 엎질러진 물이 되고 말았다.

돈까지 쓰고 임시직 전배원으로 들어간 지 일곱 달 만에 쫓겨 나와서 무슨 낯으로 집에 돌아간단 말인가. 참으로 억울하고 분하며 남부끄러워 집으로는 죽어도 돌아갈 수가 없었다. 그리하여 1962년 1월 1일부터는 어느 골목에서나 풀빵장사라도 해볼까 하고 하루 종일 광주 시내를 이 골목 저 골목 누비며 돌아다녔으나 마땅한 장소도 없을뿐더러 점심마저 굶고 돌아다니다 보니 허기마저 들어 곧 쓰러질 지경이었다. 그런데 어느 골목에서 동동구루무 장사가 나오는 것이다. 그리하여 구루무 장사를 불러 길가에서 붕어빵을 100환어치를 사서 같이 먹으면서 물었다. '그렇게 다니면 하루에 얼마나 벌리며, 그 장사를 하기 위하여 일습을 장만하자면 얼마나 드느냐?'고 물었더니 '하루에 평균 천 환 벌이는 되나 비 오는 날을 빼면 한 달에 25,000환은 벌린다.'고 했다. 그리고 일습을 장만하는 데

12,000환은 들어야 한다며 도방집까지 자세히 가르쳐준다. 그러나 나에게 돈이라고는 단돈 2,000환밖에 없으니 10,000환을 어디서 구한단 말인가 하고 궁리하며 하숙집으로 돌아와 저녁에 가만히 생각해 보니 조대부고에서 영어선생으로 있는 김홍식을 찾아가면 박대는 안 하리라 생각하고 그 다음날 찾아갔더니 쾌히 5,000환을 꾸어준다. 그리고 김영식 중위에게는 저녁에 퇴근시간을 맞춰 밤에 하숙집으로 찾아가 자초지종을 말하니 내 사정 이야기를 듣고는 5,000환을 선뜻 내놓으며 "네게 그러한 용기가 있다는 것이 기특하다."라고 말하는 것이다.

그러나 당장 하숙할 돈도 없다. 그러자 병남 형이 우선 자기 집으로 들어오라는 것이다. 밥은 자기 집에서 먹고 잠은 동료 집배원 한 분이 자취하는 방에 가서 끼어 자기로 양해가 되었던 것이다. 그때에 병남 형네도 애들은 아직 신두리에서 데려오지 않았었다. 1월 3일부터 일습을 매고 나섰으나 갈 곳이 없다. 광주전신전화국 전보배달 동료들을 만날 것을 생각하니 시내는 돌아다닐 수가 없어서 시외 촌동네로만 다니니 잘 팔리지를 않는다. 또 그해 겨울은 눈이 퍼부어댄다 싶게 많이 내려 눈을 뜨고 다닐 수가 없을 지경이었으므로 아무리 북을 치고 다녀도 방에서 밖으로 나오는 사람이 없었다.

그러다가 하루는 농성동에서 남평 쪽으로 2km쯤 떨어진 동네를 향하여 앞을 분간할 수 없을 정도로 눈이 쏟아지는 좁은 농촌 신작로를 걷다가 맞은편에서 오는 자전거와 부딪칠 뻔하였다. 피차 멈칫하고 서서 바라보니 빨간 자전거를 탄 광주전신전화국의 동료 전배원 오홍록 씨가 아닌가. 그때 오 씨는 나보다 10여 년 연장자로서

40대 초반이었는데, 나를 보더니 깜짝 반가워하며 내 손을 덥석 잡으신다. 그리고는 "자네가 이렇게 성실한 사람인 줄을 내 미처 몰랐었네, 암 그래야지, 문금용이 자네는 언제 살아도 잘살 걸세, 이 들판에서 만났으니 자네에게 국수라도 한 그릇 사주고 싶네만 어찌하지?" 하고 격려의 말씀에 "방금 짜장면 한 그릇 사 먹고 오는 길입니다. 고맙습니다." 하고 대답하며 "혹 전배실에 가셔서는 저를 만났다고 말아 주십시오."라고 말하자 "내가 어린앤가."라고 대답하시며 우리는 서로 헤어졌다.

이렇게 하여 1월 한 달을 보내고 2월 3일경엔 신두리 집에서 동생 점옥이가 내려왔다. 그해의 음력설이 2월 10일경이었는데 "어머니께서 오빠가 안 오면 설도 쇨 것 없다."며 밤에 잠을 못 주무신단다. 그러니 할 수 없이 모두 싸가지고 집으로 돌아오고 말았다. 집에 와보니 겨우 달포 남짓한 사이에 어머니께선 몰라보게 늙어 버렸으니, 이를 본 나의 마음은 쓰리고 아프기 한량없었다. 세상에 태어나 내일 모레면 내 나이 30살이 다 되도록 어머니의 맘 편하게 효도 한번 해드리지 못한, 못난 자식이건만 의문지망(倚門之望)의 모정으로 불러들여 그해 설을 집에서 여느 집과 다름없이 따뜻하고 편안하게 쇠었던 것이다.

그런데 그때 우리 동네는 온 동네가 고리채 신고로 어수선하고 인심마저 흉흉한 상황이었다. 그때 내게 쌀 7가마를 빌려주신 강성구 씨께서 말씀하시기를 "내가 준 쌀 7가마를 본전으로 주게, 그리고 고리채 신고만은 말아주게."라고 말씀하시는 것이다. 그러나 우리는 그럴 수는 없다고 말씀드리고 "본전 7가마에 이자 3.5가마해서 10.5가만데 이자에서 한 가마 반만 감해주시면 9가마를 내드리겠습니다." 하고 9가마를 갖다 드렸다. 그랬더니 너무 고마운 일이라고 오히려 감사하다고 하신다. 그때 어머니와 나는 우리가 아쉬워서 얻어 쓴 빚인데, 고리채 신고를 하여 채권자에게 당초의 약속대로 충분히 이자를 쳐주지는 못할망정 손해를 끼쳐서는 안 된다고 생각하여 본전만 달라는 것을 3할에서 한 말 모자라는 두 가마의 쌀을 이자로 쳐 드렸으니, 그때에 우리 같이 비교적 양심적으로 빚을 갚은 사람은 우리 동네에서는 없었다.

복직과 더불어
대망의 정규직이 되다

집으로 올라와 설을 쇠고 한 달 정도 지나서 3월 10일경에 광주 전신전화국에서 통신사무로 편지(통지서) 한 통이 날아왔다. 무슨 일인가 하고 급히 뜯어보니 취업통지서가 아닌가. 그 통지서에 전옥식 전신과장님의 서신이 짤막하게 첨부되어 왔는데 '문금용 씨가 지난 연말에 해직된 임시직원 5명 중 제일 고참으로 나와 전신과에서 같이 근무하고 싶지만 이곳 전신과에 오면 역시 임시직으로 발령할 수밖에 없으나 순천우체국에 가면 곧바로 정규집배원 발령을 받을 것이니 잘 하고 있으라.'고 적혀 있지 않은가. 이 편지 한 통은 나에게는 천하를 얻은 기쁨이 아닐 수 없었다. 지성이면 감천이라고 내가 바른 마음으로 살고 있으니 하나님께서도 우리를 도와주신 것이다.

그리하여 1962년 3월 15일 순천우체국에 나가 발령을 받게 되었다. 그런데 어찌된 일인지 또다시 임시직 집배원으로 발령하는 것이 아닌가. 분명 전옥식 과장님으로부터 정규 집배원으로 발령될 거라고 했는데 말이다. 그렇다고 바로 전 과장님에게 전화질을 할

수도 없고 해서 눈치만 살피고 있으니 그날 정규집배원으로 젊은
놈 하나가 발령되는 것이 아닌가. 내 맘속으로는 저 정규직 자리가
바로 내 자린 것을 바꿔치기하는 것이라고 의구심이 생겼지만 달리
어찌할 방법은 없었다.

그렇게 18일을 지나고 어느 날 밤에 내가 하숙한 남원여관에서
심부름하는 아주머니로부터 나에게 "우체국 서무과장님께서 아저
씨 한번 다녀가시라고 하십니다."라고 전갈이 왔다. 그때 순천우체
국 서무과장 고웅 씨도 남원여관에서 하숙을 했었다. 그래서 저녁
밥을 먹고 서무과장 방으로 찾아갔더니 자기는 군산이 집이라면서
"왜 서무과로 놀러 한 번이나 오지 안 오느냐?"라고 말하면서 "정
식 되고 싶은 생각 없어?" 하고 되묻는 것이다. "왜요, 정식 되는 것
이 저에게는 큰 꿈이지요." 대답하며 "일간 한번 올라가 뵙겠습니
다." 하고 물러 나왔다. 그리고 다음날 삼일면 쪽으로 나가 삼일우
체국에 들려 집으로 전보를 쳤다. 급히 쌀 두 가마 값을 전신환으로
부쳐달라고, 그리고 그 이튿날(4월 5일) 도착한 돈 봉투를 가지고 서
무과장실로 갔더니 그때에 발령장을 주는데 4월 2일자의 발령장인
것이다. 즉 이미 발령을 해 놓고도 돈 봉투를 주지 않으니 발령장을
주지 않고 뭉그적거리며 돈을 가져오라고 신호를 보낸 것이다. 이
것이 당시의 공직사회를 풍미한 상투적인 수탈방법이었다.

이렇게 해서 나의 대망의 취직을 천신만고 끝에 이루어냈던 것
은, 첫째, 하나님의 돌보심이 있었기에 가능했던 것이며, 둘째, 원
형이정으로 나의 마음과 행동을 근신하며 악을 경계하고 진실한 마
음으로 선을 행하고자 하는 생활태도에 하나님께서도 어여삐 보아

주신 것이리라 생각한다. 이제 정규 집배원이 되었으니 세상에 아무것도 부러운 것이 없었다. 순천우체국에 두 달 동안 있으면서 있었던 일 몇 가지를 서술코자 한다.

그곳에 발령받아 간 지 열흘 정도 지난 뒤에 체신노조 순천우체국분회에서 회의가 있었다. 회의에 참석은 했지만 발의나 표결권은 없이 시종일관 지켜보고만 있다가 회의가 거의 끝나갈 무렵에 발언권을 얻어 다음과 같이 말했다. "우리는 같은 체신업무를 수행하면서 한쪽은 사용주로, 한쪽은 노동자로 나뉘어 각자에게 주어진 의무를 다하고 있는 것입니다. 그래서 사용자측은 관리와 행정업무를, 노동자 측은 현업 업무를 각각 수행하는 과정에서 우리 노동자측이 사용자 측의 부당한 대우나 억압을 당할 때에는 당연히 노동조합의 단체행동권을 발동하여 우리의 권익을 찾아야 마땅합니다. 그러므로 먼저 노동자 측의 업무수행과정에서 하자 없이 제대로 업무를 수행하였는가를 스스로 살펴볼 필요가 있습니다. 만약 우리들이 할 일도 다하지 않고서 권익만 주장한다면 우리의 투쟁은 아무런 실효를 거둘 수가 없기 때문입니다."라고 발의했더니 "옳소!" 하고 박수를 쳐대는 것이 아닌가. 그리하여 나는 비록 임시직으로 있을지라도 아무도 나를 무시하는 사람은 없었다.

이렇게 지내는 동안 4월 6일 내가 정규 집배원으로 발령받았다는 소식이 전해지자 순천우체국 전 집배원들이 나의 정규발령을 환영해주는 술자리를 마련해 주는 영광도 안게 되었다. 이렇게 지내는 동안 머지않아 체신부에서 기능직이나 임시직에게 일반직 전형시험이 있을 거라는 소문이 나도는데 광주우체국에 있는 병남 형이 우편법의 등사본 책을 구해 보내주어 낮에는 일 나가고 밤에는 우편법과 법학통론으로 밤마다 공부에 열중했다. 그러던 중 5월 13일에 집배장을 비롯하여 노조간부들이 나를 찾아와 "문 동지 이거 섭섭해서 어쩌나." 하고 손을 내미는 것이 아닌가. 그러나 무슨 영문인지도 모르고 "무슨 일이 있습니까?" 하고 의문스러워 물었더니 "5월 15일자로 문 동지가 광주전신전화국으로 전근하게 되었다는데, 아직 모르고 있었소?"라고 되묻는 것이 아닌가. 그래서 나는 "무슨 말씀들을 하시는 것입니까? 이제는 광주보다 순천이 더 정들었는데 왜 내가 광주로 가야 합니까? 어차피 나는 광주나 순천이나 객지인 것을, 내가 전에 광주에 있었다손 치더라도 내가 꼭 광주로 가야 한다는 법은 없지 않습니까?" 하고 정색을 했더니 오히려 그들이 머쓱해지더니만 "우리들은 문 동지와 같이 있고 싶지만 현재 우리 집배원의 대다수가 이곳 순천 인근에 연고지를 두고 있어서, 그리고 문 동지는 광주전화국 근무경력이 있어서 그곳을 희망하는 줄 알고 지레짐작을 한 것입니다."라고 변명을 하나 집배실에서는 비상이 걸리고 말았다. 아무도 광주로 가려는 사람은 없었기 때문이다. 그리하여 집배장과 조합 간부들이 숙의하여 집배실에서 송별연을 베풀어 줌과 동시에 여비조로 쌀 반 가마 값을 내기로 하고 지난 3월 15일에 정규집배원으로 발령받았던 집배원으로 하여금 쌀 한 가마 값을 내도록 서무과장과 노조분회 간부들이 종용하여 나에게 전별금조로 내밀고 사정하며 회유하므로 할 수 없이 그 회유를 받아들여 5월 15일자에 순천우체국으로 온 지 두 달 만에 친정집인 광주전신전화국으로 되돌아왔던 것이다.

전형시험에 합격,
행정서기보로 발령받다

만 5개월 만에 또다시 광주전신전화국으로 금의환향하니 감개가 무량하다. 그때까지도 나와 같이 있던 임시전배원들은 그대로 있다. 그런대도 그들은 곧 있을 거라는 전형시험 준비를 하지 않고 편하게 놀고만 있는 것은 참으로 안타까운 일이다. 나는 광주로 와서도 열심히 공부를 계속하고 있었다. 나는 선천적으로 약하게 태어난 몸이기 때문에 육체노동보다는 정신노동으로 살아가야 한다는 것을 뼈저리게 느낀 것은 그동안 살아온 과정이 말해주고 있다. 또한 나는 3년 전에 육군본부 부관감실 장교과에서 서무로 1년 10개월간을 근무한 것으로 행정능력은 이미 검증을 받은 것이다.

이윽고 6월 20일경에 전형시험일정이 공고되어 7월 1일 광주체신청 관내(전라남·북도와 제주도) 체신관서에서 기능직이나 임시직으로 근무하고 있는 사람들을 대상으로 광주서석초등학교 12개 교실에서 600여 명의 응시자들이 일반직 전형시험을 치르게 된 것이다. 시험과목은 필기시험에 우편법과 법학통론의 두 과목뿐이었다.

먼저 우편법에서는 대부분 우편법 원문 위주로 출제되었으며 상식적인 부분으로 '우표의 창시자가 어느 나라 누구인가?'라는 문제에서 영국인 로랜드 힐 경이 세계 최초로 우표를 만들어 썼다고 써서 100점을 맞았고, 법학통론에서는 50문제 중 48문제를 쓰고 2문제는 못 썼는데 나중에 문제지와 답안을 대조해본 바 48문제 중 한 문제에 틀린 답을 써서 47문제를 마친 결과가 되어 94점을 얻었으므로 평균점수가 97점이 나왔다.

나의 이러한 점수는 61년도 연말경에 군사정부에서 신규경찰관 시험에 합격한 순경들 6명과 같은 하숙집에서 하숙하고 있었기 때문에 그분들이 내가 시험보고 왔다고 하니까 문제지를 펴놓고 같이 맞춰 보고 확인한 것이다. 그들 중 이장오라는 분은 서글서글하면서도 깔끔한 사람인데 농담도 잘하고 놀기를 좋아했다. 그분은 원래 국민학교 선생을 하다가 뜻한 바가 있어 사표를 내고 경찰관시험에 합격하여 나중에 총경까지 승진, 경찰서장까지 지낸 사람으로서 당시 나이가 나와 동갑내기인 30살이었다. 그때에 이장오 순경이 "내가 지금 이 시험문제를 가지고 시험을 친다 해도 45문제를 마치기가 어려울 것 같은데 문 형이 47문제를 마쳤으니 단연코 상위 그룹으로 합격할 것이다."라고 말하며 한턱 내라는 것이다. 그러나 내 생각으론 실패한 시험이라고 느껴져 침울해 있었는데 그 이유로는 시험을 치르고 나오는 모든 사람들이 말쑥하게 정장을 차려입고 와서 시험을 보는가 하면 시험장에서 나오는 사람마다 "무슨 놈의 시험이 이따위가 있느냐."며 "이번 시험은 100점을 안 맞으면 모두 불합격한다."라고 이구동성으로 떠드는 것이었기 때문이다. "내 점수로는 합격하기가 틀렸다."고 말하자 이장오 순경 왈 "그 사람들이 떠들어대는 말들을 믿어서는 안 된다."며 "자고로 시험이란 모두 다 아는 문제가 나왔다 해도 실제로 채점해 보면 100점짜리는 극히 드물다."는 것이다. 그리하여 할 수 없이 소주 몇 병과 오징어 몇 마리로 간단하게 술 한 잔을 냈다. 그 후 풍문을 듣자니 전국적으로 이번 시험에 응시자가 5,000여 명이었다는데 현재 비어있는 자리는 겨우 157개밖에 안 되므로 합격권 내에 들어가려면 4,850여 명을 떨어트리고 앞서야만 합격하게 된다고 생각하니 도저히 자신이 없었다. 그리하여 부랴부랴 아내와 종호를 산수동 허름한 방 한 칸을 얻어 이사 오도록 했는데 양은냄비 하나에 수저와 양은그릇 몇 개 달랑 들고 이사를 시키고 말았다.

그리고 약 한 달쯤 되었을까, 전날 밤 24시간 근무를 했으므로 아침에 일근자들과 교대하고 집에 들어와 곤히 잠들어 있는데 오전 10시 반경에 전배원 동료인 정재홍이가 우리 집에 찾아와 나를 깨우는 것이다. "형님! 형님이 합격했다고 과장님이 형님을 데려오라고 해서 급히 쫓아왔으니 어서 가십시다."라고 하는 게 아닌가. 자다 말고 잠을 깬 나로서는 "무슨 뚱딴지같은 소리를 하는가." 하고 핀잔을 주고 "어서 들어오게, 자네가 목이 컬컬해서 그런 모양인데 내가 막걸리 한잔 받아 줄게." 하고 말하자, 정재홍이 성을 버럭 내며 "내가 언제 형님에게 거짓말합디까?" 하고 소리를 지르는 바람에 진짜인가 보다 하고 광주전신전화국에 나가보았다. 나가보니 전신과 전 직원이 합격자 발표에 비상이 걸려있었다. 내가 들어가자 전 직원이 나를 축하하며 박수로 환영해주었다. 최종발표가 있을 때까지 기다려 보니 우리 전신과에서는 나 하나만 합격하고 모두 떨어졌으며 서무과, 전화과, 기계과, 선로과 해서 모두 40여 명이 응시한 데서 13명이 합격했으나 1차 합격자(합격과 동시에 발령 받을 수 있는 점수권)는 겨우 3명뿐인데 그중에서도 내 점수가 가장 높다는 것이며, 1차 합격자 3명 중 또 한 명이 문씨로 서무과 여직원이었다. 그래서 그날은 문씨들에게는 영예로운 날이기도 했다.

그때 총 응시자 5,000여 명 중 60점 이상 득점하여 합격한 사람이 1,500명이었다. 그럼 왜 1차, 2차합격자를 구분하느냐면 1차 합격자는 발표 당시 157명의 결원이 있어 채용인원이 확정되어 있었으므로 합격과 동시에 득점 순으로 끊어 보직 발령했고 나머지 합격자 1,343명을 2차 합격자로 지칭한 것이다. 2차합격자는 이후 1년 이내에 보직발령을 받지 못하면 합격이 무효가 되는데 1년 동안에 그들 중 800여 명이 보직발령을 받아 나갔고, 나머지 540여 명은 미발령으로 무효 처리되었다. 그런데 이때에 2차 합격자의 발령을 득점 순으로 하지 않고 1000순위가 넘는 사람이 발령 받았는가 하면 500 이내의 순위자가 미발령된 예가 허다했다. 이와 같이 5·16군사 쿠데타 후 얼마간은 바르게 하는 듯하더니만 부정부패가 다시 되살아나 버리고 만 것이다.

이때에 나는 1,500명의 합격자 중에 비교적 우수한 성적인 88등을 해서 당당히 1차 합격자가 되었던 것이다. 만약 그때에 나의 성적이 2차 합격자로서 중간 정도밖에 되지 않았더라면 행정직으로의 전직을 못하고 기능직으로 정년을 마칠 수밖에 없었을 것이다.

그로부터 약 한 달가량 있다가 광주전신전화국에서는 8월 29일에 면직 처리되고 다음날 생전에 한 번도 가본 적이 없는 생소한 전남 보성군 벌교우체국으로 내려가 8월 30일자 행정서기보(당시 5급 을류 5호봉)로 발령을 받았다. 그리하여 광주에서의 살림살이는 두 달도 못 살고 아내와 종호를 다시 고향집으로 보내고 나만 벌교로 내려가서 하숙생활을 하게 되었다. 하숙은 우선 허름한 민가 가정집에 정하고 그곳에서 약 1주일가량 있다가 우체국에 부임 후에 집배원들에게 고정하숙집을 구해 달랬더니 서울식당이 잘해준다기에 그곳으로 하숙을 옮겼다.

당시 우체국장은 행정사무관 김대두 씨였으며, 서무계장에 박현호 행정주사 그리고 업무계장에 행정주사보 장 씨(이름은 잊었음)였다. 그리고 부임하자마자 나에게 맡겨진 업무는 우편담당 보조였다. 첫 신규발령인지라 견습기간이 필요했던 것이다. 선병호 우편주임 하는 것을 하루 옆에서 지켜보았을 뿐인데 다음날은 나더러 직접 해보란다. 어제 선 주임이 한 대로 따라했더니 낮 동안에는 잘 맞아갔는데 밤에 선 주임이 퇴근하고 시외집배원이 귀국한 뒤에 일계를 맞춰보니 등기 3통과 소포 1개가 모자라는 것이다. 아무리 재차 삼차 맞춰보아도 안 맞는다. 그래서 선 주임네 집을 찾아가 같이 와서 맞혀보니 딱 맞는다. 시외달구역 중 유치구가 한 군데가 있어 3일 후에나 특수우편물 배달증을 회수해 와야 한단다. 이렇게 3일 만에 우편물의 특수 발착업무를 해내니 4일째부터는 서무계로 와서 근무하라고 정식 보직명령이 내려졌던 것이다.

서무계에서는 세입, 물품, 우표, 기업회계를 담당하니 눈코 뜰 새

없이 바빠 나의 퇴근시간은 보통 밤 8시다. 그런데 가면 갈수록 서울식당에서는 처음 같지 않게 밥상 차리는 것이 허술했다. 즉 손님 상에 올라갔던 반찬이 우리 하숙생 식탁에 올라오는 것이다. 그래서 3개월 만에 구 장터거리 백옥식당으로 옮겼다. 그곳에서는 하숙생이 나 하나밖에 없었지만 항상 정갈한 새 반찬이었다.

이렇게 6개월을 있다가 익산우체국으로 옮겨오는 것은 광주체신청에 있던 황복규(친구 황창규의 형) 인사계 차석의 도움으로 이루어졌는데 그때에 벌교우체국에서는 대단히 기분 나빠 했었다. 김대두 국장님과 박현호 서무계장에게 상의 한마디 없이 상부에 이야기해서 빠져나간다는 것이다. 딴은 그 말도 맞는 말이다. 다만 나의 일천한 공직생활로 경험부족 탓이었을 뿐이다. 그때에 익산우체국으로 전근하지 않고 그대로 벌교우체국에 있었더라면 승진은 훨씬 빨랐을 텐데 고향에 계시는 어머니와 가족들을 생각하면 불가피했던 것이다.

1963년 3월 5일 이리우체국에 부임하자 무조건 우편물 운송감시를 하란다. 즉 나의 업무능력을 전혀 파악할 수 없으니 어느 부서에 배치할 줄을 몰랐던 것이다. 그리고 바로 모현동에 방 한 칸 자리를 얻어 아내만 올라오도록 하여 새살림을 꾸리고, 그때 3살이었던 종호는 고향집에 할머니의 푸접으로 고모랑 세 식구가 있게 하였다. 그렇게 3개월쯤 지나자 업무과 조리담당 자리가 비게 되자, 몇 사람이 그 자리로 서로 가려고 암암리에 애를 쓰고 있었는데 나는 그런 줄도 모르고 있던 차, 임낙회 우편계장이 공문서 기안용지 몇 장을 가져와 나에게도 한 장을 주며 기안을 해보란다. 그래서 안건에 맞추어 기안을 해 내어주었더니 그것을 걷어가지고 과장님과 검토해보더니 내 것이 그중 잘 작성된 것으로 평가되어 나에게로 와서 오늘부터 업무과 조리를 담당하란다. 이렇게 해서 나는 제대로 된 보직을 받고 일을 하게 되었다.

부량우체국장 시절. 1981년도

제9부

애환 속의
10년 세월

지난 5년은 슬픔과 고통 속에서 살았는가 하면
내 평생의 소원이었던 안정적인 직장도 갖게 했으니
세상만사가 새옹지마란 속설이 틀린 말은 아닌 것 같다.
나에게 더 이상의 고통이 없기를 바라고 기도하며 살아가고는 있지만
모든 것은 하나님의 뜻에 의지할 수밖에 없지 않겠는가.

첫애를
사산하다

이야기는 약 5년 전으로 소급하여 전개된다. 논이라고는 달랑 한 필지(1,200평)밖에 없는데 장가까지 들어보니 새 식구는 하나 더 늘어났고, 여기에 장차 자식새끼들까지 낳고 살아갈 일을 생각하니 앞일이 암담할 따름이다. 우리가 만약 논이라도 서너 필지 있고 약삭빠르게 살아간다면 밥을 굶기야 할까마는, 가난한 집에 태어나 가난을 벗지 못하고 이대로 가다가는 식량을 걱정해야 할 처지로 발전하는 것도 시간문제였다. 이렇게 초조한 나날들을 허송세월하며 밤에는 잠을 이루지 못하고 뜬눈으로 지새우기를 그 몇몇 날이었던가. 결혼하고는 취직자리를 찾아 수도 없이 서울나들이를 하였지만 헛수고만 할 뿐이었다.

그러는 사이에 첫애의 산월 달(59년 12월)이 다가왔는데 나는 그때에도 취직한답시고 서울로 올라가 버리고, 남편도 없는 집에서는 아내에게 진통이 오고 3일이 경과했는데도 애가 나오지 않아 한의사(돌팔이)를 대보니 애는 이미 숨이 끊어진 뒤였다. 이렇게 어처구니

없이 머슴애인 첫애를 사산하고 나니 아내는 지칠 대로 지쳐 심신이 극도로 쇠약해져 있었다. 어머니께선 옛날 분이라 '삼시랑이 때를 맞추어 낳게 하려는 것이니 기다려야 한다.'며 자연분만을 기대했고, 점옥이마저 취직이나 해볼까 하고 수원에 올라가 집에 없었으므로 그러한 끔찍한 변을 당하고 만 것이다.

이 모든 것이 나의 무지와 어리석음이었다. 당시 나는 오로지 취직에 실성한 사람으로 다른 일은 아무 것도 안중에 없었다. 그렇다고 어머니를 원망하고 탓할 수만도 없는 일, 내 박복한 운명으로 돌릴 수밖에 도리 없는 일이 아닌가. 이로 인하여 아내는 방광을 오래 눌렸던 탓으로 요실금이란 불치병까지 얻어 오늘날까지 고통을 당하고 있으며 허허로운 마음의 상처는 오래도록 가시지를 않았다. 이 일로 나는 아내에게 면목 없는 남편이 되었으며, 말 못할 자괴감과 심적 고통으로 한동안 시달림을 당해야만 했었다. 이 세상에서 사람의 생명같이 소중한 것이 없는데 출생의 엄숙함과 고귀함에는 정성을 다하여야 했음에도 이를 소홀하게 대처해서 능히 막을 수 있었던 화를 막지 못한 것은 천추의 한으로 남아있다.

우체국에 취직하고
셋째 놈도 생후 보름 만에 잃다

첫째 놈을 사산한 뒤, 다음 해에 우리 두 부부는 달랑 양은냄비 하나, 수저와 그릇 몇 개를 가지고 서울로 살림을 나갔다. 시집와서는 말도 않고 입 봉한 채 숨 불통만 앓고 있는 아내를 한없이 집에서만 데리고 있을 수 없었던 처지에서 어머니의 배려로 무작정 첫 살림을 나간 것이다. 서울 염천교 다리 옆 청과물시장 한쪽 모퉁이에 있는 판잣집, 우리 동네에서 서울로 올라가 자리 잡은 이춘일 씨 댁 작은 방 하나를 얻어 이사를 했지만, 막상 생활방편은 아무것도 없었다. 내가 염천교 부근에서 냉차 장사도 해보고 과일 등을 좌판으로 벌려 놓고 팔아보았지만 영 신통치 않자, 아내는 청계천변에 있는 기성복공장으로 나가 미싱 공순이가 되어 매일같이 출근을 하게 되었다.

아내는 몸은 고되어도 시어머니의 시집살이를 면하게 된 것을 좋아라 했지만 내 입장에서는 안정된 직업 없이 아내의 공임에 의지하며 살아갈 수는 없는 노릇이 아닌가? 무료하게 하는 일 없이 고통스러운 시간만 보내고 있는 나는 심한 요통까지 앓게 되었다. 그런데 갑자기 고향에 계시는 할머니께서 돌아가셨다(음력 4월 24일)는 전보가 날아와 나와 아내는 급히 귀향을 했으며 치상 후에는 요통이 낫지 않아 아내만 상경하였었는데 그 후 또다시 한 달여 만에 할아버지마저 돌아가시게(음력 5월 28일) 되어 나는 서울로 올라가지 못하고 고향집에 그대로 머물러 있게 되었다.

그때는 4·19혁명 후 과도정부에서 내각제 개헌으로 새로이 총선과 지방자치제를 실시할 만반의 준비가 완료되어 있었던 때였다. 나는 서울에서의 취직계획을 접고 민국당 후보의 선거운동에 동참, 당선되었을 때에 고향에서 내 취직자리를 찾자는 계획 하에 아내에게는 서울살림을 그만두도록 종용하여 고향으로 내려오도록 했다. 선거결과는 모두 민국당 후보들이 당선되었다. 이렇게 나는 서울살이 2개월 만에 고향으로 내려오고 아내는 2개월 더 머물다가 돌아왔다. 그리하여 그해 겨울, 아니 엄격하게 따지면 이듬해인 1961년 1월에 종호를 낳을 때는 내가 곁에 있었기 때문에 초산 때와는 달리 별 어려움 없이 순산했다. 한편 내가 완벽한 직장을 잡은 것은 그로부터 1년여가 지난 1962년 4월 2일 순천우체국 집배원이다. 그리고 그해 8월에 전형시험에 합격, 행정직으로 직종을 바꾸고 벌교우체국을 거처 이듬해에 익산우체국으로 전근하여 살림을 차림으로써 우리 두 부부는 비로소 집에서 완전한 분가를 하게 된 것이다.

이때에 종호는 젖을 뗀 상태였으므로 고향집에 할머니의 푸접으로 고모랑 세 식구가 있게 되었다. 우리 두 부부는 이리시 변두리 모현동에 방 한 칸을 얻어 살림을 차림으로써 비록 박봉이지만 안정된 마음으로 새살림을 꾸려 나갈 수 있었다. 그리고 그해 가을에 셋째 사내아이를 순산했다. 첫째를 실패한 후의 상처가 아직도 남아 있었는데 셋째도 머슴애를 출산하고는 그 상처가 거의 가실 정도로 기뻤고 흐뭇했다. 그러나 그 기쁨과 행복감은 잠시일 뿐 또다시 슬픔의 먹구름이 끼기 시작했다. 출산 후 아내는 바깥 기온이 싸늘한 것만 생각하고 방바닥을 너무 뜨겁게 했던 것이다. 그래서 영아는 늘 땀을 흘리고 있어서 내가 퇴근해서는 애를 좀 덜 뜨거운 곳으로 옮기기를 자주 했었다. 그때 나는 애를 이리저리 뒤적이면서 살피고 했는데 10여 일 정도 되었을 때에 등허리를 살펴보니 여드름처럼 도도록한 것이 솟아 있었다. 그랬으면 그때에 즉시 시내 약국에 가서 머큐로크롬을 사다가 소독이라도 했었다면 별 탈이 없었을 것을 내일 퇴근길에 사다가 발라 주리라고 미루었던 것이 한 생명을 잃게 되는 엄청난 일을 당할 줄이야 어찌 짐작이라도 했겠는가? 그리고는 깜박 잊어버리고 다음다음날 애가 보채는 것을 보고서야 등허리를 살펴보니 등허리 전체가 벌겋게 사독해 있어서 아차하고 역전 중앙병원으로 달려갔으나 원장선생님이 진찰해보더니 고개를 저으신다. 틀렸다는 것이다. 이미 단독균이 전신에 퍼져있다 한다. 이제 겨우 10여 일밖에 되지 않은 어린 핏덩이를 수술까지 했으나 다음날 숨을 거두고 말았다. 우리 내외의 실수와 방심으로 또다시 귀중한 생명 하나를 잃었으니 이러고도 어찌 애비 어미라 말할 수 있으랴! 머슴애만 셋을 낳아 종호란 놈 하나만 남았으니 원통하기 한이 없었다. 그날 밤에 인부 하나를 사 공동묘지에 내다 묻어

버리고 나니 마음을 어디 둘 곳이 없어서 3일간의 연가를 얻어 정처 없이 들로 산으로 미친개처럼 싸돌아 다녀 보기도 했다. 하지만 마음은 항상 죄책감으로 남들 보기가 부끄러워 밖에 나다니는 것도, 직장인 이리우체국에 출근하기도 싫었다. 그래도 남은 식구들을 생각하여 정신을 가다듬어 나흘 만에 출근하니 직장 동료들은 위로의 말들을 아끼지 않았지만 마음의 안정은 찾지 못하고 한동안을 방황했던 것이다.

어머니의
녹내장 수술

익산우체국으로 옮겨와서 2년째 되던 해 늦은 봄, 주말에 고향집에 어머니를 찾아뵈러 갔을 때의 일이다. 어머니께서는 몸이 아프다며 누워계셨다. 어머니께선 먹은 것이 체했다 싶으면 식사를 한두 끼 거르시면 회복되곤 했었는데, 그때에는 사흘째 누워계셨다는 것이다. 그리고 화장실을 다녀오시다가 방문턱을 넘어오시면서 문턱에 발이 걸려 넘어지시려는 것을 보고 내가 급히 일어나 어머니를 붙들며 왜 이러시느냐고 묻자, 눈이 뿌옇게 안개가 낀 것 같이 잘 보이지 않는다는 것이다. 그래서 나는 어머니께서 3일 동안이나 앓고 계시는 것은 체한 것이 아니라 다른 병일 것으로 판단하고 가정의학전서를 펴 놓고 눈에 관한 질병 쪽을 찾아보았다. 그랬더니 어머니의 병환은 급성 녹내장이란 것을 확인하게 되었다. 그래서 그날로 급히 익산역전에 있는 송안과의원으로 모시고 갔더니 내가 진단한 그대로 급성 녹내장으로 진단이 나왔으므로, 즉시 수술에 들어가 9시반 경에야 무사히 수술을 마칠 수 있었다. 그 후 2주일간 입원하여 치료를 받은 후, 시력의 70%는 유지할 수 있게 되었던 것이다.

그때에 송안과 원장님은 익산우체국 서무과장님과 동기동창사이였는데, 과장님께서 말단 공무원의 박봉을 들어 치료비를 잘 봐달라고 부탁했으므로 치료비가 쌀값으로 쳐서 4가마 값 정도가 나왔는데 2가마 반 값만 받고 1가마 반 값은 깎아주셨던 것이다. 당시 어머니의 연세가 67세였는데 송안과 원장님의 말씀에 의하면 "연전에 진안지방에서는 꽤 부잣집 노인 영감 한 분이 심한 급성 녹내장으로 찾아오셨기에 급히 수술을 해야 한다고 말씀을 드리고, 만약 지금 바로 수술을 하지 않으면 실명할 뿐만 아니라 통증으로 참고 살아가기가 어려울 것입니다."라고 말씀드렸는데도 쌀 4가마 정도의 돈이 아까워 그냥 돌아가셨다는 것이다. "아마 지금쯤은 실명한 상태에서 통증을 견디지 못하여 수술은 수술대로 하지 않고는 살아 있지 못할 것입니다."라고 말씀하시며, 어머니께 "할머니는 복 받은 분으로 고통을 덜 수 있음은 물론 실명하지 않고 노후를 살아가실 수 있게 되어 천만 다행입니다."라고 치하의 말씀을 해주셨던 것이다. 이렇게 하여 어머니께선 그 후 6년을 더 사시다가 돌아가셨다.

종호의
발병과 죽음

　1965년 2월 1일자로 신태인 우체국으로 전근 발령되었으므로 일
단 이리살림을 집으로 옮기고 다시 신태인 변두리인 내석동에 방
한 칸을 얻어 이사를 하게 되었다. 그런데 그 후에 신두리 집에서
할머니와 함께 살고 있던 우리 종호가 몸에 열이 나 감긴가 하고 감
기약을 사다 며칠을 먹여도 낫지를 않는다고 했다. 그래서 신태인
으로 이사를 하고 난 다음 날 화호병원으로 업고 가서 진찰하니 등
허리에 척추가 불거져 나왔다고 반깁스를 해주고 감기약을 지어주
었으나 그렇게 열흘간을 치료해도 차도가 없었다. 그리하여 김상준
의원으로 옮겨 가서 다시 진찰을 해보았더니 깁스는 할 필요 없고,
우선 며칠 치료해 보자며 3일분의 약을 지어준다. 3일 후에 아무 차
도가 없자 소아과는 자기보다 정읍에 있는 엄 소아과에서 잘 본다
며 그리로 소개장을 써주며 가보라는 것이다.
　그리하여 정읍 엄 소아과로 업고 가 진찰을 받고 3일분의 약을
먹여 보고는 차도가 없자 다시 3일분의 약을 지어주기에 복용했으

나 그래도 낫지 않았다. 그러자 엄 소아과에서는 종호를 다시 진찰해보고 차도를 살펴보더니 "아무래도 광주 김덕성 소아과로 소개장을 써 줄 테니 그곳으로 가 보시오."라고 말하는 것이 아닌가. 당일로 광주로 내려가 도청 옆에 있는 김덕성 소아과를 찾아갔다. 그때가 1965년 6월경쯤으로 이미 발병한 지도 3개월이 넘고 있었다. 김덕성 소아과는 소아과의원으로는 호남에서 제일 유명한 병원이란다. 그리하여 병원을 네 번째 옮겨와서 다시 진찰을 하니 무슨 병이라는 말은 하지 않고 일주일분의 약을 조제해 주며 이 약을 먹여보고 일주일 후에 다시 나오라는 것이다. 이렇게 해서 우리 두 내외는 종호를 업고 신태인 집으로 돌아오니 종호는 퍽 피로한 모양이다. 그렇게 하기를 4주를 다니고 나니 1주일에 병원 치료비와 우리들의 여비가 2,000원이 넘게 들었다.

그때에 내 월급이 겨우 6,000원 정도밖에 안 되었는데, 한 달도 못 되어서 내 한 달 봉급보다 훨씬 많은 액수가 들어갈 뿐만 아니라 원장님의 태도나 말씀을 들으면 장기치료를 요하는 것으로 판단되었으므로 나는 편지를 썼다. '중략. 우리 식구가 노모님을 비롯하여 여섯 식구인데 우체국 말단 직원으로서 월 봉급은 6,000원 정도밖에 받지 못합니다. 이 애의 병 치료가 한두 달에 끝나는 일이라면 빚이라도 얻어 치료를 하겠지만 장기 치료에 들어간다면 금전적 문제로 중도에 치료를 중단할 사태까지 올지도 모르겠습니다. 대단히 송구하오나 원장선생님께서 처방전을 내주시면 이곳 신태인 우체국 옆에 구세약국이 있어 다소 저렴하게 해주실 듯하여 염치불고하고 이 글을 드리오니 해량하시와 선처하여 주시기를 바랍니다.'라고, 그리고 아내 혼자서 애를 업고 다녀오라고 했다. 그랬더니 1회에 보름(15일)분을 처방해 주고 한 달에 두 번만 병원에 나오라고 했다. 그 대신 치료일지를 정확하게 써 오라는 것이다. 아침 기상시간, 약 먹는 시간, 대소변을 보는 시간과 모양, 식사량, 수시체온을 체크하고, 취침시간과 그날그날의 컨디션 등을 구체적으로 써 보내면 이를 15일치를 연결해 체크해 가며 진단하고 다시 종호를 진찰하는 것이다. 이렇게 약 한 달을 치료하니 월4,500원 정도로 병원비가 40%가량 절감이 되었다.

병상일지

- 9월 15일 상오 05:00 체온 37.2℃ 피로한 기분이며 짜증을 냄, 약 1포 복용, 상오 07:00 조식 국밥으로 100g 정도 했음, 구미가 없는 모양임, 대변 1회 눔, 상오 11:00 체온 37.2℃ 약 1포 복용 여전히 피로한 기분임, 상오 12:00 VC12 1CC 와 SM 1CC를 근육주사 함, 점심 150g 정도 먹음, 하오 17:30 체온 37.3℃ 약 1포복용, 피로가 심함, 하오 18:30에 석식 200g 정도 먹음(비위가 맞지 않아 우거짓국이나 김치만 먹음), 대변 2회 눔, 하오 21:00에 취침(식은땀을 흘림), 밤 24:00 약 1포 복용, 체온 36.9℃(이후 체온계 고장으로 체온을 측정치 않음), 어제 배변을 안했기 때문에 오늘 첫 번째 배변 시에는 퍽 힘들어함. 어제의 여행으로 다소 피로한 편이며 업혀 다녀서 그런지 앞가슴이 아프다고 짜증을 부림.

- 9월 30일 상오 06:00 약 1포 복용, 체온 36.7℃ 상오 07:00 조식 320g 정도 먹음, 대변 1회 눔, 상오 07:30에 V 1CC, OVIS 0.5 앰플, SM 1/3

병 근육주사, 상오 09:50 체온 37.1℃, 정오 12:00 약 1포 복용, 체온 37.1℃, 12:30에 점심 350g 정도 먹음, 하오 13:00 대변 2회 눔, 하오 15:00 체온 37.5℃, 하오 18:00 체온 37.5℃, 약 1포 복용, 석식 200g 정도 먹음, 하오 19:30에 취침(식은땀을 흘림), 밤 00:30 체온 36.0℃ 약 1포 복용. 전날과 다름없이 대체로 피로한 기색이 역력하며 병세가 호전되는 기색이 없어 보임.

• 10월 18일 상오 06:00 체온 36.9℃, 약 1포 복용, 조반은 싫다고 굶고, 배가 아프다기에 만져보니 위 부위에 압통이 있음, 어제저녁 밥에 체한 모양임, 상오 08:30 소화제 1포를 복용, 상오 09:00 체온 37.1℃ V 1CC+SM 1/3병 근육주사, 정오 12:00 체온 37.3℃, 점심도 결식, 약 1포 복용, 오후 18:30 체온 38.1℃, 오후 20:30 근육주사약 Colistin M 1병 김상준의원 원장님과 상의하고 놓아줌, 밤 23:30 체온 37.6℃ 약 1포 복용, 오늘 하루 식욕이 전혀 없어 아침과 점심을 굶고도 저녁밥을 겨우 다섯 번밖에 받아먹지 않고, 오후에 사과만 1개 긁어서 먹었으며 뱃속에는 가스가 차서 팽만해 있었음, 오후 새때쯤에 1시간가량 낮잠을 잤음, 아침부터 기침을 약하게 계속하며 오후 18:00경부터는 기침할 때마다 좌측 방광부위를 누르라 하며 울려서 아프다고 욺, 오늘 오후에 한 시간가량 잤다고 자정까지도 잠에 들지 못함.(이상은 7월 하순경부터 약 3개월간의 병상일지의 주요 부분임)

10월 19일에 우리 내외는 종호를 업고 광주 김덕성 소아과의원에 갔다. 원장님이 진찰을 해보더니 심각한 표정으로 4개월 정도를 치료해 보아도 차도가 없으니 오늘은 전남대병원에 입원해 보란다. 그리하여 응급실로 입원, 당일 전반적인 진찰과 혈액을 뽑아 검사실로 보내고 입원보증금 5,000원은 주세훈 친구에게서 융통해 주어 병실을 잡아 들어갈 수가 있었다. 그런데 이날 대학병원 소아과 과장은 날더러 "부모가 되어 애를 이 지경으로 죽게 방치했다."고 호통을 친다. 그간의 사정을 전혀 알지 못하고 하는 말이었으므로 백 번 들어도 하나도 서운할 것은 없다.

10월 20일 X-레이 촬영을 해 보았으나 이걸로는 애매한 점이 있어 확실한 진단을 위하여 골수검사를 권유하여 왔으므로, 이에 응낙하고 당일 굵다란 주사침을 등허리에 찔러대고 골수를 뽑을 때 아프다고 악을 쓰며 우는 종호를 옆에서 보기가 애처로워 나도 눈물을 흘리지 않을 수 없었다. 10월 21일 오후 5시경 정확한 진단이 나왔다. 진단결과는 청천벽력과도 같은 '백혈병' 하늘이 무너지는 것 같은 절망감이 엄습해 왔다. 이젠 다 틀렸구나, 서 있는 양다리가 떨려 도저히 서 있을 수가 없어 옆에 있는 의자에 쓰러지듯 주저앉아서 생각하니 기가 막혔다. 내 삼십 평생에 오로지 종호란 놈에게 모든 희망을 걸고 살아가고 있는데 저놈마저 데려가 버리면 나는 어떻게 하란 말인가. 하나님도 무심하시다고 원망의 소리가 절로 나온다. 다음날 수혈을 500cc를 하니 종호의 뉘렇던 얼굴에 화색이 돋았지만, 이는 어디까지나 임시방편이지 결코 치료는 되지 못하였다.

10월 23일 퇴원하여 김덕성 소아과에 들렀더니 원장님께서 모든 진단결과에 대하여 "그것이 아니기를 바랐건만 기어이 오고 말았구면."이라고 혼잣말처럼 말하며 애석해하신다. "그동안 저희 일로 수고가 많았습니다. 염치없이 폐를 끼쳐드려 죄송합니다."라고 사죄의 말씀을 드리니, 오히려 "젊은이들의 간절한 소망에 부응해 주지 못한 것 같아 미안하오."라고 인사 말씀을 하시기에 "원장선생님께서는 최선을 다하셨습니다. 다만 저희들이 박복하고 하나님 앞에 죄인으로 줄줄이 애들을 가슴에 묻어야 하는 신세가 원망스러울 뿐입니다."라고 대답하며 원장님 말씀을 뒤로 하고 병원을 물러나오니 원장님께서는 문밖까지 배웅을 해주신다.

그 후 며칠 있다가 신태인 우체국으로 김덕성 원장님께서 직접 전화가 걸려왔다. 한방으로 치료해 보겠다는 한의원이 있으니 애를 업고 한번 와 보라는 것이다. 우리가 돌아간 후로, 백혈병으로 판명이 난 이상 양방으로는 치료할 수 없었으므로 김덕성 원장님이 광주시내의 유명한 한방의원 10여 곳에 일일이 전화를 걸어 우리 종호의 병 증세와 그동안 당신이 치료한 내력을 설명하면서 양방에서는 백혈병이라 더 이상 손을 쓸 수 없으니 혹 한방으로 치료할 수 있는 비방이 있는가 하고 물어 보았다. 그러나 다들 치료할 수 없다고 하였는데 다만 한 곳 황금동에 있는 동강한의원에서는 치료할 수 있다고 응답해 왔다. 그곳 한의원은 백혈병을 일종의 풍으로 다스려 치료할 수 있다고 하니 '천우신조로 회생할 길이 있다면 다행한 일이 아니겠는가.' 하는 기적 같은 일말의 희망을 안고 10월 27일에 광주로 내려가기로 했다. 그때 김덕성 원장님은 "내려와서 반드시 내 병원으로 먼저 와서 진찰을 해보고 그 한방병원에 가도록 하라."고 말씀하셨다. 그리고 김덕성 원장님은 동강한의원 원장님과 조건부로 치료해 보자고 제의했다. 즉 '치료를 시작하여 얼마가 걸리든 간에 병에 대한 치료 효과가 현저하게 나타날 때까지는 무료로 치료하고 효과가 나타난 뒤부터는 치료비를 지불한다.'는 조건이다.

이렇게 하여 찾아간 동강한의원에서는 첫날 원장님이 진맥을 하고 나서는 "풍의 일종으로 다스려 특별히 조제한 비방 약으로 치료가 가능하다."며 무슨 금고 같은 데서 환약을 가져오는데 노란 환약을 하루에 6알을 먹이는데 반드시 계란 노른자로 환약을 갈아서 묽게 하여 아침에 3알, 점심에 2알, 저녁에 1알씩을 먹이란다. 그렇게 1주일을 먹이고 애를 업고 다시 오라는 것이다. 이렇게 해서 진맥을 마치고, 귀중하게 여겨지는 약 42알을 얻어 가지고 돌아오는 길에 진맥한 내역과 약을 보일 겸해서 김덕성 소아과를 들러서 집으로 돌아왔다.

이렇게 하기를 네 번째 하고 나니 애는 애대로 지치고 기진하여 자꾸 까라져만 가는 것이다. 이에 김덕성 원장님과 나는 꺼져가는 생명에게 더 이상 고통을 주어서는 안 되겠다는 의견의 일치를 보고 그 후로는 내려가지를 못하였다. 그해 초겨울 따라 유난히 추운데다가 애의 몸은 자꾸만 지쳐 가는데 정신만은 초롱초롱하게 맑아 못 할 말이 없이 종알대고 있었다. 입맛이 없다고 하여 죽을 쑤어주면 "이런 죽만 먹으니 무슨 힘이 있어야 일어나지." 하고 어른 못 할 소리를 하는가 하면, 귀도 어두워지는지 무슨 말을 하면 "크게 말해." 하며 소리를 지른다. 죽기 며칠 전부터는 눈도 잘 보이지 않는 단다. 이렇게 사형선고를 받아놓고 기다리는 식구들.

위로 어머니께선 "늘그막에 얻은 손자새끼들을 둘이나 날리고 종호를 6살이나 먹도록 금이야 옥이야 온갖 정 다 들여 길러 놓으니 저놈마저 날리고 나면, 나는 어찌 살거나. 내가 너무나 오래 살았다. 하나님도 구차한 이 늙은이를 데려갈 일이지 어찌 저놈마저 데려가려는지 원망스럽기 한량없다."며 날이면 날마다 눈물로 지새우고 있을 뿐이다. 우리 두 내외 역시도 위로 셋을 줄줄이 가슴속에 묻어야 했으니 아내의 눈에서도 눈물이 마를 날이 없었다. 점옥이 동생에게도 시집가기 전, 파마하러 다닐 때에 강아지처럼 졸랑졸랑 따라다니며 온갖 재롱을 다 떨고 다녔던 조카다. "세상에서 우리 종호 같이 예쁜 애기는 없다."며 마치 제 자식처럼 기르던 조카가 병석에서 깨어나지 못하고 사그라져가고 있으니 비록 앞 동네로 시집은 갔어도 매일같이 집에 들러 애통하기는 매한가지, 이처럼 종호는 우리 모두의 가슴속에 묻힐 수밖에 없었다.

12월 24일 우체국에서 숙직근무를 하고 다음날 아침에 돌아오니 전날 밤 조용히 눈을 감고 숨을 거두어 산에 내다 버렸노라고 한다. 예기했던 일이지만 허망했다. 세상이 텅 빈 것 같다. 나도 살고 싶지가 않았다. 허망하고 괴로운 세상 조용히 잠자듯 눈을 감고 죽어버렸으면 좋겠다는 생각뿐이다. 남도 부끄럽고 아무 의욕도 나지 않아 우체국에도 결근했다. 3일 만에 신태인 우체국에서 동료들이 찾아왔다. "국장님께서 나와서 근무는 하지 않아도 좋으니, 놀더라도 여러 사람들이 모여 있는 곳에 나와 놀아야 한다고 데리고 나오란다."며 나가잔다. 그래서 따라 나섰다. 그동안 먼저 날린 두 놈들은 나에게 이토록 큰 슬픔을 안겨 주지는 않았었다. 그러나 이번만큼은 절망감이 앞서 도무지 아무 의욕이 없어졌다. 그래서 논 한 필지 있는 것마저 팔란다고 내놓으니 동아시 송연주 씨가 사겠다고 나서서 쌀로 49가마에 팔아 버렸다. 이제는 아낄 것도 없고 있는 대로 먹고 쓰고 사는 데까지 살다가 어서 죽었으면 하는 생각뿐이었다. 이때의 우리 집의 분위기는 개미새끼 한 마리 살지 않는 빈 집처럼 적막만이 깃들 뿐, 세 식구는 소리 없이 눈물과 한숨으로 지새우고 있었다.

경호의
탄생

이렇게 지난 5년은 슬픔과 고통 속에서 살았는가 하면 내 평생의 소원이었던 안정적인 직장도 갖게 했으니 세상만사가 새옹지마란 속설이 틀린 말은 아닌 것 같다. 기쁨과 슬픔, 선과 악, 참과 거짓, 빛과 어둠, 사랑과 미움 등은 항상 이웃하고 다니는 단짝이듯이 나에게 더 이상의 고통이 없기를 바라고 기도하며 살아가고는 있지만 모든 것은 하나님의 뜻에 의지할 수밖에 없지 않겠는가. 그렇게 위로 아들 셋이나 점지해 주셨건만 나의 박복하고 불성실한 삶으로 말미암아 한 놈도 지키지 못하고 하늘나라에 먼저 보내버리고 말았으니, 무슨 염치로 또 아들을 갖기를 바라리오. 오직 주어진 복대로 딸아이 하나 달랑 남아 있는 우리 경희, 다른 집 아들 못지않게 성실하게 키우리라 다짐하며 1966년은 시작되었다.

음산했던 한겨울을 지내고 우수 경칩의 절기를 맞이하니 꽁꽁 얼어붙었던 대지도 풀리고 양지바른 곳에는 파릇파릇한 새 싹이 틀 무렵, 나와 아내는 경희를 데리고 신태인에 허름한 방 한 칸을 얻어

다시금 살림을 나갔다. 지난 몇 해 동안 광풍이 휩쓸고 간 허허로운 벌판에 외따로 남아 있는 빈집처럼, 고적한 집에는 늙으신 어머니만 홀로 남아 계셨다. "늙은 것이 죽지도 않고 살아있어서 금쪽같은 내 손자 종호를 데려가려거든 차라리 나를 데려가지 하나님도 무심하시다."고 원망하며, 비탄의 고통 속에서 지루한 나날들을 외롭게 지새우고 계시는 초라한 어머니의 모습은 늘 나의 환영(幻影)에서 어른거리신다.

막상 살림이라고 다시 나갔지만 달랑 세 식구 아침을 끓여먹고 나는 우체국으로 출근하고 나면 어린것과 단둘이 남아있는 아내는 단칸방에 누워 천정만 바라보며 지난 일들을 회상하며 흘리느니 눈물이요 한숨뿐, 봄날의 긴긴 날 하루하루가 지루하여 출근한 남편을 목이 빠지게 기다려도 해가 다 져서야 돌아오니, 생활에 무슨 낙이 있겠는가. 사람이란 몸이 고된 것도 괴롭지만, 하릴없이 무료한 생활도 괴롭기가 그지없는 것이다. 더욱이 악몽 같은 지난 일들을 잊기 위해서는 한가롭게 홀로 앉아만 있는 것은 병(우울증)이 되었으면 되었지 결코 아무런 도움이 되지 않는다.

그러자 4월에 들어서서는 아내가 다달이 있던 것이 없는 것으로 보아 태기가 있는 것 같은데 이렇게 좁은 골방에서 눈물이나 질질 짜며 낮잠만 자는 것보다는 활동거리를 만들어 정신을 다른 곳으로 돌려야겠다고 생각하고 신태인 시장거리에 나가보았다. 그랬더니 여자들이 희나리 고추와 고추씨를 혼합하여 고춧가루를 만들어 가지고 서울로 올려다 판다고 난리들이다. 그걸 보고 집에 돌아와 아내에게 그 말을 해 보았다. 그랬더니 자기도 그렇게 해 보겠단다. 그래서 고춧가루 두 포대를 만들었다. 우리는 그때 그 가짜 고춧가루가 인체에 해가 있었다는 것을 몰랐다. 방앗간에서도 인체에 아무 해가 없으며 색소는 과자나 빵 같은 것에 첨가해 사람들이 먹고 있다고 하기에 우리들도 그 고춧가루를 집에서 음식에 쳐 먹었다.

여하튼 그렇게 해서 4월 중순경에 고춧가루는 화물로 올려 보내고 아내는 두꺼비같이 육중한 경희를 업고 서울 신촌 노고산동 큰고모님 댁으로 올라갔다. 아내를 서울에 올려 보내고, 나는 신두리를 왔다 갔다 하며 지내게 되었다. 아내는 서울에서는 고춧가루를 달동네나 빈민촌에 다니며 팔아야 되기 때문에 신촌 노고산동과, 공덕동, 서대문 아현동 같은 동네를 돌아다니는 것이 대부분이었는데 산비탈 길을 오르내리며 들독 같은 애를 업고, 머리에는 고춧가루를 이고 다닐 적에 바람이라도 불라 치면 고춧가루가 눈 속에 들어가 눈이 따끔거리고 아픈 것이 고생이었단다. 어른은 그래도 눈물이라도 흘리고 손으로 비벼가며 참는다지만 등에 업힌 경희는 강그라지게 울고 보채며 애를 먹인 적이 한두 번이 아니었단다.

그때 서대문 아현동에 정읍 가는들 이모 둘째딸 정순이가 살았다. 그곳에 정순이 남편이 팔아주겠다고 해서 고춧가루를 두 말이나 가져갔는데 나중에 돈을 받으러 가니까 고춧가루는 다 팔았는데도 수금이 안 되었다며 차일피일 미루다가 떼어먹어버리니 장사해서 번 이익은 애먼 놈에게 다 떼이고 겨우 경비 빼고 본전 남짓 건질 수가 있었다. 처음부터 돈을 벌 목적은 아니었지만 그 고생 다해서 헛수고한 것이 애석하다. 그리하여 5월 말경에 집으로 내려오니 40여 일간의 슬픔을 떨쳐 버릴 수가 있어서 당초의 목적했던 효과는 거둔 셈이다.

그동안 뱃속의 어린 것은 건강하게 커 갔으므로 이제는 태동도 시작하면서 배가 제법 볼록해졌다. 이렇게 하여 그해 여름을 그곳 단칸방에서 지내는데, 바로 옆집 효심이네 집이 샛문만 열면 통할 수 있는 집이라 서로 오며가며 그럭저럭 지내고, 선들바람이 불기 시작하면서부터는 뱃속에 있는 태아는 더욱 건강하게 움직인다. 한편 1966년 9월 1일자로 나는 행정서기보에서 행정서기로 승진하면서 동시에 감곡우체국 업무담당으로 전근발령이 났다. 신태인에서 감곡은 십 리 길밖에 되지 않았으므로 별 문제는 없이 자전거로 출퇴근을 하고 있었다. 그곳에서 그 유명한 일 못하는 황규진이가 업무담당으로 있으면서 엉망으로 만들어 놓은 곳을 두 달 동안 깔끔하게 정리해 놓으니 느닷없이 전통이 날아와 11월 1일자로 익산우체국으로 전출발령이 나는 것이었다. 큰일이었다. 출산일이 오늘내일 하는데 기차통근을 해야 하는 익산우체국. 감곡우체국으로 전근한 지 겨우 2개월밖에 안 되는데 또다시 전출발령이라니, 세상에 배경 없고 돈 없는 사람의 인권은 이렇게 짓밟혀도 된다는 말인가. 권력자들이 하는 짓이니 어디에다 대고 하소무책이다.

다음날 새벽 통근열차 편으로 이리우체국으로 출근하여 전입신고를 하고 2일간을 통근하였다. 3일째인 11월 3일은 학생 독립운동의 날 공휴일이었으므로 출근하지 않고 집에서 쉬고 있는데 저녁밥을 먹고 설거지를 하고 나더니만 아내가 어찌 배가 돌린다고 하며 방으로 들어간다. 그래서 나는 급히 김상준의원으로 달려가 소독한 가위와 소독약품을 좀 달라고 하니, 김상준 원장이 눈을 부릅뜨고 날더러 "이 양반이 큰일 날 소리 하네!" 하고 핀잔을 주며 정 간호사를 불러 어서 해산 왕진 준비를 하란다. 그리고 바로 내 뒤를 따라와 방문을 여니, 아내는 혼자 고통을 참아가며 벽에 기대고 앉아 있었다. 김 원장이 방에 들어가 산모 엉덩이에 주사 한 대를 놓고 바로 산모를 반듯하게 눕게 하고는 산모의 배를 요리저리 만지더니 두 손가락으로 태아의 어깨를 살짝 돌리며 힘쓰라고 산모에게 이르니 순식간에 태아가 쑥 밖으로 나와 버린다. 그러자 정 간호사가 태아를 기저귀로 감싸 가지고 양수를 닦아내며 "고추에요!" 하고 소리를 지른다.

이렇게 해서 태어난 애가 바로 경호다. 뒤이어 원장님이 산모의 배를 2~3분 어루만지니 곧 후산(胎)까지 수월하게 마치고, 태를 잘라내어 출산은 20분 만에 무사히 끝냈다. 그때 우리 두 내외는 새롭게 기쁨이 충천했다. 어느 누가 아들을 낳았다고 이토록 기뻤을까. 이제야 비로소 첫 아들을 낳은 것 같았다. 하나님은 나를 버리시지 않았구나, 지성이면 감천이라 하지 않았던가. 내 비록 못나고 무능했어도 못된 짓 않고 살고자 하는 나의 뜻을 하나님께서는 헤아려 주시는 것이라 생각하니 감개가 무량하다. 진심으로 하나님께 감사 기도를 드렸다. 다음날 이 기쁜 소식을 신두리에 알렸더니 어머니께서도 더없이 기뻐하신다. 그러나 이리우체국으로 출퇴근하자면 통근열차밖에 없는데, 산모가 꼭두새벽부터 일어나야 하니 큰 걱정이다. 호사다마라고 나는 왜 이리 고단하게 하는 일마다 꼬이는지 모르겠다. 하필이면 왜 이리우체국으로 발령이 난단 말인가. 이 난국을 극복하자면 우선 아내하고 상의하고 다음으로 어머니와도 상의해서 신두리 집을 정리하여 어머니를 신태인으로 모시는 것이 최선의 방법일 것 같았다.

내가 젊었을 때의 소원은 두 가지였다. 첫째는 절대빈곤에서 탈출함이요, 둘째는 내 자식들에게는 내가 못 배운 한을 풀기 위하여 국내학부 4년제를 졸업시키는 일이었다. 그러나 위로 세 놈의 사내아이들을 거듭 날리고 나서부터는 아무런 의욕도 없이 무료하게 한 해를 보냈다. 그러고 나서 태어난 애가 경호(사내아이)였다. 나에게는 천하와도 바꿀 수 없는 보물이었다. 새로운 삶의 의욕이 솟구쳤다. 그리하여 생각해 낸 것이 위 두 소원을 이루고 나면 내 힘이 닿는 데까지 노력하여 적어도 세 아이의 백혈병을 치료하여 죽음으로부터 구출하는 데 도움을 주겠다고 생각했다.

그래서 당초의 소원 두 가지는 이미 이루었으므로 세 번째 숙제(소원)로 백혈병 재단에 기부하기로 결심했다. 그래서 2004년부터 새생명지원센타(한국사회복지협의회)에 100만 원을 시작으로 2009년까지 575만 원을 기부했고, 2013년 1월부터 2014년 5월까지 천안 직산읍 산호아파트 경비로 취업하여 벌어들인 돈 약 2,000만 원과 정년퇴직(우체국) 후 생활비를 극도로 절약하여 저축한 돈 5,100만 원, 도합 7,100만 원을 2015년 2월 17일에 한국 백혈병 어린이 재단에 기부하였다.

이는 내가 당초에 생각한 세 아이의 백혈병 치료에 만족한 금액이 못 된다고 생각되지만 내가 흡족한 금액을 저축하기에는 앞으로 몇 년이 걸릴지도 모르는데 그러다가 졸지에 내 죽음이 앞당겨진다면 모든 계획이 허무하게 무너지겠기에 부랴부랴 서둘러 7,100만원을 기부함으로써 1인당 2,500여만 원 꼴로 도움을 줄 수 있겠다 싶어 기부한 것이다. 이후로 내가 몇 년이나 더 사는지 모르지만 여건이 허락하는 데까지는 추가로 더 기부하고픈 생각이다.

경호, 서강대 전자공학과 수석합격 시. 1985년 2월

어머니의 발병으로부터
운명까지

　이렇게 어머니를 모실 수밖에 없었던 것은, 내년이면 어머니께서 칠순을 맞이하는 노인인데 홀로 계시도록 방치할 수 없을 뿐만 아니라, 이번에 머슴애 손자를 보았으니 어머니도 기꺼이 응하시리라 생각되었기 때문이며, 아내 역시 애가 둘이나 되니 어머니의 손길이 필요할 것 같아서였다. 그리하여 신태인 석유집 뒤에 있는 신자네 집 방 2개짜리를 얻어 11월 15일 이사를 했다. 이삿짐을 대충 정리하고 늦게 저녁밥을 해 먹었다. 아직 잠자리에 들기 전이다. 부엌에서 아내가 나에게 무슨 말인지 언짢은 말을 한 것 같았다. 그런데 어머니가 어지럽다며 앉아계시다가 바로 쓰러져 버리는 것이다. 그래서 왜 그러시느냐고 베개를 갖다 베어드리려는데 바로 토해 버리며 아무 말씀도 못 하시는 것이다. 정신을 놓아버리신 것이다.

　급히 김상준 원장님을 불러 왕진을 해 보니 바로 뇌출혈로 쓰러졌단다. 응급처치만 하고 의사는 돌아갔으나 어머니는 의식불명인데다가 몸을 완전히 부려버리셨다. 김상준 원장님이 하루에 한 번씩 왕진을 다녀가며 주사만 놓고 자꾸 주물러 드려야만 한단다. 이러한 어머니를 뉘어두고 그 다음날 익산우체국으로 출근하여 이러한 집안 사정을 이야기하고 연가를 5일간 얻어 집에서 어머니를 간호했다. 2일 후에 어머니의 몸을 뒤척이고 보니 등 뒤에 온통 물집이 부풀어 있었다. 그 물집을 다 터트리고 소독약으로 소독하고 주물러 드리기를 하루에 5~6회 실시하고 3일이 지나니, 물집자리가 꼬독꼬독해졌다. 그리고 5일 만에 어머니는 몸을 조금씩 움직이시더니 10일 정도 지나니까 의식이 돌아왔다. 그러나 말씀은 어둔해지고 정신은 흐리며 발병 전과는 완전히 다른 어머니가 되신 것이다. 차츰차츰 음식도 드시고 나중에는 화장실에도 다닐 수 있었으나, 치매현상이 같이 오고 말았다.

나는 익산우체국 업무과 조리담당으로 통근열차 편으로 출근하게 되었으나 이런 사정으로 업무과 서명환 과장님에게 집안 형편을 말씀드리고 다시 신태인우체국으로 보내달라고 하니, 과장님 말씀이, "어떻게 자기가 데리고 있는 부하를 다른 데로 보내달라고 말하는가. 차라리 승진시켜 달라고 하면 내가라도 청장님한테 쫓아가겠다. 그러나 다른 데로 보내달라고 하는 것은 네가 일을 못하여 퍼버리겠다는 의사 표시가 되기 때문에 나로서는 못 하는 것이니 그 일이라면 네가 직접 청에 가서 사정하여 가는 것은 안 말릴 테니 알아서 하라."는 것이다. 그리하여 광주로 체신청장님 댁을 찾아가서 나의 어려운 사정을 말씀드렸더니, 청장님께서 내 사정에 공감하시면서 잘 알았으니 돌아가라신다. 그 후 1주일 정도 있다가 1967년

4월 5일자에 신태인우체국으로 전근발령이 되었다.

이렇게 해서 아내는 새벽밥을 해야 했던 고통에서는 벗어날 수가 있었다. 그런데 어머니께서 처음 발병 당시엔 의식을 잃고 누워만 계셨다가 의식을 회복해 가지고는 치매기가 심한 데다 중풍에 흰 오리가 좋다고 해서 거듭 몇 마리를 해 드렸더니 몸도 비대해지시고 식욕도 왕성해져서 무엇이고 자꾸 잡수시려고만 하신다. 내가 저녁때 퇴근하여 어머니께서 계시는 방문을 열고 "어머니 저녁식사 하셨어요?" 하고 인사를 드리면 "아니, 누가 밥을 주어야 먹지, 안 먹었어." 하고 대답하신다. 그런데 윗목에는 저녁식사를 하고 난 빈 밥상이 그대로 놓여 있어 "저 밥상에 밥을 다 잡수셨네." 하고 되물으면 "몰라 언제 먹은 밥상인가." 하고 엉뚱한 대답을 하신다. 이렇게 치매에다 식욕까지 왕성해지시니 큰 탈이었다. 어머니께서 원하시는 대로 다 드렸다가는 하루 종일 화장실을 다니시느라 고역이었다.

그러다가 봄날이라 날이 풀려 따뜻해지자 시장 거리에서 부녀자들이 장구를 치며 놀고 있는 데를 찾아나가시는 것이다. 옷이라도 입고 가시는 것이 아니라, 파자마나 내복 바람으로, 지팡이가 없으니 대신 무거운 작대기를 짚고 나가시는 것을 아내가 못 나가시게 말리기에는 힘에 부치니까 우체국 창구에 고개를 내밀고 또 나가셨다고 신호를 하면 내가 쫓아나가 모셔오기를 수없이 했다. 발병 초기에는 대소변을 받아내다가, 다음으로 손을 잡고 화장실로 인도해드리다가, 소리도 없이 화장실도 혼자 가시고 하시더니만 이제는 밖으로 나가시는 것이 성화였다.

아내 역시 경호를 낳고 몸조리 한 번 못 하고 수발하는 데 힘에 부쳐 탈진 상태에 있었으므로, 큰 작은아버지께서 신태인 장에 오셨다가 집에 들려보시고는 "두어 달 만이라도 내가 모시고 있어 보겠으니 언제 모시고 오너라."라고 말씀하셨다. 그래서 6월경 내가 리어카에 태워 어머니를 신두리까지 모셔다 드렸다. 그리고는 주일마다 어머니를 찾아뵈었다.

그렇게 신두리에 계시기를 6주 정도 되었을 때 어머니를 뵈러 가보니, 정숙이가 잠시 이웃집에 다녀오는 사이 토방에서 넘어져 얼굴이 깨지고 멍이 들어있었다. 자식으로서 그걸 보니 속상하고 마음이 아팠지만, 작은집에서 누가 잘못해서 그런 것은 아니었다. 이런 일은 우리 집에서도 일어날 수 있는 일이 아니겠는가. 작은어머니나 정숙이가 퍽 미안해하기에 절대로 오해하지 않으니 미안해할 것 없다고 말씀드리고는 다시 리어카로 어머니를 신태인으로 모셔갔다.

점옥이 동생은 당시 만경에 있었는데 단칸 셋방살이었다. 매제인 유웅이가 만경면 서기로 발령이 났기 때문이다. 그리고 그때 마침 진우를 낳고 얼마 되지 않은 때였다. 어머니를 다시 모셔 와서도 계속 밖으로만 나가시려는 것은 여일했으므로 아내가 힘겨워하는 것을 알고 있던 점옥이가 어머니를 모시러 왔다. 그때가 9월 하순경이다. 어머니의 발병도 2년 가까이 된다. 이제 어머니를 가장 편하게 모실 수 있는 방법은 비록 별정우체국일망정 내가 부량우체국으로 전근 발령을 받는 길밖에 없다는 것을 알게 되었다.

그리하여 나는 그 이듬해 초에 전근을 희망하여 1968년 2월 1일 자로 발령을 받고 부량우체국으로 옮겨가면서 마침 비어있는 집을 얻어 전세로 이사했다. 그리고 뒤이어 유옹이도 부량면사무소로 전근발령이 나, 4월경에 처음에는 초승동 방천가 외딴집에 이사 왔다가 다시 선인동 박정휘가 살던 집으로 옮기니 어머니도 같이 오셔서 몇 달간 동생네 집에 더 계시다가 8월 하순경에 우리가 사는 집으로 모셔왔다. 그해 6월 29일에 창호를 낳고 아내가 몸조리 중에 있었기 때문에 이레나 지나서 모셔가라는 점옥이 동생의 배려가 있었기 때문이다.

그런데 그때부터 문제가 생겼다. 점옥이 동생네 집에서는 동생이 어머니를 한 방에서 바로 옆에 모시고 잤기 때문에 그런 일이 없었는데, 우리 집에 모셔와서부터는 부엌을 건너 딴 방에 모시고 혼자 주무시도록 하였으니, 한밤중에 대변이 마려우면 당연히 요강에 눌 수밖에 없었다. 하지만 어머니께선 반신불수의 몸으로 요강에서 대변을 보실 적에 항문을 잘 가눌 수가 없다. 당신은 잘 가눈다고 하지만 몸 한쪽이 감각이 없으니 자연 요강 변두리에 누고 만다. 대변을 누고 보면 밖에 똥이 나와 있으니 이를 요강 속으로 집어넣는다고 요강에 똥을 바르고, 손에 묻은 똥은 닦아낸다고 이불이고 벽이고 발라버리고, 그 손으로 흘러내리는 머리카락을 쓸어 올린다고 머리에 얼굴에 온통 똥 천지가 되는 것이다. 그때 내가 어머니와 한 방에서 잤더라면 그런 일이 없었을 것인데, 그리 못한 것이 후회막급이었고 큰 죄를 지은 것이다. 이불을 뜯어 빨고 벽에, 방바닥에 묻은 똥, 어머니 얼굴과 손, 머리에 묻은 똥들을 씻겨드리는 역겹고

하지 않았어도 될 일들을 외려 사서 한 꼴이 되고 말았다. 이렇게 나는 우리 어머니를 학대한 천하에 불효자식이었다.

그해 겨울 한약방 집(지금 점옥이네 집)을 쌀 13가마에 사서 이사를 하고 또 옆에 있는 밭 600평을 이영주 씨로부터 쌀 7가마를 주고 샀다. 새로 이사한 집은 큰방과 윗방, 그리고 윗방 옆에 앞퇴 골방이 있는데 어머니를 그 방으로 모시고 수시로 드나들면서 살펴드리니 이사 오기 전 집에서와 같은 폐단은 없었다. 그러다가 구정 설이 다가오므로 집집마다 나름대로 설빔을 사들인다, 여러 가지 음식들을 장만한다 하며 온 동네가 부산했다. 그리고 섣달 그믐날이 되어 저녁때 아내가 어머니가 주무시는 골방가의 연탄아궁이에서 부침개를 부치고 있을 때 골방에 누워 계시던 어머니께서 "무엇 하냐? 맛있는 냄새가 난다." 하시므로 아내는 한 장을 부쳐, 먼저 어머니께 드렸다. 그랬더니 다 자시고 나서는 "참 맛있다."고 하시니까 아내가 "어머니 한 장 더 드려요?"하고 물으니 "그래 더 다라." 하시므로 한 장을 더 부쳐드려 잡수시고, 나중에 또 한 장을 더 드리겠다고 하니, 고개를 저으시며 "그만 먹을란다."라고 대답하셨다.

그 후 그날 저녁밥도 안 잡수시고, 설날 아침도 안 드시며, 그 이후 식사를 일절 금하시고 물만 드시기를 45일, 음력 2월 16일 새벽 4시에 운명하셨다. 돌아가시기 보름 전부터 내가 어머니 옆에서 잤다. 10일 전까지는 묻는 말에 겨우 대답만 하시더니만 그 후부터는 대답도 안 하셨다. 눈도 감으신 채 운명하실 때까지 숨만 쉬시고 가끔씩 입에 물만 수저로 떠 넣어드리면 그것만 삼키시더니 돌아가시기 전날에는 물도 못 넘기셨다. 그렇게 육덕이 좋으셨던 어머니가 운명하실 때에는 뼈와 가죽만 남고 살은 한 점 남김없이 돌아가셨다.

살아생전에도 험한 고난 속에서 사신 어머니를 돌아가시는 길에서도 고통 속에서 돌아가시게 한 못난 자식인 나는 치상하기 전날까지 눈물이 나오지 않아 울지도 못하였다. 아니 운다기보다도 한시바삐 운명하시기를 하나님께 기도를 드렸다. 내가 그때에 어머니께 안락사를 시켜드리지 못한 것은 어머니를 위해서가 아니라, 죽는 날까지 내 자신이 죄책감으로 괴로움을 당할까봐 겁이 나 그리하지 못했던 것이다. 어머니께서 단식하고 난 다음 45일간은 슬픔이 아니라 옆에서 보기에 괴로움이었으므로 하루속히 어머니의 목숨을 거두어가시기를 간절히 기도했다.

3일 치상으로 명금산 자락에 어머니를 묻고 돌아와서 어머니가 누워계시던 자리를 보니 텅 하니 비어있었다. 그때에야 비로소 그동안 괴로움으로 인하여 감춰두었던 슬픔이 밀물처럼 밀려와 한없는 눈물이 쏟아졌다. 이것이 자식으로서의 어설픈 정이었는지도 모르겠다. 우리 어머니처럼 오직 나 하나만을 위하여 당신의 전부를 희생하신 분에게 만분의 일도 보은하지 못한 나는 천하에 못된 불효자임이 분명하다.

제10부

보람 있었던 일

체신관서에서 36년을 근무하는 동안
한곳에 세 번씩이나 들락거리며 근무한 곳은
오직 신태인우체국이 유일한 곳이다.
그곳에서 보람 있는 일들도 있었으니 그 이야기를 회고해본다.

부부간통사기단의 함정에서
업무계장을 구출하다

    체신관서에서 36년을 근무하는 동안 한곳에 세 번씩이나 들락거리며 근무한 곳은 오직 신태인우체국이 유일한 곳이다. 또한 내 생애에 큰 고난을 겪었던 곳도 바로 그곳이다. 종호를 그곳에서 여의고 가슴에 묻어야 했던 일과 어머니께서 중풍으로 쓰러져 병고와 투병하시다가 작고하시는 일을 겪은 곳이다. 그런가 하면 그곳에서 보람 있는 일들도 있었으니 그 이야기를 회고해본다.

    1970년 7월 1일 나는 세 번째 신태인우체국으로 전보되어 우편주임으로 24시간 교대근무를 하며 신두리에서 출퇴근했었다. 그러자 동년 9월 1일 최동수(가명) 계장이 새로 승진하여 신태인우체국으로 부임하였다. 그분은 나보다 네 살 아래요, 근무 연수로도 4년이 늦다. 그분이 부임하여 우체국의 분위기를 살펴보니 명색에 행정서기는 우편을 담당하고 서무엔 현직 국장의 아들인 기한부서기가 앉아있는 것이 보기가 거북했던 것 같았다. 부임하자마자 나더러 서무를 맡아달라는 것이다. 그래서 나는 내 가정형편상 우편을 보는 것이지 결코 국장님의 부당한 압력으로 밀려나 있는 것이 아니라고 말을 해도 막무가내로 강권하며 하는 말이 "만약 서무를 안 보신다면 나는 차라리 창구담당으로 앉겠다."는 것이다. 그리하여 할 수 없이 다음날부터 내가 서무 일을 보게 되었다. 그때에 그는 나에게 의미 있는 한마디를 던진다.

"문 주사님! 아무리 어려운 처지라 하더라도 돈을 쓸 데는 써야 합니다. 그리고 승진을 해야지요? 내일모레면 10년이 다 되어 가는데 우체국에서 평직원으로 10년 넘게 일하다가 무슨 일이 있어 사회에 나가 구멍가게라도 차리는 처지가 되었을 때 주위 사람들의 '저분은 우체국에서 10년 넘게 말단 평직원으로 근무했다.'는 말과 '저래 뵈도 우체국에서 계장으로 근무한 사람'이라는 말은 천지차이입니다. 쌀 몇 가마 없앤다 생각하고 승진하십시오."

이 말을 듣고 보니 옳은 말이었다. 세상살이는 사회조류에 순응하며 살아야지 청백리에 연연하며 곧이곧대로 살면서 태산처럼 밀려오는 세파를 뛰어넘는다는 것은 어렵겠다는 이치를 이미 알고는 있었지만 내 가슴에 충격으로 받아들여지기는 처음이었다. 나의 잠자는 의식을 최 계장이 일깨워준 것이다. 그때 바로 광주체신청에 있는 친구 주세훈에게 전화하여 10월 중순경에 체신공무원교육원에 입교하게 되었다.

그런데 4주간의 교육을 마치고 근 한 달 만에 돌아와 출근하는 날 누구보다도 반가워해야 할 최 계장이 뚱한 얼굴로 나를 맞아주는 것이 아닌가! 내가 만약 속 좁은 사람 같았으면 오해하기 좋을 정도로 냉기가 돌았다. 그러자 어디서 전화가 걸려오니 당황스럽게 전화를 받는 둥 마는 둥 바로 밖으로 나가는 것이다. '아하! 무슨 일이 있구나.' 하는 느낌이 들어 옆에 앉아있는 신일수(가명)를 숙직실로 불러들여 자초지종을 물었다. 그렇단다.

내용인즉 이러하였다. 내가 피교육차 상경 후에 최 계장은 하루 일과를 마치고 나면 마땅히 갈 곳도 없는지라 외무원(집배원)들과 어울려 막걸리집(물고기집)에 단골을 정하고 한 잔씩 나누고 헤어지곤 했는데 하루는 최 계장이 농담 삼아 "이 집에는 술 한 잔 따라주는 여자가 하나도 없다."고 말하자 주모(술집주인)가 "며칠 있으면 예쁜 여자 하나 데려온다."고 말하더란다. 그리고는 이삼일 후에 여자가 오고부터는 그 여자와 사이가 급속도로 가까워져서 주말이면 외지로 놀러 다니기를 약 2주 동안을 즐겁게 보냈단다. 그러다가 어느 날 밤에 여관방에서 잠자다가 여자의 남편에게 들통이 났다는 것이다. 그날 밤이 바로 사흘 전날 밤이란다. 이 이야기를 대충 듣고 나자 나갔던 최 계장이 들어왔다. 몰골이 험하게 일그러져 있었다. 그때에 내가 먼저 최 계장에게 말을 걸었다. 대충은 들었다며 앞으로의 대책이 있느냐고 물은즉 전혀 대책이 없다는 것이다. 그러면서 "내가 도깨비에게 홀렸는지 무분별하게 술집 여자인줄만 알고 건드렸다가 그 연놈들이 파놓은 함정에 빠졌으니 이 일을 어찌하면 좋을까 모르겠다."는 것이다.

이 일을 국장님도 알고 계시느냐고 물으니, "국장님 뵙기가 창피

하고 낯 뜨거워 아직 아무 말씀도 드리지 않았다."는 것이다. 그래서 일단 국장님께 말씀드리고 그 자리에서 대책을 세워보자고 국장님 사택을 방문하여 국장님께 전후사정을 말씀드렸더니 깜짝 놀라시며 "큰일 났네, 이 문제가 세상에 들통이 나면 최 계장은 파멸이야. 무슨 수를 써서라도 조용히 수습하여 해결해야 해."라고 겁부터 먹는다. 국장님 방문은 별 도움이 못 되었다. 다시 우체국으로 돌아와서는 아까 나갔다가 만난 사람이 그녀의 집안 오빠뻘 된다는 작자로서 무슨 경제신문 부안지국장으로 있는 사람이란다. 그자가 하는 말이 "이 사건을 조용히 무마하기 위해서는 현금 200만 원으로 합의를 보자."는 것이다. 즉 "그 애 남편이 지금 간통죄로 형사 고발하겠다고 고발장을 써가지고 나온 것을 내가 가까스로 그 고발장을 뺏어놓고 우선 합의를 주선하는 것이므로 3일의 여유를 줄 테니 3일 후에 이 장소에서 현금을 가지고 나와 다시 만나자." 하고 헤어졌다는 것이다.

이와 같이 말하고는, 최 계장은 "나는 이대로 잠적할 테니 뒷일은 문 주사님이 알아서 처리해주시오. 내 입장에서 200만 원은 거금입니다. 죽었다 깨어나도 이 돈은 마련할 수가 없습니다. 퇴직금이라고 해야 겨우 2~30만 원밖에 안 나올 텐데, 내가 여기서 어물쩍거리고 앉아 있다가 그놈들에게 수모만 당하고 파멸하느니 지금 바로 튈랍니다. 퇴직금이라도 몇 푼 나오면 우리 집사람에게 전해주세요."라며 도장과 친필사직서를 내놓는다. 그걸 받으며 "최 계장님은 어디로 가 은신해 있든지 매일 나에게 한 차례씩 전화를 걸어주시오. 세상이 제아무리 부패했다 한들 제 여편네의 몸을 미끼로 사기극을 벌이다니, 이 썩어빠진 연놈들의 정체를 추적해서 기어이 진상을 밝혀내보리다."라고 내 말이 떨어지자 그는 바로 잠적해 버렸다.

그리하여 나는 먼저 물고기집 주점 아들을 불러와 그 연놈들이 어디서 무엇을 했으며 그 남편 놈의 이름은 무엇인지 물었다. 그렇게 남편 이름은 채ㅇㅇ이며 태인면 태서리에서 체(떡가루 등을 치는 도구) 장사를 했다는 것을 확인했다. 그리고 다음날 우편운송업무(24시간 근무)를 마치고 집으로 들어가는 박형배와 신일수(가명)를 불러 지금 바로 태인면 태서리로 가서 채ㅇㅇ부부가 체 장사를 했다고 말하며 그들의 살림살이나 생활태도가 어떠했는지를 알아보라고 당부했다. 약 4시간 남짓 후에 그들이 돌아와 말을 하는데 그 연놈들이 체 장사를 그곳에서 7~8년간을 했는데 최근에 계왕주를 하며 곗돈을 몽땅 떼어먹고 잠적했다는 것만 확인하고 돌아왔다고 했다.

이것으로 우선 그들의 정체는 확인한 셈이어서 2~3일 후에 내가 태인에 직접 나가보리라 마음먹고 있었다. 그런데 다음날 오후 2시경, 밖에는 보슬비가 늦가을을 촉촉하게 적시고 있는 음산한 날 어떤 30대 후반의 아주머니가 우체국 창구에 들어서서 사무실 쪽을 향하여 누군가를 찾는 것 같았다. 그래서 내가 그 부인 쪽으로 다가가서 "혹 누구를 뵈러 오셨습니까?" 하고 물으니 "예 계장님을 뵙고 말씀드릴 일이 있어서 왔습니다."라고 대답하기에 내가 "혹 태인에서 오셨습니까?"라고 묻자 "예."라고 대답하기에 뒤로 돌아서 숙직실로 들어오도록 안내했다.

그녀가 찾아온 내력은 이러했다. 어제 신태인우체국 직원이 채가 부부의 뒷조사를 하고 갔다는 말을 듣고 어제 집에 있었더라면 그 연놈들의 내막을 소상하게 말씀드렸을 텐데 어제 출타한 탓으로 못 드린 그 말씀을 드리려고 오늘 일부러 이렇게 찾아왔다는 것이다. 그리고 자기는 채가 부부가 교도소로 끌려가 연놈이 다 같이 징역을 살기 전에는 죽어도 눈을 감을 수가 없다며 이야기를 하는데 그녀는 채가의 처와는 친구지간으로 누구보다도 가깝게 지냈다는 것이다. 그들은 태서리로 약 8년 전에 이사 와서는 비록 체 장사를 해먹고 살지만은 사람들이 성실하게 처신하였으므로 7년 동안은 아무 탈 없이 사이좋게 살았다. 하지만 한 1년 전 그녀가 곗돈 20만 원을 타는 기색을 알고 채가의 처가 돈 30만 원만 빌려 달래서 부족분을 다른 사람에게서 빌려서까지 채워 30만 원을 빌려줬고 이자는 매월 2부씩 제 날짜에 들어오기를 6개월이 지났다. 그런데 그리고는 돈이 뚝 끊겨 두 달, 석 달 계속 연체가 되자 이를 다그쳤더니, "부안에 있는 어장 하는 친구에게 빌려준 돈인데 그 사람이 '사업이 잘 안 풀려 그렇다.'며 차일피일 미루기만 하므로 나도 답답하기 한량없으니 같이 부안으로 찾아가 보자."고 해서 따라나섰다는 것이다.

그런데 부안에 가서는 버스터미널에 앉혀놓고 그 친구를 만나러 간다며 몇 차례를 들락거리다가 해가 저물어 땅거미가 들자 날도 추워서 한데서 마냥 기다릴 수만 없다며 허술한 여인숙에서 한밤중이 될 때까지 기다렸다가 자정쯤에 둘이서 같이 그 친구 집으로 쳐들어가자기에 그런 줄만 알고 의심 없이 여인숙으로 따라 들어가 자정까지 앉아서 기다리다가 깜박 졸고 있는 사이에 채가 놈이 자기를 덮쳤다는 것이다. 그때 이놈을 강간죄로 끌려가게 소리를 질러 이놈을 콩밥을 먹일까 하고 순간적으로 생각도 해 보았으나 내 돈 30만 원을 영원히 못 받을 것을 생각하니 하늘이 무너지는 것 같아 눈물을 머금고 그 수모를 당했다는 것이다. 그 후로는 더더욱 돈 값을 생각은 조금도 하지 않고 떼어먹고 도망친 연놈들이 멀리도 못 가고 지척에서 또 이러한 사기를 치고 있으니 즉시 그 연놈들을 고소해 달라는 것이다. 그리고 필요할 때에는 필히 자기를 증인으로 세워주면 이제는 어떠한 부끄러움도 무릅쓰고 법정에 가서 그 연놈의 사기행각을 낱낱이 밝혀주겠다는 것이다. 특히 친구라는 년이 제 서방을 시켜 자기를 덮치게 한 것을 생각하면 밤에 잠을 자다가도 벌떡 일어나 이 연놈들에게 어떻게 복수를 할꼬 하는 생각으로 뜬눈으로 지새우기를 부지기수라 한다.

당시 돈 30만 원은 쌀값으로 쳐서 50가마 값이다. 이렇게 해서 내가 우리 우체국 직원들을 태인으로 보내어 그들 부부의 뒷조사를 한 이후 다음날 가만히 앉아서 모든 정보를 입수하여 최 계장의 허물을 벗겨주고 역고소로 그 못된 부부를 단죄할 수 있었던 것은 나의 추리가 적중하게 맞아떨어졌기 때문이었다. 이렇게 약 2시간여를 이야기하고 그 부인이 돌아간 시각은 오후 4시가 좀 지났다. 나는 최 계장에게서 전화가 걸려 와야 할 텐데 하고 초조하게 기다리고 있는데 그때 마침 전화가 걸려 왔다. 내가 전화를 받자마자 거기가 어디냐고 묻자 정읍이란다. 나는 즉시 택시라도 잡아타고 우체국으로 들어오라 했다. 그리고 최 계장이 들어오자마자 양면괘지 한 권을 사가지고 신두리 우리 집으로 갔다. 그리고 밤을 새워 가며 전주지방검찰청정읍지청장에게 보내는 진정서를 양면괘지 5매에 써놓고 나니 새벽 2시다.

잠을 자는 둥 마는 둥 하고 새벽밥을 해 먹고 최 계장은 감곡 간이 역으로 나가 송정리행 통근열차편으로 정읍으로 내려가고 나는 신태인우체국으로 출근했다. 최 계장이 정읍역에서 내려 시외버스터미널 옆을 지나려는데 아는 친구를 만났단다. 그 친구가 어디를 가는데 그리 바삐 서두느냐고 묻기에 검찰청에 볼일이 있어 간다 하니, "내가 검찰청에 있는데." 하더란다. 그래서 검찰청에 가지도 않고 부근 다방에 들어가 사건 전말에 대하여 대충 이야기하며 진정서를 내보이자 그제야 빙긋이 웃으며 자기가 접수담당자라며 가지고 간 진정서는 그 친구에게 주어버리고 바로 우체국으로 출근했다.

나중에 알려진 이야기지만, 부안지국장이란 자는 3일 후에 만나기로 한 약속장소에 나가보니 최 계장은 나오지 않고 우체국에 전화해보니 최 계장은 며칠째 출근하지 않는다 하니 잠적한 것으로 짐작하고 바로 그날로 정읍경찰서에 간통죄로 고소장을 제출했으므로, 그 다음날 신태인파출소에는 최 계장의 구속명령이 하달되었다는 것이다. 그들은 자기들이 고소장을 냈기 때문에 최 계장이 연행되어 오기만을 기다리느라 정읍경찰서 주변을 떠나지 않다가 그로부터 3일 후에는 되레 자기들이 정읍경찰서에 구금되어 정읍검찰청으로 송치되었다는 것이다.

이 일을 완전히 수습하고 나서 한 2주일 정도 지난 어느 날 출근하는 최 계장의 얼굴은 꺼칠하니 수축해 있었다. 집안에 무슨 일이 있는가 하고 물으니 "아무 일 없어요. 그런데……." 하고는 말을 잇질 못한다. "그럼 몸이 불편한 거지요?"라고 내가 되물으니 "예."라고만 대답할 뿐, 더 이상 말이 없다. 그제야 짚인 데가 있어 조용한 숙직실로 들어가 "아래 살이 아픈 거지요?" 하고 물으니 그렇단다.

자기 부인과 같이 아파 창피하여 병원에도 갈 수 없고 해서 우체국 옆 구세약국에서 높은 단위의 독한 항생제만 5~6일 먹으니 이제는 위마저 아파 식사도 할 수 없는 처지란다. 익산역전에서 병리실을 운영하는 우리 후배 김병선에게 안내장을 써주어 그곳을 두 번 다녀와 완치되었다.

이 사건을 치르고 난 뒤 나는 한 가지 진리를 깨닫게 되었다. 곧 '모든 죄는 반드시 단죄된다.'는 것, 이를 두고 사필귀정이라 하지 않는가?

두 사촌남매의 취직과
신 국장의 추문 해결

신태인우체국 이춘배 국장님이 거의 퇴근시간이 다 되어서야 국장실로 나를 부르신다. 들어가니 "나는 9월 1일자로 삼례우체국장으로 전근발령이 났네. 그동안 내가 국장으로서의 직무를 수행할 수 있도록 자네가 성실하게 보필해준 것에 대한 감사의 뜻으로 우리 우체국에 O-2(T.O 있는 임시직) 두 자리가 비어있는데, 이제 떠나는 마당에 자네에게 선물로 주고 가고자 결정하고 나니 내 마음이 아주 편하네. 내가 떠나고 나면 그것은 신 국장 몫이 되고 말테니, 내일 즉시 자네 가까운 친척 중에 어려운 사람들을 쓰도록 하게."라고 말씀하시는 것이다. 너무나 고맙고 분에 넘치는 선물을 주시는 국장님에게 무어라 감사의 말씀을 드려야 하는데 말이 나오지 않아, "국장님이 처리하고 가세요. 제가 어떻게 이 막중한 은혜를 감당할 수가 없어요." 하고 겸사의 말씀을 드리니 "장부일언은 중천금이란 말이 있지 않은가? 내가 한번 내놓은 말을 다시 거두지는 않겠네."라는 말씀으로 나에게 그대로 집행하라는 것이다. 그날이 1971

년 8월 29일 금요일 오후 4시경이다.

그때 당시 O-2 임시직 한 자리의 시세(암암리에 돈을 들여 취직하는 경우)가 쌀로 10가마 값을 웃돌았다. 이춘배 국장님은 나에게 쌀 20가마를 거저 넘겨주고 옮겨가신 것이다. 이는 10년 전인 1961년도에 쌀 7가마를 빚 얻어 광주전신전화국에 취직했던 예를 보아도 짐작할 수 있을 것이다. 갑자기 두 사람을 채용하기 위해서 남은 시간은 내일 반나절 4시간밖에 남지 않았으니 누구를 채용해야 할지 고민이다. 2~3일 시간 여유가 있으면 서울에 있는 판용이 동생을 내려오라 하여 채용하고 싶은 생각이 간절했지만 시간관계상 할 수 없이 신두리의 은영이 사촌동생과 정옥이 사촌누이동생을 채용할 요량으로 퇴근하여 두 동생들에게 "내일 12시 정오까지 학력증명서와 호적초본을 각각 한 통씩 떼어 본인들이 직접 가지고 나오라."고 이르고 나는 신태인우체국에 가서 두 사람을 발령할 모든 준비를 완료해 놓고 기다리니 12시가 거의 다 되어서야 은영이와 정옥이가 나왔다. 그리하여 일사천리로 서류를 꾸며가지고 이 국장님 사택으로 가서 결재를 맡아 놓으니 이로써 인사발령이 끝나게 되었다. 은영이 동생은 우편발착 보조요원으로 발착일을 거들라 하고, 정옥이는 이층 교환실로 올라가 교환사무를 견학하도록 하니, 월요일에 새로 부임하는 신 국장님이 어떠한 이의도 제기할 수가 없도록 완벽한 인사발령이 이루어진 것이다.

그 후 20여 일이 지나 음력 추석 명절이 다가왔으므로 두 도생들이 함께 쇠고기 2근, 정종 2병, 사과 1박스를 이 국장님 댁으로 보내드리게 함으로써 인사를 갈음하였다. 그 뒤 채 3개월도 못 되어 은영이 동생은 나와는 한마디 상의도 없이 신태인우체국을 그만두고 말았다. 그 소식을 듣고 나는 얼마나 서운했는지 모른다. 이럴 줄 알았으면 차라리 그때 채용 당시 쌀 5가마씩이라도 받아 이춘배 국장님을 드렸어야 했는데 하는 후회가 되었지만 어찌하랴, 은영이 동생의 복이 그뿐인 것을……. 만약 은영이 동생이나 그 자녀들이 이 글을 혹 읽는다 하더라도 나에 대한 오해 없기를 바란다. 다만 우리 자식들에게 '이 세상은 내 의지대로 순리만 존재하는 것이 아니고, 고난과 역경, 수치를 당해도 참아내고 순종해야 할 경우가 많다.'는 것을 일깨우고 싶을 뿐이다.

각설하고 그리하여 9월 1일 새로 부임하시는 신상철(가명) 국장님이 전날 밤을 호남여관에서 유하고 나오셨다. 전 직원에게 부임인사를 마치고 국장실로 들어가 자리에 앉자마자 뒤따라가는 정연수 계장과 나에게 대뜸 하시는 말씀이 "이 우체국에서는 그동안 이춘배 국장과 문금용이가 짜고 우체국업무를 독단 처리했다던데 그게 사실이냐?"인 것이다. 이에는 그에 상당한 이유가 있었다. 당시 신태인우체국에는 잡무수직으로 신일수(가명)이란 사람이 있었는데 그에게 환금창구를 맡기니 환금업무를 취급하는 과정에서 경찰관이 범인을 심문하듯 한다는 소문이 퍼지고 있었으며, 내가 뒤에서 보아도 신분확인이라기보다 심문하듯 하는 고객응대가 마음에 걸려 몇 달 후에 담무를 변경했던 것인데 이것을 가지고 나와 이 국장님에게 감정을 갖게 되었던 것이며, 이번에 국장님들의 전출입 2일 전에 내 사촌들이 한꺼번에 둘이나 새로 채용되어 들어왔다는 것은 무슨 꿍꿍이속이 있다고 보았던 것이다. 그러자 새로 부임하는 국장 이름이 신상철(가명)인지라 같은 일가임을 기화로 전날 밤 여관에서 유숙하는 신 국장님을 찾아가 미주알고주알 고자질을 했던 것이다.

나는 행정서기로서 서무를 맡지 않으려고 했으나 지난해 새로 부임한 최동수 계장의 간곡한 권유로 서무를 맡아보다가 최 계장이 정읍으로 전근가고 정연수 계장이 새로 와서도 그 자리에 앉아 있을 수밖에 없었으므로 할 수 없는 처지에서 서무를 보는 것이지 나야 24시간 교대근무 하며 신두리에서 농사짓기를 희망했던 터에 나도 이에 질세라 "좋습니다. 저는 편제상 우편주임자리가 제 자리입니다. 저는 제 자리로 돌아가겠으니 서무자리는 저보다 유능한 사람에게 맡기십시오." 하고는 국장실에서 나와 버렸다. 그랬더니 신 국장님이 노발대발하며 즉시 삼례우체국 이춘배 국장님에게 전화를 걸어 "이 국장! 자네가 신태인우체국에 가면 믿고 일 맡길 사람은 문금용밖에 없다고 했는데 첫 들머리에 나에게 박치기하고 대드는 놈을 믿으란 말인가?" 하고 전화통에 대고 호통을 치는 바람에 삼례에서 이춘배 국장님이 택시를 잡아타고 신태인우체국에 도착한 것이다. 국장실로 들어가시며 이 국장님이 나에게 "성질 하고는, 첫 들머리에 박치기했나?" 하시며 빙긋이 웃으신다.

이춘배 국장님은 신상철 국장님과 점심을 같이하신 후 돌아가셨고 정연수 계장이 "네가 잘못은 없다만 그렇다고 선은 이렇고 후는 이렇다는 말 한마디 없이 서무를 그만두겠다고 문을 박차고 나오는 것은 잘못이야. 나도 성질 급하다마는 너는 나보다 더한다."라고 말한다. "지렁이도 밟으면 꿈틀하는 법인데 거두절미하고 날더러 이 국장과 짜고 독단 처리한다는 게 옳은 말이어?" 라고 응수하니 정 계장이 "그러지 말고 네가 수하고 그래도 신 국장님이 상사 아니냐? 그러니 지금 들어가 아까 일은 잘못되었노라고 사과하고 나오너라."라고 말한다. 그래서 마음에 내키지는 않지만 국장실로 들어가 "아까는 제가 경솔했습니다. 용서해 주신다면 앞으로 최선을 다하여 국장님을 보필하겠습니다."라고 사과말씀을 드리니 아무 응답은 없어도 느낌이 싫지는 않는 모양이다.

그 후 한 달 남짓 이춘배 국장님께 하던 식으로 성심껏 섬겼다. 그리고 10월 20일경에 전주체신청에서 나에게 1971년 10월 22일자로 원평우체국 금산사분국장 직무대리명령을 내리니, 신상철 국장님은 청 인사계 김홍근 계장님을 전화로 불러 이놈 저놈 해가며 호통을 치는 것이다. 그리고는 "신태인에서 내가 믿고 일할 사람은 문금용 하나밖에 없는데 나와 상의 한마디 없이 알짜를 빼가고 그 무지렁이 같은 황○선이를 발령하는 것이 말이나 되느냐?"고 야단이다. 그러나 나는 불안했다. 만약 내 발령이 취소라도 된다면 나에게는 큰 손실이기 때문이다. 신 국장님의 전화가 끝나 조용해진 틈을 타, 국장실에 들어가 "국장님 저는 10년 만에 승진할 발판을 겨우 마련했다 했는데 제 발령이 취소라도 된다면 저는 여기서도 근무 못 해요."라고 말하자 "걱정 마, 내가 그런다고 발령 취소야 시키겠는가? 자네를 빼가려거든 쓸 만한 일꾼을 보내 주었어야지 황 서기 같은 사람을 보내주니 화가 안 나겠나."라고 대답하신다. 부임

첫날 나와 부딪치고 이춘배 국장님이 다녀가신 후 나를 겪어본 신 국장님은 자기에게 고자질한 신일수(가명)를 같은 일가이면서도 매정할 정도로 미워했던 것이다. 그렇게 나는 금산사우체국으로 전보되고 아내와 어린 새끼들 사남매는 추운 겨울에 이사하기도 어설퍼서 신태인 안식일교회 사택 방 한 칸에서 지내도록 하고 주말이면 내가 한 번씩 집을 다녀가곤 했는데, 그때마다 신태인우체국을 먼저 들러 보고 집에 들어가는 것이 습관이 되어 있었다.

그러니까 그날도 연말이 가까워 올 무렵의 어느 날 신태인우체국에 들어가니 나와 친밀한 박형배 친구가 나를 보더니 "형님! 큰일 났어요. 신 국장님이 이○숙이를 덮쳤다는 소문이 번져나가고 있는데 큰일이네요. 신태인우체국에 똥칠을 했으니 말이에요." 이 말을 듣고 "며칠이나 되었는가?" 하고 물으니 "한 삼 일 정도 되나 봐요"라고 대답한다. 그래서 나는 급히 이층 교환실로 뛰어 올라갔다. 마침 김봉순 부장이 당번이기에 교환휴게실에서 다른 교환원들은 다 내보내고 나와 단둘이서 이야기하는데 내용인즉 이러했다. 신상철 국장님이 부임한 이래 매일 아침 조회시간이 빨라야 30분씩이며 긴 때는 한 시간도 걸린단다. 교환원들은 물론 전 직원들을 반찬 먹은 강아지 잡듯 하고 있으니……. 전임 이춘배 국장님은 평소에 싫은 말씀 한마디 않던 것에 비하여 호랑이 같은 국장인지라 무슨 약점이라도 잡히면 국장 퇴출운동을 일으키고자 하는 것이 전 직원의 심정이었다는 것이다. 당시 신 국장님은 호남여관에서 하숙하고 있는데, 마침 그 여관집 딸 하나가 우체국 임시직원으로 다니고 있었다. 점심시간에는 교환휴게실에서 점심을 같이하며 신 국장님의 험담을 늘어놓는 과정에서 누군가가 "혹 국장 하숙방에 누가 찾아다니느냐?"고 물은즉 "언젠가 한번 보니 이ㅇ숙이가 다녀간 것 같다"고 말하니, 이미 신 국장의 별명이 여자를 좋아하는 물개라는 것을 알고 있던 일인지라, 여자들의 육감으로 이ㅇ숙이를 불러다 놓고 죄인 심문하듯 닦달을 했던 모양이다. 아무 말 없이 돌아앉아 울고만 있는지라 이를 묵비권적 시인으로 간주, 이때부터 전 직원이 알게 되고 대외로 퍼지기 시작한지 3일째 되었단다. 이 소문이 퍼지면 아무리 강골인 신 국장도 이곳을 떠날 수밖에 없지 않겠느냐는 계산이었다고 한다.

그때에 나는 김 부장에게 이렇게 반박했다. "어찌 하나는 알고 둘은 모르느냐?"고 "신 국장님은 이곳을 떠나면 그만이지만, 상처는 이곳 신태인우체국에 크게 남게 되는 것을 그리도 몰랐단 말이요?"라고 말하자 "무슨 상처가 나요?" 하고 되묻는다. "우선 김 부장 여동생은 어떻게 여울래요? 나도 내 사촌 여동생이 이곳에 있기 때문이오. 이곳에 있는 미혼 여직원들은 한 쒸기 속에 든 물고기 신세가 된다는 것을 미처 몰랐소? 밖의 사람들이 이 소문을 듣고 다른 직원들은 다 깨끗하다고 믿을 사람이 얼마나 있겠소?"라고 다그치니 김 부장 역시 뜨끔하여 안색이 변하며 "그럼 어떻게 해야 할까요?"라고 묻는다. "결자해지지요. 교환실에서부터 시작하시오. 이후 교환실은 물론 전 직원이 어느 누가 묻더라도 극구 부인하고, 벌컥 성부터 내고 동시에 아무것도 아닌 것을 가지고 왈가왈부 해대면 우체국의 명예훼손으로 고발하겠다고 엄포를 놓으면 그들은 더 이상 입을 열지 않을 것이며, 혹 친절한 사람들에게 말했던 적이 있는 직원들은 그 사람을 찾아가, 나중에 알고 보니 전혀 사실무근한 일이 더라고 발뺌부터 하면 더 이상은 번져가지 않을 것이오."라고 수습 방법을 일러 다짐을 해 두고 나는 집으로 들어갔다. 그날은 신 국장님을 찾아뵙지 않고 모르쇠를 했으며, 다음 주 귀가 시에 우체국에 들러 그 이후의 추이를 들어보니 그대로 소문은 잦아들고 말았다는 것이다. 이러한 일련의 사실이 신 국장님 귀에 들어갔음은 자명한 일이다.

그 후 신년 초에 신상철 국장님은 삼례우체국장으로, 삼례우체국 이춘배 국장님은 신태인우체국장으로 맞바꾸어 전보 발령이 나 이 춘배 국장님은 신태인을 떠난 지 4개월여 만에 다시 원상태로 복귀하시게 된 것이다. 그로부터 몇 년 후에 신상철 국장님은 서울 모 우체국장으로 전보되어 계시면서 그 정을 잊지 않고 수하인 나에게 보고 싶다며 서울에 오는 길이 있으면 꼭 한번 들러달라는 안부전화가 여러 차례 왔었던 것이다.

두 번째 들어간
감곡우체국

　감곡우체국은 본래 별정우체국이었으나 1970년 9월 1일부로 일반우체국으로 변경된 드문 우체국 중의 한 곳이다. 별정국 시절인 66년 9월 1일자에 내가 행정서기(9급-8급)로 승진과 동시에 그곳 업무담당으로 발령받아 동년 10월 31일까지 꼭 두 달 동안 근무한 곳이다. 당시 내 전임자 황규진은 직급이 행정주사보(7급)인데 부량우체국 업무담당으로 전보되면서 내가 그 후임으로 들어가게 된 것이다. 그때 나는 그곳으로 발령되리라고는 전혀 생각조차 하지 않고 있었다. 내가 발령 났다는 소식은 나보다 먼저 그곳에서 알아서 자체서기인 조 주사(이름은 잊었음)가 전화를 걸어와 발령을 환영한다며 알려준 것이다.

　그리하여 감곡우체국으로 부임하고 보니 명색이 국가공무를 수행하는 기관이라고 하기에는 너무나 어울리지 않아 양아치들이 기거하는 쓰레기장을 보는 것 같았다. 겨우 고객들이 드나드는 공중실과 그들의 시야에 비치는 곳만 좀 빤할 정도였다. 심지어 서류창고와 화장실은 사람이 드나들 수조차 없을 형편이다. 개국한 지가 2년이 넘었건만 모든 문서가 접수조차도 되지 않고 창고 한구석에 산더미처럼 쌓여있다. 서가에는 제대로 편철된 장부 하나가 없다. 그리고 전주저금관리국에서 보낸 현금사고통지서가 여기저기 마치 가을 단풍잎처럼 나뒹굴고 있다. 화장실에 가보니 환금사고통지서를 화장지 대용으로 쓰고 있는 실정이었다. 개국 이래 단 하루도 현금출납일보가 맞아떨어진 일이 없었다는 것이다. 거기에다 대고 자체서기 조 주사의 말이 가관이다. 일주일에 2일씩만 출근해서 업무를 잘 가르쳐만 주면 모든 것은 자기들이 처리해 나가겠다고 하니 일반적인 상식으로는 이해가 가지를 않는다.

사실 자세한 내용인즉 이런데 먼저 전임자인 황규진의 인물 분석부터 할 수밖에 없다. 전북체신청 관내에는 성도 이름도 직급도 출신지도 똑같은 황규진이란 이름의 두 사람이 있었다. 다만 생년월일과 일하는 능력이 다를 뿐이다. 그러므로 그들에게는 자연스레 별호가 이름 앞에 따라붙게 되었는데 하나는 나이가 위인 황규진이로서 일 잘하는 사람이고, 다른 하나는 나이 덜 먹은 일 못하는 황규진이다. 일 잘하는 황규진이는 체신청에서도 근무한 적이 있는 유능한 사람으로 이름이 나 있고, 다른 하나는 그 사람 말만 나오면 고개를 썰썰 내두르는 형편없는 사람이다. 그러므로 황규진이라고만 하면 반드시 다음에 일 잘하는 황규진이? 일 못하는 황규진이? 하고 구분해 달라는 질문이 따라붙으므로 아애 처음부터 일 잘하는 황규진이, 혹은 일 못하는 황규진이라고 구분해서 부르게 된 것이다.

바로 내 전임자가 일 못하는 후자에 속하는 자이다. 그 사람은 감곡우체국에 와서 한 달에 3일 이상 근무한 사실이 없었다고 한다. 그 3일은 무엇인고 하니 16일에 봉급청구, 25일에 봉급수령, 월말에 각종 월말보고서가 끝인 것으로 한 달의 업무를 다하고 매월 봉급은 물론 시간외수당까지 다 타먹고 지냈다는 것이다. 더도 말고 매주에 2일씩만 출근하면 한 달에 8일 이상 출근하는 편이니, 출근하는 날 우리가 잘 모르는 일만 가르쳐주면 다른 업무는 자기들이 알아서 사고 없이 우체국을 운영해 나갈 자신이 있다는 것이다. 등잔 밑이 어둡다는 말처럼 바로 인접국에서 몇 년을 근무했건만 이러한 요지경의 세상이 있었다는 것도 처음 알았다. 그럼 왜 일 못하는 황규진이를 청에 진정하여 제대로 일을 시키지 않았느냐고 하니, 그 사람의 배경이 광주체신청 시절부터 보아주고 있어 진정해 보아야 소용없는 일이란다. 그 사람의 배경, 즉 조○환이란 분은 광주체신청에서 사무관으로서 인사계장, 감사계장 등의 요직들을 두루 섭력한 실권자이기 때문이다.

이러한 모든 실정을 파악하고 나니, 나는 어디에 먼저 손을 써야 할까 하는 엄두가 나지 않는다. 그날 하루는 현황 파악만 하고 다음 날에 출근하여 간밤에 잠마저 설쳐가며 생각한 대로 우선 전주저금관리국에 장문의 편지를 써서 발송하고 다음으로 창고에 폐지처럼 쌓여있는 문서들을 정리하기 시작하여 이틀을 꼬박 보냈다. 그러자 관리국에서 역시 장문의 회신이 왔다. 내용을 요약하면 감곡우체국은 전주저금관리국 관내(전라남·북도, 제주도, 충청남도)의 500여 우체국

중에서 제일 성적이 불량한 사고우체국이라는 것과 새로 부임하여 정상우체국으로 만들려고 노력하는 귀하에게 경의를 표한다는 말과 함께 동봉한 9월 4일자 잔고를 기준으로 수습해나가는 과정에서 잘 이해되지 않는 대목이 있을 때 전화만 주시면 성실하게 도와주겠다는 것이다. 그리하여 1966년 9월 5일 일보부터는 정상적인 현금출납일보가 발송되게 되었다. 그리고 부임 1주일 후인 9월 8일에는 신태인우체국에 나가 감곡우체국이 갖추어야 할 비치장부를 만들어 가져갔고 그다음 날부터는 국장님에게 각목과 합판을 사 달라 하여 약 3일간에 걸쳐 서가를 서류창고에 설치하고 정리하니 명실상부한 우체국의 면모를 갖추게 되었다.

이렇게 해서 걸린 시일이 13일. 부임 2주 안에 외모는 일신시키고 백지 장부의 내용은 평일 근무시간에 짬짬이 정리하니 한 달 안으로 모두 정리를 마감하게 되었다. 이에 당시 서 국장(이름은 잊음)님은 나에게 감사한 마음을 말로 다 표현할 수 없다며 극구 칭찬을 아끼지 아니하였다. 그 한 달간의 점심은 국장님 사택에서 마련해 주셨다. 이렇게 한 달간의 각고 끝에 모든 것이 정리되었으니 신태인에서 자전거로 편하게 출퇴근하고 있는데, 뜬금없는 인사의 횡포가 나에게 엄습해 왔다.

꼭 부임 후 두 달 만인 11월 1일자에 이리우체국에서 나정근(전에 이리우체국에서 같이 근무한 동료)이 행정주사보로 승진하여 내 자리로 오고 나는 또다시 밀려나 이리우체국으로 전근할 수밖에 없었다. 그로부터 2일 후인 11월 3일에는 천금보다 귀한 내 아들 경호를 낳았으니 호사다마라는 말이 나에게도 비껴가지 않았다. 아내는 산후

몸조리도 못 하고 새벽 통근 밥을 해야 했으며 그 시기에 어머니 혼자서 신두리에 계셨으므로 살림을 합치면 상호 도움이 되리라 짐작하고 그달 20일경에 방 두 칸짜리 전셋집으로 이사를 하던 날 밤에 어머니마저 중풍으로 쓰러지시니 설상가상으로 집안일은 꼴이 아니게 되었다.

그 고통스러운 와중에서도 5개월간을 기차통근을 하고는 더 이상은 버틸 수가 없어 광주체신청장님 댁을 찾아가 사정을 이야기하고 신태인우체국으로 다시 보내달라고 간청하니 잘 알았다는 답변을 듣고 돌아와 기다리니 5일 만인 4월 5일자에 신태인우체국으로 전보되어 옮겨와 그 어려웠던 고비를 간신히 넘기게 되었던 것이다.

그로부터 어언 12년간의 세월이 흘러 행정서기(업무담당)에서 행정주사 국장으로 승진하여 1978년 2월 22일자에 금의환향한다 싶게 돌아오니 감개가 무량하였다. 그사이 감곡우체국은 별정국에서 일반국으로 변경되었다. 그리고 전임 국장님은 과초금 사고로 중간에 퇴임하는 불행을 당한 사고국으로 3개월 동안 국장이 비어 있던 자리에 내가 부임하고 보니 국 내 분위기가 말이 아니었다. 당시 업무담당 행정서기 김면수는 국장 직무대리까지 하면서 눈코 뜰 새가 없이 바쁜 형편인데도 전신원 박한섭과 창구요원 김복순은 손가락 하나 까닥 않고 잡담이나 하며 놀고 있었다. 사무실 청소도 업무담당 혼자서 하고 있고, 출근 역시 박한섭은 9시 5분 전이고 김복순은 9시 땡 하면 나타난다. 김복순이는 당시에 전주체신청 방호계장(사무관)이 제 오빠 김ㅇ곤이라는 배경으로 오만을 부리는 것은 정말 목불인견이었다.

그 후 며칠 있다가 우연히 김면수의 인사기록카드를 보니 행정서기로 승진한 지가 9년이 넘고 있었다. 그걸 보고 나는 깜짝 놀라 김면수를 불러 "서기 승진이 9년이 넘었는데 왜 승진을 않고 있느냐?"고 물었다. 그러자 "저는 승진을 못 해요."라고 대답한다. "왜 못 해?" 하고 되물으니 "제가 부산에 있을 때에 견책처분을 받았거든요."라고 대답하는 게 아닌가! "견책처분의 소멸시효가 3년이란 걸 몰랐단 말인가?" 하고 소리치니 "그런 게 있었어요?"라고 반문한다. "아무리 욕심이 없었다 치더라도 자기에게 돌아오는 밥그릇은 챙겼어야지!"하고 핀잔을 주고 나서 인사기록의 상벌란을 살펴보니 약 7년 전에 받았던 견책처벌의 기록이 있다. 이는 그때 술을 먹고 숙직실에서 잠자다가 연말 청 특별단속반에 걸려 받은 처벌이다. 이를 두고 김면수는 자기는 평생 승진 못 하고 서기로 있다가 정년퇴직하는 줄 알았단다. 그날이 금요일 오후였으므로 즉시 정읍우체국장실로 전화하여 주말에 공경택 국장님이 전주 집으로 가신다는 것을 확인하고, 다음날 오후에 국장님 댁을 방문하였다.

어제 예고해 두었기 때문에 국장님은 집에 계셨다. 김면수에 대한 자초지종을 말씀드리니 "진즉 했어야 할 사람인데 늦었구려."라는 반응으로 보아 어려운 일은 아니겠다고 생각하고 돌아왔다. 월요일에 출근하여 김면수에게 "내일이라도 바로 정읍우체국장실로 찾아가 뵈라."고 일렀다. 그해 6월경에 김면수는 행정주사보로 승진하여 정읍우체국 주재 우정연구소에서 근무했다. 천성은 고운 사람인데 그가 술을 너무 좋아했던 탓인지는 모르지만 몇 년 후에 들으니 아직 젊은 나이였는데 애석하게 위암으로 사망하고 말았단다.

그리고 1978년 9월경에 2~3년에 한 번 꼴로 전화가입사무 특별 감사를 받았다. 그때 지적된 사항으로 가입자가 감곡단위농협장 명의로 되어있는 전화 한 대를 일반 개인이 사용하면서 전화요금까지 연체시키고 있으니 해지 처리하라고 지적을 받은 것이다. 그 전화가 설치되어 있는 장소는 본래 조합 건물이었다. 그런데 전임 조합장 김석규가 조합장 명의로 전화가 설치되어 있는 그 다방건물을 불하받아 다방 영업을 하려는 사람에게 세를 내놓았는데 그렇게 되면 마땅히 전화는 반납하고 다시 일반 개인명의로 재가입을 했어야 할 것이다. 하지만 그는 전화를 계속 불법으로 사용하고 있으면서 전화요금마저 연체시키는 무례한 짓을 자행했던 것이다.

즉 그 건물에서 다방을 계속했더라면 비록 전화를 불법으로 사용한다 하더라도 촌에서는 별로 시비할 사람들이 없으므로 별 문제될게 없었다. 그러나 장사가 잘 안 되는 바람에 생긴 일이지만 그렇게 되면 마땅히 김석규가 전화요금을 연체시키지 말았어야 할 일이었던 것이다. 게다가 특별감사에 지적된 사항이었으므로 언제까지나 마냥 기다릴 수만은 없어서 부득이 해지처리하고 전화기는 뜯어왔던 것인데도 불구하고 김석규가 우체국에 들어와 갖은 폭언과 행패를 부리며 응접탁자에 재떨이를 내리쳐 기물을 파손하니 부득이 파출소에 신고 조치했다.

그러자 전에 감곡주조장 사장과 감곡면장을 지낸 감곡면의 거물급 유지인 김영일 씨가 나를 찾아오셨다. 김석규의 행패로 심란해하는 나의 마음을 풀어주고자 하는 심산으로 오신 것 같았다. 먼저 김석규의 철없는 행동에 대하여 힐난하면서 "문 국장님이 참고 이 모든 것이 감곡면에 전화가 절대 부족한 데서 생겨난 일이니 차제에 문 국장님이 전화 증설을 주선해 보시오. 그러면 뒤에서 내가 책임지고 뒷바라지를 해보리다."라고 말씀하시는 것이다.

그리하여 체신청에 전화 100대 증설신청 공문서를 띄우고 가입구역도 진흥리, 오주리, 대신리까지 넓혀내는데 청 전무과에서 세 차례의 출장을 다녀가는 등 분주하게 나다녔다. 그리고 나는 전주로 나가 저녁식사를 대접하는 등 전무과를 상대로 교섭을 게을리하지 아니하였다. 이렇게 활동한 비용이 총 96,000원 정도 들었으며 이를 쌀값으로 치자면 약 네 가마 값이다. 전주에 나가 식사를 한 비용은 영수증을 떼어다 주었지만 출장자 거마비 지출은 영수증을 뗄 수가 없이 일회에 20,000원씩을 주었노라고 김영일 씨에게 말씀드리니 "너무나 짜게 준 것 아닐까? 한 30,000원씩이나 주어야 했을까 몰라!" 하고 아쉬운 여운을 남기기도 했으나 그것으로 일은 잘 진행되어 1979년 6월 말경에 가입구역확장이 공고되고 선로시설까지 완료되었다. 다만 자석식 100대 교환기만 8월경에 설치하면 이미 전화가입신청서를 접수하여 놓았기 때문에 규정대로 승낙해서 개통만 해주면 끝나는데, 하필이면 나는 7월 16일에 이리전신전화 건설국으로 전보발령이 나 감곡우체국을 떠나게 되었다.

그리고 나는 당초부터 김영일 씨와의 약속에서 대신리만큼은 교섭비용을 한 푼도 거출하지 않기로 다짐하고 진행했다. 대신리는 나의 처가 마을로서 그 동네 사람들은 방앗간집 사위가 우체국장으로 와 있다는 것을 다들 알고 있는 처지라서 미력하나마 그 비용만이라도 다른 마을과는 차별해서 혜택을 드려야겠다는 순수한 내 마음이었던 것이다. 그런데 나중에 내 귀에 들리는 바에 의하면 대신리 천촌마을에서는 우체국장과 전화담당직원에게 각각 양복 한 벌씩을 맞춰드렸다는 것이다. 그러니 천촌에서는 내가 양복을 얻어 입은 것으로 알고 있다는 것이다. 결과적으로 천촌마을은 다른 마을보다 훨씬 많은 부담을 하게 된 것이다.

즉 내 후임으로 부임한 김호준 국장과 내 밑에서 나를 보좌하며 섬겼다는 전화담당직원인 박한섭은 진정 양심과 체면도 모르는 무뢰한이며 비열한 사람들임에 틀림없었다. 왜냐하면 그들은 전화증설사업에 손끝 하나 까닥도 않은 사람들이기 때문이다. 그리고 대신리에서는 바보 같은 이장 탓으로 다른 마을보다 오히려 많은 돈을 추렴 당하였기 때문이다.

두 번째 금구우체국에 들어가
있었던 일들

전주중노송동우체국에서 금구우체국으로 옮겨가니 내 친정집에
들어간 듯 오히려 평온했다. 5년 만에 돌아왔건만 전 직원들이 모
두 나를 반겨준다. 해가 복 된다는 말이 이를 두고 한 말인 것 같다.
1995년 1월 중순경에 금구우체국에 부임하니 업무담당이 앳된 처
녀인데 제 애인과 갈등관계가 있어 복잡한 듯하더니 4월경에 결혼
한다며 사직해버린다. 그리하여 업무담당을 조기에 보내달라는 부
탁을 드리기 위하여 김제우체국으로 들어가는데 창구 앞을 지나려
하자 정민자가 나를 보고 잠깐 저를 보잔다. 가까이 가니 "업무담당
건으로 오셨지요?" 하고 묻는다. 그렇다고 하자 "원미화를 데려가
세요. 걔를 데려가면 국장님 맘이 편할 거예요."라고 말한다. 그 말
을 듣고 국장실로 올라가 이인기 국장님을 만나 "원미화를 데려갔
으면 좋겠다."라고 운을 떼자 "걔는 안 돼요. 야간대학을 나가는데
다 딴 일을 맡기려 하고 있어요."라며 일단 거절부터 하는 게 아닌
가. 그리고 "일 잘하는 좋은 사람을 보내드릴게요."라고 덧붙인다.

그래서 내가 다시 한마디 했다. "야간대학은 우리 금구우체국에서 다니기가 더 조건이 좋아. 가깝지 않아? 내 이제 3년도 채 남지 않았는데 그동안 맘이나 편하게 속 좋은 애를 데려가고 싶어서야. 이 국장이 그 애를 못 보내 준다면 업무담당 없이도 나 할 수 있으니까 안 보내줘도 돼." 하고 정색을 하니. 그제야 "문 국장님 부탁인데 그렇게 하세요." 하고 데려가란다.

며칠 뒤에 발령이 나, 걔와 같이 근무하는 동안에는 과연 정민자 말마따나 내 맘이 편했다. 전주대학 야간대를 다니므로 평일 오후에 약 30분 정도 일찍 퇴근시키는 대신 아침에는 약 40분 정도 일찍 출근하니 자기가 맡은 업무처리에 전혀 지장이 없었다. 그렇게 약 2년이 지난 1997년 4월 초에 김제우체국 관리과 오희동 과장이 내게 전화를 했다. "국장님! 금구에 있는 원미화를 보내주실 수 있을까요?" 하고 말이다. 그래서 내가 "김제로 데려가려고?" 하고 물으니 "예. 국장님께서 승낙만 하신다면요."라고 대답하기에 "무슨 자린데?" 하고 되물으니 "이번에 인사담당이 승진하여 공석이 되므로 그 자리에 충원하려고요."라고 대답하는 것이다. 그래서 내가 "그 자리라면 데려가!"라고 대답하자 "예?" 하며 깜짝 놀란다. 그리고는 "그 후임자는 3개월 후에나 충원이 될 건데요?"라며 묘한 여운을 남긴다. "그때 보충해 줘도 돼." 하고 대답하니, 그렇게 하겠단다.

실은 오 과장이 죽산우체국장으로 있을 때 그곳 업무담당과는 장차 뒷일들을 돌보아 주어야 할 정도로 서로 끈끈한 인간관계가 형성되어 있었으며 그 사람을 바로 데려가고 싶었지만 그렇게 되면 자기 사람만 데려간다는 오해를 받을 소지가 있으므로 이를 불식하고 공정한 인사를 한다는 모양을 갖추려고 들러리로 금구우체국을 택한 것이다. 그 이유는 내가 연말이면 정년퇴직하게 되므로 다른 국장들이라면 퇴직을 앞두고 업무담당을 공석으로 비워두고 싶은 사람은 없을 것이기 때문이다. 그래서 나도 오 과장 눈에는 그런 사람으로 보인 것이다.

그러나 나의 생각은 달랐다. 나는 다소 불편하더라도 내가 데리고 있는 부하직원의 앞길에 도움이 될 일이라면 마땅히 그 길을 택해야 한다고 판단했기 때문이다. 그때 내가 오 과장의 심중을 꿰뚫어보고 그의 계획을 간파함으로써 오 과장은 자기 덫에 걸려 큰 낭패를 자초하고 말았다. 이렇게 하여 원미화는 김제우체국의 최초의 여성 인사담당이 되지 않았을까 싶다. 그리고 3개월여 동안 업무담당 자리가 공석이었다가 7월 말경에 행정서기보로 보충이 되었다.

1997년도 3월경엔 안전한 우편물 배달을 위하여 전 가구에 우편수취함 설치를 권장토록 하라는 공문이 각국에 하달되었다. 우편수취함의 시장가격을 조사해 보니 스테인리스강판으로 만든 것은 개당 12,000원이며 일반강판은 8,500원을 호가하고 있었다. 우선 그날 오후에 집배원들과 좌담식을 갖고 의견을 수렴해 보니 대부분의 가구가 8,500원을 내고 수취함을 설치하는 것은 원하지 않을 거라는 부정적인 의견들이 나왔다. 이에 "값을 좀 더 싸게 하는 방법을 찾아보는 것이 어떨까?" 하고 말하니, 무슨 방법으로 싸게 할 수 있겠느냐는 것이다. "스폰서를 구해 보세."라고 내가 말하자. "스폰서가 뭔데요?"라고 묻기에 "스폰서란 어떤 단체의 사업을 금전적으로 후원을 하면 그 단체에서는 후원자의 사업을 광고해 줌으로써 보답하는 일이라네."라고 설명을 했다. 여기까지 의견을 도출해낸 다음 그날은 퇴근들을 했다.

다음날 아침에 모여 "오늘 배달 중에 이 사업에 후원할 사람을 만날지도 모르니 잘 물색들 해 보게."라고 지시하고 나는 연초에 새로 부임한 강성일 면장님을 방문하였다. 강 면장님은 40대 초반의 젊은 면장으로서 이제 겨우 2개월여 사귀었지만 사람이 성실하고 겸손하며 행정에 추진력이 대단했다. 특히 나와는 누구보다도 대화가 되는 분이었다. 그래서 이 사업의 필요성을 밝히고 우리의 계획을 설명드렸다. 그랬더니 "참 좋은 발상이시네요. 혹 제가 도와 드릴 일이 뭐 없을까요?"라고 말하는 게 아닌가. 참으로 뜻밖의 말이다. 나는 좋은 의견이나 있으면 듣고자 해서 왔는데, 지원해 주겠다며 발 벗고 나서는 강 면장님은 고맙기 그지없었다. 그래서 내가 "신포 우리만두 박기남 사장님을 찾아가보고 싶은데, 헛걸음칠까 봐 선뜻 나서기가 뭐하네요."라고 말하자 "아! 그러시면 제가 지금 전화 한 번 해보겠습니다." 그렇게 해서 그날 신포우리만두 박기남 사장으로부터 100만 원이란 거금을 즉석에서 지원받았다. 그리고 박기남 사장은 이렇게 '다짐까지 해준다. "2개월 후에는 제가 여유가 생길 듯하니 그때에 100만 원까지는 추가로 더 지원해드리겠습니다."

확답까지 듣고 돌아오는 내 발걸음은 마치 하늘을 나는 듯한 기분이었다. 그리고 오후에 들어온 집배원들도 금구개인택시 권○○ 사장에게서 100만 원, 가축병원 김○○ 원장에게서 40만 원의 후원을 확답 받았으니 후원금 총액이 240만 원이다. 그래서 우편수취함

제작사인 서울 영등포역전에 있는 만보철강사에 전화해 일반강판으로 만든 것으로 개당 8,500원짜리를 500개 이상 주문하면 6,000원씩으로 해서 공급해주기로 약속하고 일간 내가 그 회사를 방문, 사양의 일부를 변경(빗물이 안으로 스며들지 않게)하여 제작하기로 구두 가계약을 했다. 그래서 금구면 1040여 세대 중에서 우선 설치희망자로부터 자부담 3,000원과 후원금 3,000원으로 구입하여 설치해주는 조건으로 신청서를 받도록 했다. 며칠 후에 집계하니 650세대가 신청했으므로 나는 서울 만보철강을 찾아가 계약서를 쓰고 700개를 주문하고 돌아왔다.

약 일주일 후 우편수취함을 실은 화물차가 도착하였고 수취함 전면에 붙일 은박지 스티커 1,100매를 60,000원에 제작하였다. 문짝에 붙일 스티커는 좌우로 2등분하여 왼쪽에는 신포우리만두의 상호와 전화번호를, 오른쪽에는 금구개인택시와 가축병원의 상호와 전화번호를 인쇄하고 문짝 하단 여백에는 각 가정집의 주소와 호주의 성명을 써서 붙여 주었다. 그 후 미신청자들 350여 세대도 약 두 달에 걸쳐 대부분 신청하여 설치해주었고 형편이 아주 어려운 극빈가구 38호는 무상으로 설치해주었다. 신포우리만두 박 사장이 보내준 추가 후원금 1,000,000원을 더한 총 후원금 3,400,000원과 자기부담금 3,000,000원, 합계 6,400,000원 중 만보철강에 6,240,000원을 결제하고 스티커 대금 60,000원을 지급하고 나니 잔금이 100,000원이 남았다. 마침 우체국 사무실 시계가 초라하여 잔금으로 중형 멜로디 시계를 구입하여 시계 하단에 '신포우리식품 대표 박기남 증'이라 써 넣으니 품위 있고 보기도 좋았다. 그리고 2, 3

일 후에 우체국 운영비 예산을 절약하여 380,000원을 모아 스폰서로 후원해준 세 분에게 크리스탈 감사패를 개당 100,000원씩 드리고 관내 기관장들과 그들 세 분을 초청하여 쇠고기집에 가서 점심을 대접하며 감사패를 증정하였다. 그들도 만족해하였으며 점심 후에 우체국 사무실에 들러 박기남 사장님에게 멜로디 시계를 보여드렸다. 그랬더니 "이렇게 세심한 데까지 배려해 주시니 깊이 감사드립니다."라며 극구 칭찬을 아끼지 아니하였다.

그리고 내가 전주 효자동우체국에 있던 1992년 말부터 6년간을 매년 한 해 동안 보험취급보로금과 저축 장려 포상금을 한 푼도 쓰지 않고 아껴두었다가 연말에 처리하게 된 내력은 이렇다. 우체국에는 매년 연말에 보험모집목표액이 하달된다. 그때에는 전 직원에게 개인별 목표액을 배정하고, 직원들은 자기목표액을 달성하기 위하여 무진 애를 써야만 했다. 으레 보험에 가입하면 선장품을 타갈 것으로 알고 있는 가입자에게 줄 비누나 치약 등이 안 나오는 바는 아니지만, 10만 원 이상 고액가입자에게는 양이 차지 않는다. 그러니 개별 호주머니를 털어 좀 더 나은 물건을 사다가 사례하곤 하였다.

이러한 폐단을 없애고 조기에 보험모집을 달성하려면, 분기별로 나오는 이 포상금을 아껴두었다가 연말경에 쓸 만한 선장품을 구입하여 직원들의 부담을 덜어 주는 것이 값지게 쓰는 길이라 생각했다. 그래서 처음에 30여만 원으로 시작했는데, 이렇게 하기를 6년째 하다 보니 해마다 조금씩 저축액이나 보험모집액이 늘어나 자연 포상금도 증액에 증액이 거듭되면서 내가 금구우체국에서 정년퇴직하던 해인 1997년 말에는 1,040.000원이라는 거금이 되었다. 이 돈으로 광주 양동시장에서 도자기그릇 종류와 스테인리스 재질의 주방용품을 구색을 맞추어 구입해서 선장품들을 지급하니 부담 없이 직원들은 보험모집에 열중하여 조기에 보험모집을 달성할 수가 있었음은 물론, 직원들 상호 간의 화합도 돈독하였다.

당시 6·7급 관서(동·면 단위우체국과 분국)에서는 보로금이나 포상금으로 직원들과 식사나 한두 끼 하고 대부분을 국장들의 활동비로 지출했으나, 나는 욕심을 부리지 않고 전 직원에게 혜택이 골고루 돌아가도록 처리했던 것이 그때 나와 같이 근무했던 직원들의 마음에 지금도 호감으로 남아있는 듯하다. 내가 마지막 근무지 금구우체국에서 정년퇴직 당시 같이 근무했던 직원 6~7명이 19년이 지났는데도 그동안 나를 잊지 않고 매년 한두 차례 나를 저녁식사에 초대하여 주는 정의(情誼)에는 진심으로 감사한 마음 금할 길이 없다.

제11부

재직 중
고통스러웠던 일

'호랑이에게 물려가도 정신만 차리면 산다.'는
옛 고사가 언뜻 머리를 스쳐간다.
지금 와서 회고해 보면 끔찍한 사건을
지혜롭게 헤쳐 나왔다는 생각을 해본다.

익산우체국 업무과장
이O옥(이O창)의 비리

　　1963년 3월 5일 벌교우체국에서 익산우체국(당시 이리우체국)으로 전보되어 부임하니 우체국에서는 운송감시직을 맡긴다. 행정직으로서는 가장 형편없는 직분이다. 하루에도 수백 개의 우편행낭을 발송, 중개, 도착 처리하는 작업으로 철로편 서목폐하, 서목폐상, 서려폐하, 서려폐상, 서목상, 서목하, 서려상, 서려하, 군산선왕, 복편, 육로편으로 연무대왕, 복편을 비롯 5~6편이 있다. 그리고 접수 중개 도착우편물의 구분 등을 운송요원들과 같이 하는 일은 완전 중노동이었다.

　　그렇게 약 3개월을 하고 나니 업무과 조리담당이 원평우체국으로 전근되어 공석이었다. 그 자리를 충원하기 위하여 발착담당 행정서기보 김창수와 나에게 문서 기안용지 1매씩을 주며 문서기안을 해보라는 것이다. 나는 군 생활을 육군본부에서 행정요원으로 있었기 때문에 잘 썼는데 김창수는 내 것만 못한 모양이다. 그래서 업무과 조리(서무)담당으로 내가 뽑혔다. 벌교우체국에서도 서무를 보았는데 이곳에 와서도 서무를 맡게 되다니 나는 서무체질인 모양이다.

그때에 익산우체국 서무과장으로 이O옥(후에 이O창으로 개명) 행정 주사가 있었고 업무과장으로는 이환우 행정사무관이 있었다. 이 두 사람은 서로 앙숙이어서 늘 싸움질을 하는데 오히려 상급자인 이환 우 과장이 이O옥 과장에게 밀리는 형편으로 이O옥 과장은 악착스 러운 사람이었다. 그 후 1년여가 지나는 사이 이환우 과장은 김제우 체국장으로 전출되었고, 이O옥 과장은 사무관으로 승진하여 타국 으로 전출했다가 다시 익산우체국 업무과장으로 부임하게 되었다. 이에 익산우체국직원 모두의 속내로는 반가운 기색이 전혀 없는 분 위기였다. 특히 나로서는 가장 가까이 모셔야 할 처지인지라 과장 의 눈치만을 살피며 살얼음판을 걷는 심정으로 하루하루를 지내고 있는데, 부임하여 한 보름 남짓 지났을 무렵에 나를 부른다.

"우체국 전 계장급에게 내일 우리 집에서 점심을 같이하고자 하 니 자네가 다들 알려주게. 우리 우체국 업무과 조리는 비록 말단직 일지라도 업무성격상으로나 중요도 면에서 계장들보다 못할 것이 없으니 자네도 꼭 참석해야 하네."

큰일이었다. 나를 그 자리에 끼워 넣을 때는 반드시 그 대가를 치 르도록 만들 것이라는 것은 불을 보듯 뻔한 일이다. 나를 제외한 다 른 계장들은 어떠했을까? 그들 역시 심적으로 부담스럽기는 매한가 지였다. 진수성찬으로 잘 차려낸 점심을 먹고 나왔던 사람들 중 아 마도 음식의 제 맛을 느끼며 먹은 사람은 아무도 없을 터이다.

다음날 아침 출근하자마자 과장은 나를 부른다. "내가 이 자리에 부임하고 20일이 다 되는데 자네도 알다시피 이 자리는 판공비 한 푼 없이 일은 많고 부하직원이 많아(당시 업무과 인원이 120명 정도 추정) 여기저기서 크고 작은 일들은 터지는데 이를 감당하기에 내 월급 가지고는 어림도 없을 듯싶네. 벌써 신문기자 그리고 형사들하고 두어 차례나 점심을 하고 보니 노모님 모시고 어린 자식들과 먹고 살기가 난감하군 그래! 그러니 자네가 이 사정을 잘 이해하고 나를 도와주었으면 좋겠네."라고 말하는 게 아닌가. 그래서 우선 우편계 임낙회 계장과 상의하여 전 계장들과 집배장, 교환부장, 노조분회 장들을 불러 모아 집배실에서 회합을 했다. 그 자리에서 계장 다섯 명은 꿀 먹은 벙어리가 되고 교환부장과 노조분회장도 눈치만 보았 다. 가장 연로하신 집배장 김병록 씨가 "한번 손을 벌렸는데 그냥 말 수는 없고 우선 도와주는 방향으로 얼마를 어떻게 거출해야 할 지 상의해 보더라고!"라며 운을 떼자, 전화계장 권익환 씨가 "봉급 날 조리담당이 업무과 전원이 일률적으로 몇 푼씩을 떼어주는 방향 으로 하면 되겠네! 얼마씩을 떼어야 할까?" 하고 방법까지는 내놓 았으나 액수는 다른 사람에게 미루자 노조분회장 배원근 씨가 "60 원씩만 떼면 120명 잡고 7,200원이 되니 그 정도는 해야 하지 않을 까요?"라고 제의하여 모두들 그러자고 합의를 보았다.

당시 내(행정서기보) 월급이 3,700원 정도였으니 사무관 과장 역시 5,200원 정도밖에 받지 못했는데 1964년 7월 25일 월급날부터 과 장에게는 봉투 2개를 전달하여 봉급보다 훨씬 많은 액수의 봉투가 하나 더 안겨지니 과장으로서는 의기충천해 있었을 것이다. 그렇게 해서 3개월째 전달했을 때가 마침 추석을 며칠 앞둔 봉급날이었는데, 집배실 옆을 지나가자니 월급봉투를 받아든 집배원 서넛이 앉아 있었는데 일부러 내게 들으라는 듯 불만의 소리가 흘러나왔다.

"우리는 한 달 내 뼈 빠지게 일하고도 내일 모레 추석이 돌아오는데 집에는 돼지고기 한 근을 선뜻 떼어가지 못하고, 늙은 부모님과 어린것들을 보기가 민망한 판국에 매월 과장에게는 60원씩을 떼이고 있으니 억울해서 못 살겠네. 거기에 20원만 보태면 돼지고기 한 근은 사가지고 들어갈 것 아닌가. 도대체 노조는 뭣 하는 것들이어!"

원망 섞인 푸념들을 늘어놓고 있으니 그때서야 아차! 하고 마치 예리한 바늘로 가슴을 찌르는 듯한 느낌이 와 닿았다. 바로 우편계 임낙회 계장에게 이 사실을 알렸다. 임 계장님 역시 별다른 해결책은 없고 분위기가 더 악화되기 전에 전 직원 거출 건은 다음 달부터 중단할 수밖에 없다는 것으로 가닥을 잡아갔다. 이를 미리 공개하거나 알려서 과장으로부터 반목을 받느니 그때(다음 달 25일)에 가서 거출 못한 사유를 해명하기로 하고 그 다음 달 24일경 다른 계장들을 개별 면담하여 그 사정을 이야기하니 겉으로는 난처한 듯하면서도 내심으로는 다들 환영했다. 특히 노조분회장과 집배장 그리고 교환부장들은 대환영이었다.

1964년도 우체국 보수 사정과 월급날의 풍경을 짚고 넘어가야겠다. 당시 행정서기보(나의 경우)의 월급이 약 4,100원 정도에서 기여금, 공제조합비, 기타 공식적인 거출금 약10% 정도 공제하면 3,700원 정도였으며, 워낙 박봉이다 보니 월급을 타서 현금을 지

갑에 넣어가지고 쓸 수가 없었으므로 모든 지출은 거래처마다 개별 외상장부에 기재하고 외상으로 지출하는 것이 관행으로 이루어져 있었다. 이발비, 세탁비, 목욕비, 짜장면값, 약값, 병원비, 사금고대출상환금, 양품점값, 구두닦이값 등 그 가짓수를 헤아릴 수가 없었다. 당시 익산우체국 부근에 교육금고라는 사채업체가 있었는데 그곳에서 익산우체국 전 직원 200여 명에게 돈을 빌려주는데 보증인으로서 반드시 내 도장을 찍지 않으면 돈을 빌려 쓸 수가 없었다. 그리하여 나는 한 달이면 수십 건씩 사채 청구서에 보증인으로서 도장을 찍고 그 대신 매 월급날에는 모든 공제금에 우선하여 교육금고에 빌린 돈을 떼어 주었는데 한 달에 평균 8~9만 원씩을 떼어 주었다. 이렇다 보니 월급에서 평균 50% 이상을 떼고 나면 한 푼도 타갈 월급이 없는 직원이 부지기수였다. 사정이 이러했으므로 집배원들의 불만은 당연한 것이었으며, 박봉으로 끼니를 제대로 먹지 못하고 죽으로 연명하다 싶게 살아가는 부하직원들의 보수를 착취해가는 이ㅇ옥 과장은 천벌을 받아 마땅한 악한이었다.

그렇게 7, 8, 9월의 월급에서 매월 7,000여 원의 돈을 떼어주다가 10월분 봉급날 과장 월급만 달랑 가지고 가서 그간의 상황을 설명하고 봉투를 내미니, 단번에 과장의 안색이 변하며 아무 말 없이 월급봉투를 받아 책상서랍에 처넣어버린다. 그 후 환금계장 성부남이 가정사로 3일간의 연가를 얻어 출근치 못하였으므로 우편계 임낙회 계장이 출납사무검사를 보아 주었다. 임 계장은 24시간 교대 근무자로서 비번 날에도 출근하였으므로 그달 성 계장 시간외수당에서 3일분을 빼고 임 계장에게 추가하여 봉급청구서를 작성한 것은 업무과 조리로서는 당연한 처리였다. 그런데 그달 월급봉투를 받아본 성부남 계장이 누구의 권한으로 내 시간외수당을 감했느냐며, 당시 환금계 봉급청구담당자인 나정근을 불러 세워놓고 호통을 치는 것이 아닌가. 고성으로 호통 치는 바람에 내가 나서서 "내가 그렇게 하라 했소. 시간외수당은 근무한 실적에 따라 주는 것이므로 3일간의 연가기간에는 당연히 지급할 수 없는 것 아니오?"라고 응수하자. "시간외수당은 보수의 보충적 개념으로 지급하는 것이오."라고 성부남이 항변한다. "그렇다면 병가나 연가로 한 달 내내 근무하지 않은 사람도 시간외수당을 지급할 수 있단 말이오?"라고 내가 응수하는 과정에서 고성이 오갈 수밖에 없었다. 그때 과장석에서 이ㅇ옥 과장이 "문금용 이리 와!"라고 호령한다. 할 수 없이 과장 책상 앞으로 나가니 "네가 뭔데 고성으로 계장과 싸울 수 있느냐? 이 상놈의 새끼야! 네 눈에는 아무것도 보이는 것이 없느냐? 이 개새끼야! 지금부터 당장 조리를 그만 둬!"라고 막말을 토해 내므로 나는 그 자리를 물러나와 우편발착실로 가서 의도적으로 땅을 치며 대성통곡을 했다.

이처럼 그날부터 나는 조리자리에서 물러나 발착담당으로 갔고, 그 자리에는 발착담당이었던 심ㅇ금이란 자가 조리담당으로 옮겨갔다. 이렇게 해서 봉투를 만들어 주지 않을 때부터 과장과 나 사이는 내적으로 껄끄러운 사이였는데 과장으로서는 나를 조리에서 몰아낼 명분을 찾아서 잘된 일이고 나로서는 매일 아침마다 과장 얼굴 보기가 껄끄러웠는데 잘된 일이라고 생각한 것이다. 다만 못된 놈에게서 욕을 얻어먹은 것이 분할 뿐이다.

조리담당으로 옮겨간 심ㅇ금이란 자는 조리 자리가 무슨 벼슬이라도 되는 양 권세를 부렸다. 특히 의도적으로 뻐기는 것은 꼴불견이었다. 이ㅇ옥 과장이 있는 한 그 우체국에는 하루도 더 있고 싶지 않아 고향 가까운 곳 신태인우체국으로 가기 위해 연말 우편물 폭주기가 지난 후 이ㅇ옥 과장 집을 찾아갔다. 그리고 고향 가까이 가서 늙으신 어머님을 모시고 살아야겠다 이야기하니 순순히 받아주어 다음 해인 1965년 2월 1일자로 신태인우체국으로 전근발령이 났다.

그 후 약 3~4개월이 지났는데 라디오에서 '이리우체국 특수담당 직원이 통화등기 속에 든 현금 5,000원을 빼먹은 사건이 발생했다.'고 방송이 나오는 것이 아닌가. 큰일이었다. 그때 특수담당으로 김막동이란 친구가 근무했는데 그 친구는 마음이 착한 사람이었지만 고스톱을 좋아해서 틀림없이 그 친구가 걸려든 것이라 판단하고 전화를 해보니 엉뚱하게도 바로 조리담당으로 위세를 부리던 심ㅇ금이란 자가 아닌가. 다른 특수담당이 연가 중에 심ㅇ금이란 자가 대리근무 하면서 그렇게 사고를 친 것이다. 과장을 비롯한 높은 사람들에게 자주 찾아다니면서 알랑거리다 보니 쥐꼬리만한 월급 가지고는 감당할 수가 없었으므로 그러한 사고를 친 것이리라.

이러한 사건이 터지자 당시 익산우체국장인 손 국장님이 "당신이 일 잘한다고 극구 찬양하던 놈이 통화등기를 빼먹는 도둑놈이었다니 이를 어떻게 판단하면 좋겠소?" 하고 이ㅇ옥 과장을 힐난했다는 소식을 들으니, 사필귀정이라는 말이 맞는 말인 것 같다. 그리고 이ㅇ옥(이ㅇ창) 과장은 전주저금관리국에서 과장자리에 있으면서 부정에 연루되어 정년도 8년여 남겨놓고 면직을 당했으며 퇴직 후에 얼마 있지 않아 50대에 세상을 떠나고 말았다 한다.

산외우체국의
화재사건

정읍 유정리우체국에 1973년 4월 10일에 부임해서 2년 8개월이 지난 1975년 12월 중순경 정읍 산외우체국(별정국)에 불이 나서 우체국이 전소돼 버렸다. 당연히 별정국장은 과실 실화 책임을 지고 지정해지되어 면직되었으므로 청사도 없는 우체국에 국장마저 없으니 정읍우체국에서는 지도계장을 우선 수습요원으로 파견하여 농협 창고를 빌려 임시청사로 쓰고 있었다. 하지만 12월 25일, 그곳으로 파견된 지 1주일 만에 지도계장 김ㅇㅇ(이름이 기억나지 않음)이 사표를 내고 퇴직해 버리니 나를 그곳 국장 직무대리로 발령한 것이다.

당시 정읍우체국장 강병순은 60년대 초에 이리우체국에서 서무 계장으로, 나는 업무과 조리담당으로 일했기 때문에 잘 아는 처지였지만 그는 이유 없이 나를 미워하며 내 자리(정읍 유정리우체국장)에 자기 사람인 강순섭을 보내기 위하여 나를 산외우체국으로 내보낸 것이다. 나를 일반 사고국도 아닌 화재사고국으로 내치는 것은 작심하고 고통을 주기 위한 고의적인 인사였던 것이다. 당시 산외우체국으로 보낸 것은 옛날로 말하면 유배당하는 것이나 진배없는 인사였다.

더군다나 별정국의 화재사고로 별정국장이 면직된 마당에서 국장이 채용한 자체직원들은 모조리 해고되는 것이나 진배없으므로 그들은 당연히 출근하지 않는 것이 원칙이었다. 그래서 정읍우체국에서 국가공무원을 파견하는 형식으로 충원을 하든지 아니면 임시직원을 뽑아 업무를 수행하였어야 함에도 불구하고, 국장직무대행이 알아서 정상업무를 수행하라는 것이다.

그때 할 수 없이 화재사고 전에 근무하던 교환원 한 사람에게 사정사정하여 교환대에 앉혀놓고, 전보배달도급요원인 꼬마에게 또 사정하여 사무실에 앉혀두니 전보가 도착하면 그때그때 배달시키며 교환원이 화장실에라도 가야 할 처지에는 배달원을 교환대에 앉혀놓아야 하였으며, 마침 그때가 연말연시 우편물의 폭주기여서 창구 (우편, 환금, 전신전화, 우표판매 등등)에 밀려드는 그 많은 고객을 거의 나 혼자서 맞아야 하는 절박한 처지로 점심 굶기를 밥 먹듯 했다. 밤에는 숯검정투성이인 임시사무소에 페인트칠을 해야 했으며 우표도 공급되지 않아 꼬마를 칠보우체국까지 보내 내 돈으로 우표를 사다가 팔아야 했다. 이러한 와중인데도 1976년도 초가 되니 보험 모집을 않는다고 호통을 친다. 1주일을 겨우 버티고 사표를 낸 김 계장이란 자의 심정은 다소 이해가 되는데, 거기에다 설상가상으로 김 계장이 근무한 1주일 동안에 전매수입금에서 당시 내 월급의 반액 정도에 해당하는 7,500원을 담당 여직원과 함께 빼먹고 잠적해 버렸으니 이걸 가지고 법적으로 대항할 수도 없고 꼼짝없이 그 돈을 고스란히 내가 변상하고 말았다. 이는 마땅히 감독국에서 책임을 져 주어야 할 문제였음에도 정읍우체국에서는 강자의 횡포로 나 몰라라 해버린다.

그뿐만이 아니다. 내가 그곳으로 부임하여 약 2주일 후에 정읍우체국에서 정식교환원이 충원되었으므로 그동안 아무 대책 없이 일만 시켰던 교환원에게 약 5,000원 정도의 사례를 하고 나니 이리저리 손해가 막급했다. 또한 숙식문제도 그렇다. 잠은 창고 속 사무실에서 목침대를 펴놓고 잔다 치지만 밥까지는 지어먹을 형편이 못되어 밥집을 정해 놓고 먹고 있는데 김치고 시래깃국이고 간에 써서 먹을 수가 없었다. 겨우 감장아찌 한 가지만 쓴 맛이 안 나 그것 한 가지 가지고 삼시 세끼를 먹자니 죽을 지경이었다. 이렇게 두 달 열흘 동안을 죽도록 고생하다가 1976년 3월 5일자로 정읍우체국 환금계장으로 전보되어 갔다.

그 사이에 유정리우체국에서는 새로 부임한 강순섭 국장이 이사 오겠다고 관사 방을 비우라고 한 모양이다. 어쩌면 강 국장은 비워 줄 때까지 기다리고자 했을는지도 모른다. 다만 내 밑에서 업무담당으로 있던 김ㅇ곤이란 자가 배은망덕하게도 우리에게 고통을 가하고자 해서, 하루에도 몇 차례씩 방을 비워달라고 조르니 아내 역시 성깔 있는 사람인지라 "간에 붙었다, 쓸개에 붙었다 하는 간사한 놈! 네가 감히 우리에게 이럴 수가 있느냐?" 하고 험한 말이 나오니 김ㅇ곤 역시 여자와 맞서 싸워봤자 아무 이로울 것이 없었던지 산외에까지 전화가 걸려와 하소연을 해 댄다. 그때 아내는 어린것들을 데리고 참 고생 많이 했다.

　이후 유정리우체국 바로 뒷집 중섭이네 집 작은방 하나가 비어
있어서 그곳으로 살림살이를 옮겨 두어 달 살다가 정읍으로 이사했
다. 그 후 3년 정도 지났을 때, 1979년 10월 말경 전주체신청 총무
과장 강병순과 방호계장 김대곤이 무주지역으로 출장을 갔다. 그리
고 장수지역으로 옮겨가는 길에서 지프차는 도로로 미리 보내고 둘
이서는 등산 겸 하여 덕유산을 넘어가다가 갑작스러운 기상 이변으
로 한파가 몰려와 눈보라와 강풍이 몰아붙이는 바람에 산을 넘어가
지 못하고 산속에서 동사한 끔찍한 사건이 발생하고 말았다. 나에
게는 두 사람 다 같이 덕인은 못 되었어도 사십대 중반에 요절하니
인간적인 연민의 정을 금할 길이 없어 안쓰러운 생각이 들었다.
　두 사람 중 김대곤은 나를 배신한 김ㅇ곤의 형이다. 김ㅇ곤이 유
정리우체국에 오게 된 것도 자기 집이 유정리우체국 옆 마을 오주
리이므로 늙은 부모님을 모시고 집에서 우체국에 다니고 싶다고 사
정사정하기에 정읍우체국 이동영 서무계장에게 전화로 전입요청을
한 것이었다. 그때 이 계장이 "김ㅇ곤이를 데려가면 문 국장이 마음
이 편치 않을 텐데."라고 말한 것은 나와 친구 사이로 나를 위하여
김ㅇ곤의 인간성을 귀띔해준 건데 설마 하고 데려다 놓았더니 제
형의 배경만 믿고 나를 철저히 배신한 것이다. 김ㅇ곤은 제 형이 사
고사한 후 몇 달 있다가, 어느 곳에 가든지 환영받지 못하는 독특한
성격 때문에 전주 동산동우체국에서 쫓겨나고 말았다.

이리전신전화건설국 보급계장으로의 전보

　내가 체신공무원으로 첫발을 내디딘 곳이 광주전신전화국이었으므로 전무사업 쪽이었으나, 곧바로 행정직으로 환직하고부터는 계속 우정사업 쪽에서 17년을 넘게 근무하다가 난데없이 이리전신전화건설국 보급계장으로 1979년 7월 17일자에 발령 받고 보니 전혀 생소한 회계업무다. 말이 회계업무지 실은 전라북도 내에서 취급하는 전무사업물자를 수급해주는 기능을 담당하는 노가다판이나 진배없는 곳이다. 보급계에는 선재와 기재로 나누어 각각 7급(통신기사보)의 출납공무원을 두고 있었다. 연간 수백억 원어치의 기자재가 수급되는 곳이다. 선재는 선로공사 용품인 전선, 케이블, 전신주와 이에 따른 부속품들을 취급하므로 넓은 야적장이 있어야 했고, 기재는 각종 교환기(자동, 공전, 자석식)와 전화기 및 이에 따른 부속품들을 취급하는데 건설국청사 1층이 전부 기재창고였다.

　나는 가자마자 7월 31일을 기하여 연례적으로 제출하는 재고물품조사보고서를 준비해야만 했다. 물품 종류만도 수천 가지를 무엇이 무엇인지도 전혀 모르는 상태에서 내 밑에 있는 직원들이 작성해주는 보고서를 다만 계장이라는 직분 때문에 결재 판에 넣어가지고 국장실로 결재를 맡으러 갔다. 결재 판을 열어본 김형초 국장이 "기재와 선재가 각각 몇 종류나 되는지 파악해 보았소?" 하고 묻는 것이다. 내가 어물거리며 미처 대답을 못 하자, 서류를 그대로 밀어내며 "그런 것도 모르면서 무어하러 왔소?" 하고는 퇴짜를 놓는다. 톡톡히 무안을 당하고 서류를 가지고 사무실로 돌아오니, 다들 그럴 줄 알았다는 눈치다. 그로부터 이틀간 취급 물품의 종류와 연말까지 수급에 차질이 예상되는 물품, 그리고 선재, 기재 공히 주요 물자의 재고를 대충 파악하고 결재서류를 가지고 들어갔더니 그날은 아무것도 물어보지 않고 결재를 해 준다.

그렇게 겨우겨우 지내고 있는데 10월 25일경에 청 감사가 들이닥쳤다. 그 감사원들 중에 김영환 감사는 1977년도에 임실우체국에서 같이 근무했고, 4·29친목회 회원이어서 개인적으로 친절한 처지였으므로 감사는 조용히 진행되고 있었다. 그런데 2일 정도를 감사해보더니, "선재 쪽 전신주에서 무언가 냄새가 나는데 하치장의 재고는 잘 파악하고 있소?"라고 묻는다. "그동안 몇 번 나가 보았지만 재고 숫자에는 별 이상은 없었습니다."라고 대답하니 "문 계장님, 이곳은 우표류나 증표류 재고 파악하는 것과는 전연 다른 변수가 있으니 잘해야 합니다."라고 의미 있는 말을 한다.

그 다음날은 10월 27일이었다. 즉 전날 밤에 서울 궁정동에서 김재규 중정부장에 의해 박정희 대통령이 시해를 당하여 국가적 변란

이 터진 것이다. 그리하여 청 감사도 당초 예정일보다 2일간을 단축하여 10월 28일에 철수해 버렸다. 그로부터 약 2개월 후인 12월 24일에 박영근 보급과장이 창백한 얼굴로 밖에서 힘없이 들어와 응접의자에 앉으며 "문 계장님 이리 와보세요."라고 말한다. 과장 앞 의자에 앉자 "큰일 났습니다. 7m 전주 1,500여 본이 빕니다. 당장 연말공사를 마무리 짓지 못하면 우리는 큰일입니다."라고 말하는 것이었다. 그 말을 듣는 순간 눈앞이 캄캄하였다. '호랑이에게 물려가도 정신만 차리면 산다.'는 옛 고사가 언뜻 머리를 스쳐간다. '여기에서 옷을 벗을 수는 없다. 내가 어떻게 여기까지 왔는데, 나는 정년퇴직 때까지 어떠한 수단과 방법을 써서라도 살아남아야 한다. 내 새끼 사남매들을 모두 대학까지 졸업시켜 내 가슴속에 맺혀 있는 한을 풀어야만 된다.'는 내 스스로의 절규가 소리 없는 영혼의 소리(靈聲)가 되어 메아리처럼 들려오는 듯했다. 그래서 "과장님! 이대로 주저앉을 수는 없습니다. 어떠한 대가를 치루는 한이 있더라도 한번 헤쳐 나가 봅시다. 우리가 여기까지 오는 데 그 얼마나 고통스러운 세월을 보냈습니까? 여기에서 옷을 벗는다면 억울하지 않습니까? 모두들 힘을 합쳐서 풀어 나가다 보면 반드시 풀릴 것입니다."라고 좌절하지 말고 다시 일어서자는 뜻으로 말하자 박영근 과장의 얼굴이 금방 풀리며 "고맙습니다. 문 계장님! 이 사건에 책임져야 할 사람이 모두 8명입니다. 오늘 이후로 저는 밖으로 나가 활동할 것이니 문 계장님은 내부에서 힘써주시면 못 할 것도 없을 듯합니다."

그러나 하루를 자고 나면 전주의 부족분은 100본-200본씩이 계속 불어나 연말결산에서는 700여 본이 늘어난 2,200본에 이른다. 미꾸라지 한 마리가 온 방죽 물을 흐리게 한다는 말처럼, 일개 말단 기능직 피라미만도 못한 놈이 산더미만한 큰 덩치를 꿀꺽한 것이다. 그럼 왜 '당장 그놈에게 변상을 청구함과 동시에 파면조치하지 못하느냐?'고 반문할 것이다. 그러나 그 교활한 놈은 제가 착복한 액수의 1할도 못 되는 적은 금액으로 이미 윗사람들을 거미줄로 옭아매어 꼼짝 못하게 만들어 놓았던 것이다. 이것이 그 당시의 공무원상이고 지금도 이러한 비리가 더러는 은밀히 자행되고 있음이 현실이다.

그날부터 과장은 밖으로 나가 사고 전주를 사다가 공사한 업자를 일일이 찾아가 장물로 공사를 했다는 이유를 들어 한편으로는 위협하고 한편으로는 얼러, 100본을 사다 쓴 업자에게는 그 반절인 50본대를 요구하는 식의 작전을 전개하는 한편, 일반 업자에게는 십시일반식으로 구걸하다 싶게 협조를 구하니 모두들 모르쇠 하지 않고 10~20본씩의 협조를 받았다. 그리고 청 감사실장인 김홍근 씨와는 박영근 과장이 감사원으로 같이 근무한 정으로 해서 잘 통하는 처지였으므로, 우리가 어느 정도 수습할 때까지는 모르는 척해 달라는 것과, 다른 외부 언론에라도 정보가 새어 들어가는 것을 차단하는 문제 등을 잘 처리해 갔다.

한편 나는 우선 관련 공무원 8인 중에서 도적놈인 창고수(조준ㅇ)를 제외한 7인 중 타 관서로 전출해간 4인을 일일이 찾아가 우선 사건의 경위를 설명하고 이해시킨 다음, 50만 원씩을 거출하였으며 자국 내에서는 나와 과장 그리고 국장에게서도 거출하여 350만 원을 확보했다. 그리고 선로과 시외계장 김광수와 시내계장 박영순 씨 두 사람은 이 문제에 관한 한 처음부터 끝까지 도와주지 않으면 안 될 분들이었다. 이 두 사람만이 모든 전주를 소비해주는 주관부서이기 때문이다. 그래서 많은 협조를 부탁하니 적극적으로 협조를 해 주었다.

그러던 차에 누군가가 말하길 구 한전변전소에서 군산 비행장까지 한전 선로가 폐선되어 동선은 다 걷어가고 전주만 그대로 서 있다는 것이다. 한전에 확인해 보니 3년 전에 대구에 있는 업자에게 맡겨 철거시켰다고 하여 계약서 사본만 가지고 대구를 찾아가니 대구 업자는 그때 바로 대전 업자에게 넘겼다는 것이다. 그래서 다시 대전을 찾아갔다. 사람들의 심리를 보아 사실대로 우리 사정을 이야기하면 자기들의 경비를 들여 철거해야 할 형편임에도 반드시 대금을 요구할 것임에 틀림없을 것 같아, 꾀를 내어 거짓말을 했다.

"사장님도 아시다시피 내년 9월에 전라북도에서 전국체전이 개최되는데 전북경찰국장(지금은 청장이지만 당시는 국장이었음)이 우리 체신청장에게 볼품사납게 엉망으로 널려있는 경비전화 선로를 좀 정비해 주었으면 하고 부탁한다는 오더가 우리 이리전신전화건설국에 떨어졌다. 그런데 새 전주로 해줄 수는 없고 헌 전주 재고가 겨우 100본 정도밖에 없어 사장님을 찾아왔으니 그 전주의 철거권을 우리에게 양도한다는 각서 한 장만 써주면 우리가 책임지고 깨끗하게 철거해 드리리다."

이렇게 이야기하자 잠깐 생각하는 듯하더니 "그럽시다." 하고 순순히 각서를 써주었다. 그리고 다음날 나는 질컥질컥하게 눈이 녹고 있는 논바닥을 장화를 신고 빵과 우유로 점심을 때우면서 일일이 체크해 갔다. 그렇게 4시간 동안에 걸쳐 약 8km를 조사하니 사용 가능품이 100본 정도 나오고, 폐기품이 60본이 나와 3일 후에 트럭 2대와 인부 10여 명으로 그 작업을 내 책임 아래 실시하였다. 그때 전북농조 제방으로 8톤 트럭을 진입시켰다가 제방이 무너지며 자동차가 물속으로 빠져 들어가는 것을 마침 부근에서 하천 바닥 준설작업을 하던 포클레인을 불러와 가까스로 위기를 모면하였다. 그리고 며칠 후에 박영근 과장과 나는 대전에 있는 부원콘크리트회사를 찾아가 우리의 사정을 이야기하고 7m 콩주 450본을 350만 원에 만들어 달라고 제안했다. 즉 개당 12,000원짜리가 7,777원씩으로 쳐진 셈이다. 처음에는 안 된다고 한다. 그때 내가 제품 운송은 우리 차로 실어가겠다고 하니, 자기들끼리 다른 방에 가 숙의하고 나오더니 찜찜해하면서도 동종업자의 애로를 이해해주는 것으로 매듭을 지었다.

이렇게 해서 450본을 구입하고, 한전 폐전주를 뽑은 것이 100본, 범인 장본인이 부담한 것이 200본, 시외계장 김광수 씨의 공사과정에서 재사용분이 300본, 시내계장 박영순 씨의 재사용분이 100본, 이렇게 해서 내부적으로 조달분이 1,150본이며, 나머지는 박영근 과장이 외부에서 조달한 1,050본으로 1980년 2월 말경에 완전 마무리를 지었다. 당시 7m 전주 2,200본의 대금 26,400,000원은 내 한 달 봉급 수령액이 겨우 150,000원인 것에 비할 때 약 15년을 모아야 마련할 수 있는 거금이었다. 쌀값으로 따졌을 때에도 880가마 값이니 말이다. 그때에 내가 낸 50만 원은 내 월급의 약 3개월 반 분이 넘는다. 만약 그때 그 일로 내가 옷을 벗을 수밖에 없었더라면 현재의 우리 가정은 존재하지 않았을 것이다. 우리 자녀 사남매는 아마도 거의 대학에 진학한다는 것을 꿈도 꾸어보지 못하였음은 물론, 지금처럼 조금씩이나마 받고 있는 연금도 단 한 푼 받지 못하는 처량한 신세로 전락했음에 틀림없었다. 지금 와서 회고해 보면 끔찍한 사건을 지혜롭게 헤쳐 나왔다는 생각을 해본다.

부량우체국에서
고통을 당하다

 1980년 9월 중에 터진 부량우체국의 전화가입사무 부정사건으로 별정국인 부량우체국이 폐지되고 일반국으로 바뀌게 되었다. 그때 내 친구인 주세훈이 북전주전화국장으로 재직하고 있을 때인데 전북체신청 정덕교 청장님과는 매우 가까운 처지였다. 정 청장님은 역대 청장 중에 가장 신사적인 인물로 꼽히는데 그분은 서울 태생으로 언론계 출신이면서도 까다롭지가 않고 너그러운 덕인이었다. 그러므로 그분은 사람을 알아보기에, 근래에 보기 드문 청백리에다가 일 잘하기로 유명한 주세훈과는 의기투합하여 점심을 자주 하는 사이였던 것이다. 그때 마침 내가 이리전신전화건설국에서 고통을 치르고 있었던 광경을 누구보다도 잘 지켜본 주세훈이 청장님에게 가벼운 마음으로 부량우체국이 고향임을 전제하고 나를 거명하니, 청장님은 즉석에서 승낙하셨다. 그리고 주세훈은 나에게 전화로 그 사실을 알려왔다. 그렇게 하여 1980년 11월 1일자로 나는 부량우체국장(일반)으로 전보되어갔던 것이다.

하지만 막상 부임해 보니 사무실에는 업무담당(행정서기)과 잡무수인 여직원 한 사람 해서 두 명이 앉아 있었고, 교환원 8명 중 숙직근무로 인한 비번을 제외하고 4명이 근무하고 있으나 우체국의 분위기가 썰렁한 데다 어수선한 가운데 국가공무를 수행하고 있는 관공서로서의 기강은 찾아볼 수 없이 엉망이었다. 내가 부임하기 전 약 한 달간은 김제우체국 지도계장이 국장 직무대리로 파견근무를 했단다.

업무담당은 겨우 22살의 애송이 곽ㅇ찬이였다. 아무리 어리다고는 하지만 장차 발전하고 성공하기 위해 일을 열심히 배우고 익힐 생각은 않고, 그동안 자격 미달에 무능력자인 별정국장 박ㅇ영 밑에서 얼렁뚱땅 시간만 넘기면 된다는 습관이 몸에 배어 있어 교환실로 집배실로 사무실로 돌아다니며 잡담이나 늘어놓을 뿐, 시간만 보내다가 오후 4시 반경에는 전주대학교 야간대학을 다닌다고 일찍 나가버린다. 내가 부임하고 얼마 안 되어 교환원 박ㅇ금이 새로 전입해 왔는데, 이 또한 원광대학교 야간부를 다닌단다. 그래도 나는 내가 못 배워 배움에 갈급했던 지난날을 생각하고 다들 편의를 봐주었다.

그렇게 그 겨울을 나고 얼마 있자니 이 두 사람이 등교하라고 일찍 퇴근시킨 그 시간에 학교는 가지 않고 연애만 일삼다가 다음 해 1학기를 겨우 마치는 둥 마는 둥 하더니, 박ㅇ금이 몸이 불어나므로 학교를 그만두고 9월경에는 결혼을 한다는 소문만 내 귀에 들릴 뿐이다. 이때까지도 그들은 나에게는 일언반구 발설하지 않고 함구로 일관해왔다. 저희들에게 면학의 기회를 주기 위하여 하루에 한 시간 정도씩 조퇴시켜 특전을 베풀었는데도 이에 대한 감사는 고사하고 은혜를 배신으로 맞서려는 곽○찬에게 나는 축하해야 할 아무런 명분을 찾지 못하였다.

한편 우리 우체국에는 체신노조에서 끄나풀로 집배원 서○득을 배치해 놓고 있었다. 곽○찬은 매사를 서○득과 상의하며 그의 지배를 받아오던 처지였으므로 결혼준비 역시 그와 의논하며 준비해 나갔다. 그리하여 곽○찬은 결혼을 며칠 앞두고 청첩장 한 장만 쑥 내밀며 "저희들 결혼합니다."라고 한마디를 던진다. 나 역시 내 책상 위에 던져진 그 청첩장만 바라볼 뿐 축하한다는 말 한마디 하지 않았음은 물론 그 예식장에는 참례치 않았다. 그날이 토요일이었으므로 창구에서 금융 업무를 마감해야 했기 때문도 있었을 뿐만 아니라, 평소에 곽○찬의 무례함에 기분이 나지 않았기 때문이다. 이렇게 우체국에는 체신노조 전북지부에 총무부장으로 있는 유진수가 서○득을 통해 나를 감시함과 동시에 나를 견제하고 있었으므로, 곽○찬은 마땅히 내 편에 서서 국장을 보좌하고 국장에게 힘을 실어 주어야 할 업무담당의 본연의 임무를 져버리고 오히려 국장에게 반항하는 하극상의 전형적인 인물이었다.

이렇듯 서○득의 손아귀에서 벗어나지 못하고 나를 배신하기만을 일삼는 곽○찬은 서○득이 자기 처 교환원 안○자를 부량우체국으로 전입시키자 두 쌍의 부부근무자들끼리 동병상련의 동맹을 결의한 듯 자기들이 유리하도록 근무조건을 만들기에 혈안이 되어 있었다. 그러므로 날이 갈수록 자연 갈등관계가 심화되어 우체국의 분위기가 험악해져갔다. 여기에다 김제우체국에서는 계장에게 반항하다가 우리 부량우체국으로 쫓겨나온 집배원 고ㅇ기란 자가 전입해 왔다. 그자는 집인 백산면 석교리(고씨 집성촌)에서 농사를 지으며 출퇴근하는 자로서 농번기에는 9시가 넘어서 출근하는 경우가 다반사였으며, 제 논에 모내기, 김매기, 추수, 타작 등의 작업일에는 그 전날 숙직근무를 하고 내가 출근을 8시 40분경에 했을 때는 자기구역 배달을 다 마쳤으니 들어가겠다고 하니 무법천지가 따로 없었다. 막상 고향에 와서 이런 꼴을 당하는 나는 어느 누구에게 하소연 한번 못 하고 오만 간장을 다 썩히며 하루하루가 좌불안석이었다.

그때 나는 더는 참을 수 없어 타 부처로 옮겨 가보자고 서울에 있는 기세익 면허과장(총경)을 찾아갔다. 혹 총무처에 아는 분이 계시면 타 부처로 옮겨갈 수 있도록 힘써 달라고 부탁하였다. 그리고 약 2주 후에 그에게서 전화가 걸려오기를 "행정주사(6급)로서 단위 기관장을 하며 비교적 편하고 권위마저 유지하며 일할 수 있는 곳은 오직 우체국이 유일한 기관이며 타 부처의 6급으로 옮겨가봤자 말단 당무자로서 나이가 50대가 다 되는 분으로서는 격이 맞지 않으니 한번 재고하여 보고, 그래도 옮겨야겠다면 옮겨드리겠다."는 답변을 들었다며, 날더러 아무리 화가 나고 고통스러워도 좀 참고, 차라리 그곳(부량우체국)을 옮겨 보라는 것이다.

그 말을 들으니 옳은 말이었다. 그러자 감사실장 김홍근 씨가 혹 국무운영에 애로사항이 있으면 그 내용을 통보해 주면 적절히 조치해 주겠다기에, 언젠가 고영기가 월례조회에 9시가 넘어 오는 것을 늦게 온다고 주의를 주니 "제기랄 맨맡헌 놈은 우체국도 못 다니겠다."며 투덜대는 바람에 소란이 한 번 난 적이 있어 그를 전출시켜 달라고 김제우체국에 요구해도 들어주지 않기에 그 이야기를 써서 회신했더니, 며칠 있다가 감사원 하나가 찾아와 그 구체적인 내용을 묻기에 답변해 준 것을 적어 감사실장에게 보고하니 즉시 김제우체국에 징계처분명령이 내려온 것이다. 그러고 나니 노조 측(체신노조 전북지부와 김제분회)에서 매일 밤 전화가 걸려와 "네가 그 자리를 얼마나 버티고 있는가 보자."며 협박을 당하였다. 그리고 두어 달 동안은 조용히 지낸다 싶었는데 대전 쪽에서 전입해온 박ㅇ자라는 교환원이 있었다. 나이가 34세쯤 되었고 그때 고참 교환원인 안 여사와 고 여사가 각각 31세로 교환부장 격으로 있었는데 그들보다도 세 살이나 위였으며, 평소에 말이 많지만 일은 열심히 잘하는 편이었다. 그러나 나이가 적은 교환원들에게는 별 인기가 없는데다가 자기가 나이가 많으니 마땅히 부장이 되어야 한다는 자칭천자 식으로 행세하였다. 거기다가 우체국 분위기가 국장과 맞서서 서ㅇ득 부부와 곽ㅇ찬 부부가 합세한 세력이 대립하는 듯한 암투가 내재해 있으므로 자기가 국장에게 접근하여 저들의 정보를 제공해 주는 역할을 하게 되면 국장은 자연히 자기를 두둔하여 세력화할 수 있지 않을까 하는 계산이 되었던지 그쪽 정보를 내게 암암리에 몇 번 전하여 주는 것이다. 그러나 나는 이미 그 정도는 다 알고 있는 처지로서 그러한 정보를 얻기 위하여 내 편 사람으로 그를 놓아두고 싶은 생각은 없었다. 오히려 그가 우리 우체국에 있으므로 해서 교환실의 분위기마저 사분오열로 갈라진다면 우체국만 더욱 시끄러워져서 아무 득이 없을 것으로 판단, 김제우체국장님에게 박○자를 죽산우체국 쪽으로 보냈으면 좋겠다고 전출요구를 했던 것이다. 이렇게 인사요구를 한 것은 첫째 박○자를 위해서였고, 둘째는 부량우체국의 교환실을 위해서였다. 박○자는 부안군 백산면 금판리에 살고 있었으므로 그곳에서 부량우체국보다도 죽산우체국이 약 1km 정도가 가까웠을 뿐만 아니라 죽산우체국은 교환대 한 대에 교환원이 3명뿐이었으므로 일하기가 편할 것으로 판단되었기 때문이다.

그런데 막상 발령이 나자 바로 고양이가 살쾡이로 변하였다. 그는 즉시 체신노조전북지부에 전화해서 국장이 자기를 연고지도 아닌 곳에 강제로 내쫓아 부당한 인사를 했다는 것이다. 그러니까 노조에서는 현지를 실사해 보지도 않고 다만 부량우체국에 있는 서○득에게 전화하니 서○득의 입장에서는 잘된 인사임에도 차제에 노조에서 국장에게 압박을 가할 것을 염두에 두고 부당한 인사라고 몰아붙이는 전북노조지부의 의지에 동조해 버렸다. 즉 이번 인사는 본래 서○득과 안○자, 곽○찬과 박○금 네 사람에게는 앓던 이가 빠진 것처럼 속 시원한 인사였음에도 불구하고 일이 이 지경으로 터져 이젠 박○자 쪽에서 이이제이(以夷制夷)로 국장에게 고통을 가하게 되었으니 속새로는 쾌재를 불렀던 것이다.

그래서 노조지부장 고형식은 전북체신청장에게 조합원의 부당한 인사를 취소해 달라는 공문서를 띄우고 김제우체국 최병태 국장에게 전화로 협박하며 다그치는 것이었다. 이렇게 해서 청에서는 운영계장(인사담당계장) 이현권이 나와 박ㅇ자를 불러 사건의 경위에 대한 전말서를 쓰도록 했고, 김제우체국장 최병태는 벌벌 떨면서 "문국장 말만 믿고 한 일인데 이 꼴이 되었으니 당신이 알아서 책임을 지시오."라며 나에게 강한 불만을 토로한다. 나는 "걱정 마십시오. 나는 정당하게 요구한 인사이오니 모든 책임은 내가 지겠습니다."라고 대답했다. 뒤이어 청에서 출두명령이 떨어져 바로 청으로 갔다. 이현권 계장에게 들어가기 전에 감사실에서 김홍근 실장님을 먼저 찾아뵙고 개략적인 사건의 전말을 말씀드렸다. "조금도 기죽지 말고 정정당당하게 임하시오."라고 격려하며 나에게 힘을 실어주신다. 그리고 운영계장실에 들어가니 백지를 몇 장 내주며 사건의 전말을 상세하게 쓰란다. 그래서 사실대로 3매 정도를 쓰고 돌아왔다.

그날 오후에는 박ㅇ자가 전말서를 써서 제출하고 돌아왔는데, 난리는 그 후에 일어났다. 박ㅇ자 전말서에는 부당한 인사라는 내용과는 거리가 먼 국장이 독재를 한다는 것과 부량우체국 전 직원이 국장을 배척한다는 내용과 특히 서ㅇ득과 곽ㅇ찬, 고ㅇ기 등이 나로 하여금 체신노조전북지부에 부당인사 취소요구를 하라고 권유해서 전화를 했노라는 내용이 있으니 서ㅇ득, 곽ㅇ찬, 고ㅇ기에게 청에서 출두하라는 명령이 떨어진 것이다.

이쯤 되니 이 세 놈들은 하극상으로 몰릴 위험에 처하자 죽산우체국으로 오토바이를 타고 쫓아가 "너 이년 때려죽일 테다. 이년 나오라. 죽으려면 너나 죽지 왜 우리들을 끌어들이냐?"고 고함을 치며 난리를 피웠던 것이다. 그러자 박○자는 "내가 그렇게 써야 국장을 곤경에 처하게 하고 당신들이 좋아할 줄 알고 그렇게 썼던 것인데, 그럼 달리 써서 제출하고 오겠다." 하고 체신청으로 다시 찾아가, "어제 써낸 전말서가 틀린 것이 있으니 다시 써 내겠다."고 말하자, 운영계장 이현권이 호통을 치며 "자기를 위하여 더 좋은 곳으로 옮겨준 국장에게 감사하기는커녕 국장을 모함하는 당신 같은 여자는 사람도 아니다."고 면박을 주니, 무안만 당하고 그대로 돌아오고 말았다. 청에서는 내 전말서와 박○자의 전말서를 첨부하여 부당한 인사의 원상회복에 대한 답신으로 '본 인사는 정당하게 이루어진 인사였으므로 취소하여 원상회복할 이유를 느끼지 않음을 통보함.'이라 회신하니 이 문서를 받아본 체신노조 전북지부장을 비롯 그 졸개들은 무 캐다 들킨 꼴이 되고 말았다.

그 후 나는 부량우체국에 1년 남짓 더 근무하다가 백구우체국으로 전근해 갔다. 내 후임 국장이 집배원 서○득이 아부하는 술 한잔 얻어먹고 그를 외근에서 내근으로 끌어들여 보험담당을 맡겼다가 보험료를 몽땅 받아 유용해 버리는 사고를 내고 말았다. 이것이 말썽이 나자 감사를 요청하여 밝혀보니 적지 않은 금액을 유용하였음이 적발되어 서○득은 강제 면직당하고 그 퇴직금으로 변상조치 하였으며 자기 부인 안○자로부터는 이혼까지 당하여 졸지에 알거지가 되고 말았다.

글을 마치며

회한

우리 부모의 결혼은 평범한 결혼이 아니라 특수한 결혼이었다는 것은 본문에 자세하게 기록되어 있다. 법리적으로나 애정의 존재여부로 보아 어머니는 당연히 이 집안의 맏며느리였지만 아버지 생전에는 할머니로부터 한 번도 며느리로서의 대접도 받지 못하고 오상고절 추상같은 냉대를 감내하며 사셨다. 막상 아버지가 돌아가시고 나서부터는 원한이 가득할 시부모(나의 할아버지, 할머니)를 극진히 섬기셨던 어머님, 저간의 평범한 부녀자였다면 마땅히 보복지심으로 시부모를 냉대했을 터인데 평소에 다정했던 고부간처럼 정성을 다하여 보살펴드렸음은 가히 덕인이라 아니할 수 없다.

생전에 어머님은 반상교육으로 "애비 없는 호래자식이란 말을 듣지 않으려면 인사갈이 밝아야 하고 못된 짓을 하지 마라. 너는 이 가문의 장손이니 내 땅을 장만하고 공동묘지나 남의 땅에 묻혀있는 조상님들의 유골을 이장하여 선영을 보전하라."고 신신당부하셨다.

이러한 어머님의 반상교육이 아니었다면 나로서도 선영 조성과 가꾸기에 이토록 열정을 쏟지는 않았을 것이다. 또한 '내가 바로 서야 우리 집안도 명분 있는 집안으로 이끌어 가겠다.'는 의지로 나의 말년을 보내고 있음도 사실이다. 지난날들을 회고해보면 마땅히 했어야 할 일들을 하지 못하고 실기함으로써 후회스러웠던 일, 급변하는 세상에 세상 돌아가는 것을 관조하면서 처리해야 할 일들을 너무 서둘러 앞서 감으로써 졸속한 사실로 전락하고 말았던 일, 나 자신의 양심만 믿고 관계자에게 진실을 밝히지 아니함으로써 큰 낭패가 되어 버린 일 등이 있어 지금 생각해도 내 상각이 짧았다고 후회한다.

　세상만사가 옳다고 생각했던 것이 끝나고 보면 더러는 낭패가 되기도 하고, 잘못되었다고 생각한 일이 지내놓고 보면 오히려 잘돼 전화위복이 되기도 한다. 나 역시 우둔하여 지내놓고 보면 실수와 그르침이 많았다고 보아야 한다. 몇 년 전 우리 국민이 존경하던 김수환 추기경도 '내 내면의 마음을 꿰뚫어 들여다볼 수 있다면 여러분은 내 얼굴에 침을 뱉을 것이다.'라고 술회한 적이 있다. 이처럼 성인군자들도 그러할 진데 하물며 나 같은 필부로서는 세상살이에서 어찌 허점이 없었겠는가. 다만 나도 남의 시선에 거슬리는 짓은 자제하면서 살려 했으면서도 속죄하는 마음으로 세 가지 후회스러웠던 것을 술회코자 한다.

　첫째, 우리 아버지의 세 부인 중 둘째부인인 내끼멀댁(金甲秋)이 구호적에 우리들(5남매)의 생모로 등재되어 있다는 점이다. 유독 내끼멀댁은 아버지와의 사이에서 혈육 하나 생산하지 않은 분이다. 지난 1960년경 내끼멀댁은 두 번째 개가하여 남편과 함께 우리 고향 동네로 이사 와서 살게 되었는데 그때 어머니와 내끼멀댁 두 분이 전주지방법원에 출정하여 호적정정신고 한 장으로 어머니는 생모로, 내끼멀댁은 호적상 두 번 개가의 약점이 한 번 개가로 줄여 등재되었을 터인데 그때에는 어찌 그 생각이 떠오르지 않아 실기함으로써 천추의 한으로 남았다. 그러나 우리 어머님은 족보상 아버지 부인으로 60여 년 전에 기록되어 있다.

둘째, 사촌남매(은영, 정옥) 취직문제. 1971년 8월 29일 금요일 오후에 신태인우체국의 이 국장님이 3일 후, 즉 9월 1일부로 삼례우체국장으로 전근발령이 예고되었으므로 남은 시간은 겨우 다음 날 토요일 오전 4시간의 여유밖에 없는데 나를 국장실로 불러들여 "O-2 임시직 2자리가 비어있는데 자네가 가까운 사람들 중에서 적절하게 채용토록 하게."라고 말씀하시는 것이다. 이것은 대단히 큰 선물이었다. 그 당시 T.O 있는 임시직 한 자리는 쌀(90kg) 10가마니 값을 호가하는 높은 값이었다. 그로부터 10년 전 내가 임시직 집배원에 들어가는 데 쌀 7가마니 값을 빚을 얻어 주고 천신만고 끝에 들어간 것만 봐도 짐작이 된다. 지금은 그런 자리가 있다면 1,000만 원을 한다 해도 싼값이다. 당시 나는 거저 생긴 것을 사촌남매에게 거저 준다는 진실성은 있었지만 그것이 큰 실수였다. 한 자리에 쌀 5가마니 값을 사후에 걷어 이 국장님에게 사례했더라면 내 체면도 서고 은영이 동생이 그토록 걷어차 버리고 나오지는 않았을 것인데 말이다.

셋째, 문중 묘지와 추모제당(납골당) 건립. 어머님 생전의 소원이 선영의 보전이었기 때문에 내 형편이 좀 풀렸을 때인 1990년 5월 7일에 현 추모제당부지인 정읍시 신태인읍 양과리 2420-1번지 212평의 밭을 은영 동생 명의로 구입, 1993년 봄에 문중합동묘지로 조

성했다가 2002년 4월에 추모제당을 건립, 매장을 폐하고 납골당에
화장하여 봉안했으며 2008년 3월경에 어머니의 추모비를 세우면서
어머니로부터 물려받은 유산인 논 1필지를 문중에 기부하기로 했
으나 농지법 규정상 논은 문중 재단 명의로 이전등기가 불가능함을
미처 몰라 뒤늦게 문중답으로 지정할 수 없다는 것을 알게 되었다.

그래서 편법적으로 담보설정이나 합유제 등을 거론해보고 법조
계에 잘 아는 사법서사에게 자문을 구하니 "시대는 날로 변하는데
몇 대 후손들 간의 갈등관계가 야기되어 문중이 사분오열할 소지가
다분하다."는 것이다. 그리하여 지난 4월 9일 합동제삿날에 문중답
기부 문제는 아쉽지만 없었던 일로 선언하고 나의 생존 시까지는
현재대로 그 논에서 수익액의 50%인 백미 5가마 값을 문중에 납입
하는 것으로 결정했다.

현재 문중동산(현금) 잔금이 1,000만여 원이다. 우리 문중 회원 중
에 혹 뒷말이 있을 수는 있다. 그러나 깊이 생각해 보면 그 뒷말은
정당성이 결여되어 있음을 곧 발견할 수 있으며 기부 문제가 없는
상태가 오히려 합리적이기 때문이다.

2002년 문중추모제당(납골당) 건립

자손들에게 남기는
인생의 지혜 이야기

사랑은 세상에서 가장 좋은 말

한 여인이 집 밖에 앉아있는 긴 수염의 세 노인을 보았다. 그녀는 그들을 잘 알지 못하지만 그 세 노인이 너무나 허기져 보였기에 그들에게 다가가 말했다.

"저는 당신들을 잘 모르지만 배가 고파 보이시는군요. 저희 집에 들어오셔서 음식을 좀 드시지요."

"집에 남편이 있습니까?"

그들이 물었다. "아니요 지금은 외출중입니다."라고 여인이 대답하자 "그렇다면 우리는 들어갈 수 없습니다."라고 그들은 말했다.

저녁이 되어 남편이 집에 돌아왔다. 그녀는 남편에게 있었던 일을 이야기했다. 그러자 남편은 "그들에게 내가 집에 돌아왔다고 말하고 그들을 안으로 모시라."고 말했다. 부인은 밖으로 나가 그 노인들을 초대했다. 그런데 노인들은 "우리는 함께 집으로 들어가지 않는다."고 말했다. 여인이 이유를 묻자 노인 중의 한 명이 설명했다.

"나의 이름은 부(富)입니다. 그리고 저 친구의 이름은 성공이고 또

318

다른 친구 이름은 사랑입니다. 자 이제 집에 들어가셔서 우리 셋 중에 누가 당신의 집에 들어가기를 원하는지 남편과 상의하세요."

부인은 집에 들어가서 그들이 한 말을 남편에게 이야기했고 남편은 매우 기뻐하며 말했다. "우리 부를 초대합시다. 그를 안으로 들게 해서 우리 집을 부로 가득 채웁시다." 하지만 부인은 동의하지 않았다. "여보, 성공을 초대하는 것이 낫지 않을까요?" 그러자 구석에서 그들의 대화를 듣고 있던 딸이 자신의 생각을 말했다. "사랑을 초대하는 것이 더 낫지 않을까요? 그러면 우리 집은 사랑으로 가득 찰 거예요."아버지가 말했다.

"딸의 이야기를 들읍시다. 가서 사랑을 초대한다고 말해요"

아내는 밖으로 나가 세 노인에게 말했습니다. "어느 분이 사랑이지요? 저희는 사랑을 초대하고 싶습니다." 그런데 사랑이 일어나 안으로 걸어 들어가자 다른 두 노인 부와 성공도 일어나서 그녀를 따르는 것이었다. 부인은 놀라서 부와 성공에게 물었다.

"저희는 사랑을 초대했는데 다른 분들은 왜 함께 오시는 거죠?"

그러자 두 노인은 이렇게 대답했다.

"만일 당신들이 부 또는 성공을 초대했다면 우리 중 다른 두 사람은 그냥 밖에 있었을 것입니다. 하지만 당신들은 사랑을 초대했습니다. 사랑이 가는 곳에는 언제나 부와 성공이 함께하지요"

관포지교(管鮑之交)

관중과 포숙아는 둘도 없는 친구로서 둘은 제나라 양공 때 관료로 등용되어 양공의 두 아들의 사부가 되었다. 관중은 규의 사부가, 포숙아는 소백의 사부가 되었는데 양공이 죽자 두 형제 사이에 왕위를 두고 분란이 생겨났다. 결국 포숙아가 보좌하던 소백의 승리로 끝나 그가 양공의 뒤를 위어 왕위에 오르고 제 환공이 되었다. 환공은 왕위에 오른 후 패배한 규를 죽이고 관중도 죽이려고 했으나 포숙아가 이를 말렸다.

"폐하, 한 나라의 주인만으로 만족하시려면 신으로 충분하나 천하의 주인이 되시려면 반드시 관중을 쓰셔야 합니다."

환공이 난색을 표했으나 포숙아는 거듭 관중을 천거하며 친구의 과오를 선처해달라고 호소했다.

"폐하, 관중은 다섯 가지 방면에서 소신을 능가합니다. 관중은 관용과 배려로 백성을 대하고 권력을 왕에게 집중시킬 줄 알고, 어찌하면 백성의 믿음과 사랑을 얻을 수 있는지를 잘 알고 있습니다. 나아가 국가 건설에 필요한 제도와 법규를 마련할 줄 알며 어떻게 해야 전쟁에 나선 장수들의 사기를 북돋을 수 있는지도 잘 알고 있사옵니다. 사실이 이러할진대 폐하께서 관중의 재능을 그냥 썩히고 사용하지 않으신다면 이 나라의 번영에 너무도 큰 손실이 되옵니다."

환공은 포숙아의 겸손함과 친구를 향한 변치 않는 우정에 마침내 감복했다. 그리하여 한때 자신에게 화살까지 겨누었던 관중을 용서하고 그를 재상으로 임명하니 사분오열되어 있던 제후들이 제 환공의 도량에 감탄하여 자진해서 그 앞에 무릎을 꿇었다.

한 시대를 풍미할 권력과 지위가 눈앞에 있는 마당에 우정을 두고 겸손해지기는 예나 지금이나 쉽지 않은 일이다. 포숙아는 그 쉽지 않은 유혹을 이겨내고 우정을 지킬 만큼 겸손하고 돈후한 인품의 소유자였다. 그 덕에 제나라는 천하를 통일했고 '관포지교'라는 미담을 후세에 남길 수 있었다. 겸손함의 힘은 때로는 이렇게 위대하다.

아름다운 우정

조와 해리는 친한 친구였다. 그들은 어느 가을날 알프스산 어느 정상을 오르고 있었다. 날씨가 쾌청하고 기분도 상쾌하여 등산은 매우 즐거웠다. 그들은 도중에서 점심을 함께 먹고 등산을 계속하였다. 그날의 등산은 예정된 코스에 따라 순조롭게 진행되고 있었다.

그런데 목적지 정상을 지척에 두고 갑자기 날씨가 급변하여 강한 바람이 불고 먹구름이 온 산을 덮으면서 곧 큰 눈이 내리기 시작하더니 시계가 캄캄해졌다. 고산지대에 흔히 있는 기상변화였다. 그들은 크게 당황하였으나 서로 격려해가며 계속 전진하였다. 눈은 더욱 많이 쌓여 이제는 눈 속에서 한 발자국도 걷기가 어렵게 되었다. 그러나 그들은 칼날 같은 찬바람과 퍼붓는 눈과 싸우며 필사적으로 전진을 계속하였다. 숨이 막히고 손발과 온몸이 얼어붙기 시작하면서 그들의 기력도 점점 떨어지고 있었다.

마침내 뒤따라오던 해리가 '퍽'하며 쓰러졌다. 조는 뛰어가서 그를 일으켜 세우려 했지만 허사였다. 그의 얼굴은 창백해졌고 의식도 잃어가는 듯하였다. 누구나 이렇듯 눈 위에 쓰러져 잠이 들면 죽음을 면치 못한다는 것은 상식이기 때문에 조는 사력을 다하여 그를 구하려 했다. 자기로서는 역부족임을 깨달은 조는 마음이 착잡하고 무거웠다. 그리고 자기도 곧 쓰러져 해리와 같은 처지가 될지도 모른다고 생각하였다.

그는 이 위기에서 벗어나 자기만은 살아야겠다고 생각하며 해리를 버리고 가기로 결심했다. 그렇게 조는 퍼붓는 눈 속을 조금 걸어갔으나 갑자기 가슴을 찌르는 죄책감과 숭고한 우정이 뜨겁게 솟구치기 시작했다.

'해리는 나의 둘도 없는 친구가 아닌가? 어찌하여 나만 살겠다고 비겁하게 친구를 버릴 수가 있겠는가. 아니다! 나는 꼭 그를 구해야만 해!'

조는 마음속으로 외치며 쓰러져 있는 해리 쪽으로 돌아왔다. 해리는 빈사상태였다. 조는 그의 가슴 쪽 옷을 풀어 젖히고 그의 가슴팍 피부를 양손으로 힘차게 비벼대기 시작했다. 피부마찰을 해서 그의 체온을 높임으로써 그의 회생을 시도한 것이다. 조는 사력을 다하여 그의 가슴, 목, 얼굴과 손발을 오랫동안 계속 비벼댔다.

그 결과 놀라운 반응이 나타났다. 그의 체온은 정상으로 돌아왔고 얼굴에 생기가 돌면서 잠시 후 의식이 회복되었다. 참으로 꿈만 같은 일이었다. 이 사실에 크게 고무된 조는 피부마찰을 줄기차게 계속했고 그 결과 해리는 완전히 활기를 찾아 움직일 수 있게 되었다. 또한 조 자신은 피부마찰 운동으로 자기도 모르게 땀이 흘러 얼어붙었던 온몸이 풀리게 되었다. 이때쯤 눈은 그치고 구름도 걷히기 시작하여 다시 전형적인 가을 날씨로 돌아왔다. 그들은 '이제 위기를 벗어났다. 살았구나.' 생각하고 서로 껴안고 기쁨과 감사, 감격의 눈물을 흘렸다.

두 사람의 끈끈한 우정이 승화한 참으로 감동적인 신(Scene)이었다. 조가 자기만 살겠다고 해리를 버리고 떠날 때 그는 끝까지 살아남을 것이라고 생각했을 것이다. 그러나 당시 상황은 그도 곧 도중에서 쓰러져 해리처럼 죽음을 맞이할 운명이었다는 것은 신만이 알고 있는 일이었다. 위의 상황에서 친구를 구한 조의 선행은 동시에 자기의 생명도 구한 것이니 선의 결실을 두 배로 거둔 것이다.

제왕의 관용

초나라 왕의 이야기이다. 왕은 승리를 기념하여 장수들을 모아놓고 연회를 벌였는데 갑자기 바람이 불어 연회장의 모든 불이 꺼져 버렸다. 불을 다시 켜려고 분주한 상황에서 왕의 애첩 허희가 왕에게 몰래 다가와 불이 꺼진 사이에 왕의 장수 중 한 명이 자신을 희롱하여 그의 갓끈을 끊었으니 불이 켜진 후 그를 찾아내어 벌해 달라고 부탁하였다. 하지만 초왕은 불을 켜기 전 이렇게 명령하였다.

"즐거운 연회의 자리이니 장수들은 모두 갓을 벗어 버리라."

지혜로운 사람은 얼음처럼 차가운 안목을 지니되 그것을 쉽사리 밖으로 드러내지 않는다. 아무리 술자리의 여흥에 겨웠기로서니 왕의 애첩을 희롱하는 건 신하된 자가 저질러서는 안 되는 불경죄다. 갓끈을 찢어든 허희로부터 이 사실을 전해 들었을 때 초왕 역시 분노를 참기 어려웠을 것이다. 당장 불을 밝혀 그 불손한 부하를 벌하고픈 마음이 왜 그에게 없었을까?

하지만 초왕은 엄중하게 시비를 가리는 대신 아무것도 모르는 척 사건을 덮어버렸다. 사소한 실수를 이유로 아까운 부하 한 명을 내치고 싶지 않았던 것이다. 훗날 초나라가 내란을 순조롭게 평정하고 패업을 이루며 춘추 '5패'의 하나로 등극할 수 있었던 건 이 같은 초왕의 도량에 힘입은 바가 크다.

행복한 삶

'행복: 심신의 욕구가 충족되어 조금도 부족함이 없는 상태'라고 사전에 쓰여 있다. 이에 따라 행복한 삶을 살아가기 위하여 필요한 것은 다음과 같다.

첫째: 심신이 건강해야 한다.

둘째: 일정한 가계 수입이 있어야 한다.

셋째: 좋은 생각과 바른 행동으로 긍정적 생활태도를 견지해야 한다.

넷째: 말(언어)은 좋은 말을 구사해야 하고 상대와 대화함에 있어서는 먼저 경청하는 자세로 임하며 논쟁으로 발전하는 일은 있어서는 안 된다.

다섯째: 좋은 인간관계를 유지하기 위해서는 먼저 한 가족 간의 관계가 좋아야 타인과의 인간관계도 성공할 수 있다.

여섯째: 일상생활을 검소하게 살아간다면 어떤 경제적 어려움도 극복할 수 있다. (儉則常足)

일곱째: 독서를 생활화하라. 모든 지식은 책 속에 들어있으니 책 읽기를 게을리하면 하루가 다르게 변화, 발전하는 지식세계에서 낙오자로 전락할 것이다.

여덟째: 옛 격언에 '소년 고생은 은을 주고 사서도 한다.'고 했다. 이는 젊었을 때부터 결핍은 극복하고 고통은 이겨내도록 연단시키고자 한 것이다.

또한 그동안 내가 팔십 평생을 살아오면서 많은 책을 읽고 선각자들의 지혜로운 명언들을 좀 골라 너희들의 삶을 밝혀주고픈 생각에서 게재해 본다.

1) 행복

• 인생의 행복은 어려움에 처하는 일이 적다거나 전혀 없다는 데 있는 것이 아니라 오히려 모든 어려움과 싸워서 눈부신 승리를 거두는 데 있다.
  −카를 힐티−

• 우리는 행복하기로 마음먹은 만큼만 행복하고 행복하기로 선택한 만큼만 행복할 수 있다. 모든 것은 생각하기에 달려 있다. 행복의 원천은 바로 우리 내면에 자리하고 있고 행복의 결정권은 우리 자신한테 있다.
  −링컨의 말−

2) 지혜

• 지혜를 얻으며 명철을 얻어라. 내 입의 말을 잊지 말며 어기지 마라. 지혜를 버리지 마라. 그가 너를 보호하리라. 사랑하라. 그가 너를 지키리라.

지혜가 제일이니 지혜를 얻으라. 네가 얻은 모든 것을 가지고 명철을 얻을 지니라. – 잠언 4장 5~7절–

3) 사랑

• 사랑이란 팔 수도 살 수도 없지만 줄 수 있는 오직 하나의 자산이다.

   –괴테–

• 우리는 사랑하는 만큼 이해한다. 우리가 사람들을 이해하지 못하는 것은 지식이 부족하기 때문이 아니라 사랑이 부족하기 때문이다. 어떤 사람을 알기 원하는 것은 그를 더욱 사랑하기 위함이어야 한다. –에리히 프롬–

4) 생각

• 평범한 지능으로 특별한 일을 하는 사람과 우수한 지능을 갖고도 아무 일도 못 하는 사람의 차이는 바로 그들이 어떻게 생각하느냐에 달려 있다. 생각이 삶을 지배한다.

• 나는 생각한다. 고로 존재한다. –데카르트–

5) 성공

• 우리는 긍정적인 생각을 통해 많은 것을 얻을 수 있다. 질병이 치유되고, 학업에서 놀라운 성취를 하고, 운동경기에서 승리하고, 사업에서 성공하고, 정신이 맑아지고, 신앙이 깊어지는 등 긍정적인 생각은 놀라운 기적을 일으킨다. –할 어반–

• 사람은 성공보다 실패에서 훨씬 더 많은 지혜를 얻는다. 실패를 통해 우리가 해서는 안 되는 일을 알고 또 반드시 해야 할 일들을 발견하게 된다.

• 실수는 인간이 인간이게 만드는 요소다. 네가 저지른 실수에 감사하라. 실수란 고된 방식을 통해서 배울 수 있는 삶이 주는 귀중한 가르침이다. 치명적인 실수만 아니라면 거기서 깨달음을 얻을 수 있다. -엘 프랭켄-

• 스스로 무거운 짐을 지면 사람들이 따라오기 마련이다.

　-시어도어 루즈벨트-

6) 겸손

• 인생이 주는 가장 위대한 교훈은 겸손이다. 자신을 낮추어라. 그렇지 않으면 남이 너를 낮추고 말 것이다. -할 어반-

• 누구든지 자신을 높이면 낮아질 것이요, 자신을 낮추면 높아질 것이다.

　-누가복음 14장 11절-

7) 인내

• 천재는 단지 인내하는 습관을 기르는 사람일 뿐이다. 참다보면 마법 같은 일이 일어난다. 그 어떤 역경과 장애물도 인내력 앞에서는 사라진다.

　-벤저민 프랭클린-

• 참고 또 참으면 모든 것을 정복할 수 있다. -랄프 왈도 에머슨-

8) 공감

• 다른 사람의 감정을 이해하려면 자신에게 맞추었던 초점을 타인에게로 돌려야 한다. 타인의 감정을 잘 읽고 효과적으로 다루는 사람은 삶의 어떤 분야에서도 유리한 위치를 차지한다. -할 어반-

• 사람들이 말할 때 철저히 경청하라. 애석하게 대부분의 사람들은 상대의

말에 귀를 기울이지 않는다. –어니스트 헤밍웨이–

9) 베풂

• 진실로 받는 것보다 주는 것이 낫다. 얻는 사람은 적게 가지며 뿌리는 사
람은 많이 갖는다. 베풂은 인생의 가장 아름다운 보상이다.

• 받기 전에 먼저 주어야 한다. 그것이 보편적인 법칙이다. 우리가 바란 것
보다 많은 것을 되돌려주는 것이 자연의 법칙이다. 베푸는 자의 수확물은
항상 풍성하다.

10) 용서

• 용서하지 않는 것은 우리를 과거에 가두는 일이다. 용서는 구속된 자에게
자유를 안겨주며 구속된 자가 바로 자신이라는 것을 깨닫게 해준다.
　–국제 용서 학회–

• 약한 자는 결코 남을 용서할 수 없다. 용서는 강한 자가 택할 수 있는 속
성이다. –마하트마 간디–

11) 뿌린 대로 거둔다

• 옛 어른들은 도덕적 경구(警句)를 많이 썼는데 뿌린 대로 거둔다는 경구
를 적어 보았다. '선의 씨를 뿌리면 선의 결실을 거두고 악의 씨를 뿌리면
악의 결실을 거둔다.'이는 못된 짓으로 남에게 해악을 끼치면 당대에만 신
의 응징을 받는 데 그치지 않고 자손대까지 응징을 받아 패가망신한다는
것이다.

12) 인생의 모든 일

• 인생의 모든 일에 다 때가 있다고 한다. 태어날 때가 있고, 죽을 때가 있고, 울 때가 있고, 웃을 때가 있다……. 사랑할 때가 있고, 미워할 때가 있으며, 전쟁할 때가 있으며 평화할 때가 있느니라. −전도서 3장 1~8절−

• '이제 나는 깨닫는다. 기쁘게 사는 것, 살면서 좋은 일을 하는 것, 사람에게 이보다 더 좋은 것이 무엇이랴' −전도서 3장 12절−

• 아이들을 망치기 위해서는 원하는 것을 무엇이든지 주어야 한다. −루소−

◇인간만사 새옹지마◇

人間萬事塞翁之馬

◇일체유심조◇

一切唯心造

◇덕승재 지형◇

德勝才 智亨

대한민국의 역사와 함께 걸어온 인생 길, 그 안에 담긴 행복과 긍정의 에너지가 팡팡팡 샘솟으시기를 기원드립니다!

권선복(도서출판 행복에너지 대표이사, 한국정책학회 운영이사)

한민족韓民族만큼 우여곡절이 많은 역사를 가진 나라도 드물 것입니다. 지정학적 위치 때문에 끊임없이 외세의 시달림을 받아 왔으며 우리 민족의 정서는 말 그대로 '한恨'이 되었습니다. 특히 지난 100여 년간은 일제강점기와 육이오전쟁이라는 역사상 가장 커다란 비극을 겪었습니다. 하지만 우리 민족은 특유의 저력을 바탕으로 금세 밝은 미래를 향해 걸음을 내딛었습니다. 이후 대한민국의 성장은 기적이라 불릴 만큼 눈부셨으며 이제 원조를 받지 않으면 버틸 수 없던 세계 최빈국은 일류 선진국을 목전에 둘 만큼 발전했습니다. 대한민국의 탄생과 성장을 함께한 우리 국민들이 있었기에 가능한 일이었습니다.

책 『문금용 회고록 – 내 인생에 부치는 편지』는 그 위대한 국민들 중 하나였던 저자가 팔십여 년 평생의 인생역정을 감동적으로 그려 낸 작품입니다. 왜 우리 민족의 정서가 한이 되었는지 절감할 수 있을 만큼 힘겨운 시기를 보냈던 우리 선조들의 삶은 그 자체만으로 가슴을 뭉클하게 만듭니다. 공무원으로서 평생 나라를 위해 봉사해 온 저자는 현재 백혈병재단에 기부를 하며 이웃과 행복을 나누고 있습니다. 현재 7,100만 원에 이르는 기부액이 1억을 돌파하여 아너 소사이어티에 가입하게 되시기를 기원하오며 이러한 분들이 더 많이 나와 우리 사회 전체의 행복지수가 올라가기를 바랍니다.

지금 우리는 마음껏 문명의 이기를 누리는 것은 물론 늘 풍요로운 삶을 향유하고 있습니다. 불과 몇 십 년 전까지만 해도 풀 한 포기조차 온전히 자랄 수 없었던 황무지에 어떻게 아름다운 산과 들이 수놓이고 도시에 마천루가 들어서게 되었는지를 우리는 깨달아야만 합니다. 대한민국과 함께 울고 웃으며 나라를 위해 평생 삶을 희생해오신 우리 선조들이 얼마나 위대하고 고마운 존재인지를, 많은 젊은이들이 『문금용 회고록 – 내 인생에 부치는 편지』를 읽으며 깨닫게 되길 기대합니다. 또한 이 책을 읽는 모든 분들의 삶에 행복과 긍정의 에너지가 팡팡팡 샘솟으시기를 기원드립니다.

Happy Energy books 좋은 원고나 출판 기획이 있으신 분은 언제든지 행복에너지의 문을 두드려 주시기 바랍니다.
ksbdata@hanmail.net www.happybook.or.kr 단체구입문의 ☎ 010-3267-6277 행복에너지

하루 5분나를 바꾸는 긍정훈련
행복에너지

**'긍정훈련' 당신의 삶을
행복으로 인도할
최고의, 최후의 '멘토'**

'행복에너지
권선복 대표이사'가 전하는
행복과 긍정의 에너지,
그 삶의 이야기!

인터파크
자기계발 분야 주간
베스트 1위

권선복 지음 | 15,000원

권선복

도서출판 행복에너지 대표
지에스데이타(주) 대표이사
대통령직속 지역발전위원회
문화복지 전문위원
새마을문고 서울시 강서구 회장
전) 팔팔컴퓨터 전산학원장
전) 강서구의회(도시건설위원장)
아주대학교 공공정책대학원 졸업
충남 논산 출생

책 『하루 5분, 나를 바꾸는 긍정훈련 - 행복에너지』는 '긍정훈련' 과정을 통해 삶을 업
그레이드하고 행복을 찾아 나설 것을 독자에게 독려한다.
긍정훈련 과정은 [예행연습] [워밍업] [실전] [강화] [숨고르기] [마무리] 등 총
6단계로 나뉘어 각 단계별 사례를 바탕으로 독자 스스로가 느끼고 배운 것을 직접
실천할 수 있게 하는 데 그 목적을 두고 있다.
그동안 우리가 숱하게 '긍정하는 방법'에 대해 배워왔으면서도 정작 삶에 적용시키
지 못했던 것은, 머리로만 이해하고 실천으로는 옮기지 않았기 때문이다. 이제 삶
을 행복하고 아름답게 가꿀 긍정과의 여정, 그 시작을 책과 함께해 보자.

『하루 5분, 나를 바꾸는 긍정훈련 - 행복에너지』

**"좋은 책을
만들어드립니다"**

저자의 의도 최대한 반영!
전문 인력의 축적된 노하우를
통한 제작!
다양한 마케팅 및 광고 지원!

최초 기획부터 출간에 이르기까지, 보도
자료 배포부터 판매 유통까지! 확실히
책임져 드리고 있습니다. 좋은 원고나
기획이 있으신 분, 블로그나 카페에 좋은
글이 있는 분들은 언제든지 도서출판
행복에너지의 문을 두드려 주십시오!
좋은 책을 만들어 드리겠습니다.

| 출간도서종류 |

시·수필·소설·자기계발·
일반실용서·인문교양서·평전·칼럼·
여행기·회고록·교본·경제·경영 출판

도서출판 **행복에너지**
www.happybook.or.kr
☎ 010-3267-6277
e-mail. ksbdata@daum.net

7인 엄마의 병영일기

최정애,김용옥,김혜옥,류자,백경숙,조우옥,황원숙 지음 | 값 15,000원

책 『7인 엄마의 병영일기』는 소중한 아들을 군에 보낸 어머니들의 마음으로부터 시작된다. 저자인 7명의 어머니는 아들을 군에 보낸 후 '군인'에 대해 그리고 군인이 하는 일에 대해 다시 한번 깊이 생각하게 된다. 또한 생각에 그치지 않고 군인들이 하는 일을 직접 체험하며 나라를 지키는 일이 얼마나 위대한지에 대해 가슴 깊이 깨닫는다.

열남

김옥열 지음 | 값 15,000원

책 『열남』은 45년 전 월남전에 참전했던 저자가 당시의 치열한 전쟁 상황에서도 기록으로 남긴 육필 자료를 바탕으로 한 실화이며, 전쟁터 속에 느끼는 회한과 감정을 생생하게 그려낸 작품이다. 비장한 각오와 굳건한 의지에 몸을 맡긴 채 타국의 전쟁에 참전한 한 청년의 뜨거운 육성은 가슴 깊이 울림을 전한다.

우리는 행복할 수 있을까

서덕주 지음 | 값 13,000원

『우리는 행복할 수 있을까』는 결혼 후 점점 소원해지는 부부관계와 사소한 것에서 발전하는 이혼의 원인 및 그 해결책을 담고 있다. 책은 여타 부부관계 설명서와 다르게, 정보의 단순한 나열이 아닌 소설 형식으로 문장을 풀어낸다. 그렇게 내러티브가 생동감을 부여하고 독자의 몰입도를 더욱 높여준다.

이것이 인성이다

최익용 지음 | 값 25,000원

책은 저자의 평생의 경력과 연구결과를 집대성한 작품으로 21세기 대한민국 인성교육서의 새로운 지평을 열어줄 것으로 기대된다. 책은 다양한 사례와 인용, 실증을 바탕으로 내용의 신뢰도를 높였으며 우리나라 실정에 가장 알맞은 인문교육서의 면모를 여실히 증명해 내고 있다.

눈뜨니 마흔이더라

김건형 지음 | 값 10,000원

이 시집은 "사람다운 길"을 찾는 순례의 여정이라 할 만하다. 그는 사람답게 사는 길을 찾아 밀림을 헤매기도 하고, 사바나의 초원이나 중동의 사막을 방황하기도 하는데, 그러한 순례의 길에서 찾아낸 길은 곧 "사랑의 길"이라고 할 수 있다. 시인의 낭만적 경향은 우리를 사랑의 아름다운 고통으로 안내하기도 하고, 그 고통을 섬세하게 담아내는 아름다운 마음의 무늬로 초대하기도 한다.

돌에도 꽃이 핀다

강현녀 지음 | 값 15,000원

책 『돌에도 꽃이 핀다』는 남성들도 버거워하는 석재사업을 30년째 이끌고 온 강현녀 사장의 성공 노하우와 인생 역정이 생생히 담겨 있다. 저자는 이미 90년대 초에 백만 불수출탑을 수상할 만큼 뛰어난 경영 능력을 발휘하여 업계 최고 위치에 회사를 올려놓았으며, 지금까지도 늘 연구를 통해 자기 자신과 회사의 혁신을 도모하는 열정을 보여준다.

미국으로 간 허준 그리고 그후

유화승 지음 | 값 15,000원

책 『미국으로 간 허준 그리고 그 후』는 『미국으로 간 허준』이 불러일으킨 국내 의료계의 긍정적인 변화상과 밝은 청사진을 담아냈다. 현재 암 환자는 물론, 언젠가는 암과 마주하게 될 우리 모두가 필독해야 할 내용들만을 정성스레 모았다. 마지막 7장은 『미국으로 간 허준』의 출간 이후 통합암치료계의 발전상을 상세히 소개한다.

부동산 1년 투자 2배의 법칙

송 순 지음 | 값 15,000원

책은 누구나 절약하여 모은 3천만 원의 종잣돈으로도 행복한 미래를 도모할 수 있는 방안을 자세히 소개한다. '부자와 가난한 사람의 차이는 무엇일까?', '샐러리맨은 부자가 불가능한가?' 등의 문제를 고민하며 소형 주거용 부동산APT에 꾸준한 투자로 거둔 '2배의 법칙'과 관련된 내용들을 한 권의 책에 담고 있다.

유레카 실용 영문법 사전

유호출 지음 | 값 25,000원

책은 '영문 이해를 위한 뼈대를 세우는 구문 이해'에 중점을 두어 중요 구문과 문형을 체계적으로 정리하고 설명하고 있다. 학습요령과 루트를 학생들이 직접 터득하고 익힐 수 있게 하는 지침서로 구상·편집되었으며, 고급 영문독해를 위해 체계적 영문법 지식을 필요로 하는 '대입수험생, 각종 공인영어 시험 준비생, 공무원 및 입사 시험을 준비생들에게 큰 도움을 줄 것이다.

명강사 25시 – 고려대 명강사 최고위과정 4기

김칠주 외 19인 지음 | 값 20,000원

책 『명강사 25시 – 고려대 명강사 최고위과정 4기』에는 고려대 명강사 최고위과정 4기 수료생 20명이 전하는 '자신만의 성공 노하우, 삶의 자세와 지혜, 밝은 미래를 위한 비전' 등이 담겨 있다. 기업 대표, 어린이집 원장, 연구소 소장 등 다양한 직업을 가진 이들의 다채로운 경험담과 자기계발 노하우는 각각 독특한 재미와 감동을 선사한다.

시간과 인간의 운명정체성

박요한 지음 | 값 15,000원

이 책은 우주적 진리성이 집약되어 있는 '인간, 시간, 관계, 운명, 정체성' 열한 글자(11자)의 키워드를 통해 '진리와 깨우침'를 구하는 과정을 상세하게 담고 있다. 특히 "어찌할 바 모르고, 오늘 울며 이 땅을 걷는 청년들에게 영혼과 정신 그리고 오늘과 내일의 건강성을 일깨울 수 있는, 아프지만 살아 있는 영감과 통찰의 메시지"를 전한다.

나를 뛰게 하는 힘, 열정

윤명희 지음 | 값 15,000원

책 『나를 뛰게 하는 힘, 열정』은 19대 국회 새누리당 비례대표 3번 윤명희 국회의원의 인생역정과 앞으로의 비전을 에세이 형식으로 담고 있다. 'CEO 출신 여성 발명가' '똑 부러지는 살림꾼' '일 잘하는 국회의원' 등 다양한 수식어가 늘 따라다니는 저자의 삶은, 그 자체만으로도 꿈을 잃고 방황하는 현대인들에게 귀감이 될 만하다.

쫄지 말고 나서라

박호진 지음 | 값 15,000원

책『쫄지 말고 나서라: 상대의 마음을 얻는 프레젠테이션』은 '좀 더 쉽게, 좀 더 효과적으로 프레젠테이션 스킬을 향상시키는 방안'을 '심리적인 문제에서부터 시작하여 디테일한 실전에 이르는 해법'을 통해 담아냈다. "거울 하나만으로 얼마든지 혼자서 훌륭한 프레젠터가 될 수 있다"는 점을 상세한 설명과 예시를 통해 전하고 있다.

엔지니어와 인문학

김방헌 지음 | 값 15,000원

책『엔지니어와 인문학』은 평범한 삶 속에서도 반드시 얻게 되는 깨달음들을 에세이 형식으로 담고 있다. 인문학적 삶, 철학적 삶은 어려운 학문이나 연구가 아닌 우리의 일상 그 자체이며 아주 작은 사고의 전환만 있으면 얼마든지 일반 사람들도 향유할 수 있음을 이 책은 증명하고 있다.

책장 속의 키워드

윤슬 지음 | 값 15,000원

『책장 속의 키워드』는 책이 한 사람의 인생을 얼마나 긍정적으로 뒤바꿀 수 있는지를 다양한 베스트셀러와 스테디셀러를 통해 전하고 있다. 오랫동안 수많은 이들에게 사랑받은 책들을 중심으로 주요 문구와 내용을 살펴보며 '자신이 원하는 방향으로, 자발적으로 삶을 이끄는 방안'을 상세히 소개한다.

실패의 기술

김우태 지음 | 값 17,000원

책『실패의 기술』은 자기 자신을 운영하는 생각의 자세와 프레임과 조건과 마음의 한계를 초월하게 하는 질문들을 쉴 새 없이 독자에게 던진다. 저자가 오랜 시간 연구해온 NLP(neuro-linguistic programming : 신경언어프로그래밍)를 일반인들이 이해하기 쉽게 풀이하여 실전적 자기계발서로서의 가치를 높이고 있다.